PERIL

▸ **Título original:** *Peril*
▸ **Edición:** Melisa Corbetto con Dalma Kuljis Barbeito
▸ **Coordinación de diseño:** Marianela Acuña
▸ **Diseño de interior**: Cecilia Aranda
▸ **Arte de tapa:** Carolina Marando

un sello de
V&R Editoras

México:
Dakota 274, colonia Nápoles - C. P. 03810
Del. Benito Juárez, Ciudad de México
Tel.: (52-55) 5220-6620 / 6621 · 01800-543-4995
e-mail: editoras@vreditoras.com.mx

Argentina:
Florida 833, piso 2, oficina 203 (C1005AAQ) · Buenos Aires
Tel.: (54-11) 5352-9444
e-mail: editorial@vreditoras.com

Primera edición: agosto de 2019

ISBN: 978-607-8614-91-2

Impreso en México en Impresora Tauro S. A. de C. V.
Año de Juarez número 343, Col. Granjas San Antonio, C. P. 09070
Delgación Iztapalapa, Ciudad de México.

Libro 1

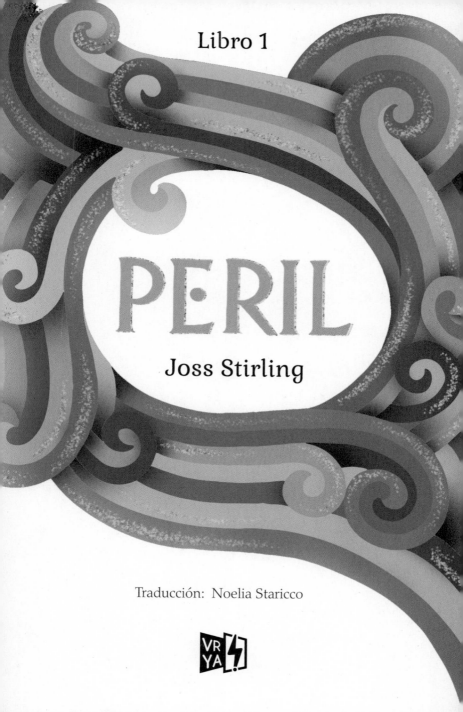

PERIL

Joss Stirling

Traducción: Noelia Staricco

VR
YA

Para Lucy

Y con un agradecimiento al superequipo de este libro, que me dio tan útil devolución: Alexandra Aramburo, Tamara Ashton, Alejandra Barranco, Tia Barton, Charisse Baxter, Emma Bilson, Helen Blakemore, Emily Bown, Sammy Bredesen, Narda Calles, Amy Carroll, Vicki Cawley, Ellie Chapman, Katarzyna Chmaj, Lexie Chorlton, Alana Collins, Maddy Cozens, Rachel Cruz, Melissa Curtis, Rachel Denton, Rachael Doig, Catherine Evans, Jess Evans, Maud Grefte, Valeria Guerrero, Lisa Guest, Stephanie Gurman, Siobhan Hayes, Rosa Hernandez, Jodie Hicks, Mia Hoddell, Georgia House, Sarah Beth James, Nina Jansen, Ria Jones, Roisin Kelly, Dani King, Kata Kosztyi, Melisa Kumas, Rachel Langford, Laura Laszlo, Kirsty Ledger, Steph Lott, Chloe Madge, Estefi Mari, Ciara McGhie, Patricia Medina, Lilly Moore, Hannah Muir, Nina Mueller, Jime Murga, Andrea Navarete, Robin Newman, Sophie Nicholson, Megan Ord, Beth Paffey, Sarah Peters, Ana Maria Pirlea, Gracie Price, Greete Ratsep, Natalya Red, Alice Shaw, Nelly Silver, Katja Stout, Sarah Suttling, Helen Toovey, Molly Tunley, Giselle Turner, An-Sofie Valeemput, Andrea Valeri, Chelsea Van Gompel, Rheeba Van Niekerk, Marinka Van Wingerden, Emily Yates.

Prólogo

"Existen dones que una simplemente no quiere tener. El mío me ha marcado y perseguido.
Ahora soy la última de mi especie.
Porque veo colores que otros no ven.
Porque veo el peril,
Veo el peligro".
Meri Marlowe, en su diario íntimo.

MOUNT VERNON, Washington D.C., catorce años atrás.

La última vez que Meri Marlowe vio a sus padres con vida fue durante su visita a Mount Vernon, el hogar de George Washington. Tenía tan solo cuatro años y no entendía por qué estaban allí los tres, esperando bajo un sol intenso para pasar a ver un rejunte de cosas viejas. La gran casa blanca de techo rojo se encontraba al final de un largo camino de tierra. Y, peor aún, también al final de una larga fila de visitantes que avanzaba muy lentamente, todos deseosos de ingresar. El día era húmedo, y gran parte de la fila había quedado expuesta bajo el sol. Meri ya había decidido que el recorrido no iba a valer la pena, incluso después de la promesa por parte de sus padres de un helado una vez finalizada la aventura. Theo se había excusado sosteniendo que debía ponerse al día con su lectura obligatoria; y Meri deseaba haber podido quedarse con él, porque estaba segura de que la habría dejado quedarse recostada en el sillón viendo dibujos animados.

–Mami, ¿tenemos que hacer esto? –preguntó Meri en voz muy baja, aferrándose a la blusa a cuadros de su madre.

La mujer acarició la cabeza de la pequeña y le acomodó la gorra de béisbol para protegerle los ojos de la luz del sol.

–Cariño, ya sabes que esto es lo que más le gusta a tu padre de esta ciudad. Vino aquí a tu edad y ahora quiere compartirlo contigo. Será divertido, ya verás. Esto es Mount Vernon, el hogar de George Washington. Tú sí sabes quién fue George Washington, ¿verdad?

Meri observó el suelo cubierto de polvo, como intentando encontrar algo de inspiración para su respuesta. Su maestra en el kínder les había hablado de aquel hombre una semana atrás.

–Derribó un árbol con su hacha. Un cerezo –a Meri le había parecido un desperdicio enorme. Las cerezas de verdad eran rojas y pegajosas y sabían mucho mejor que las golosinas "con gusto a" cereza. Su madre había comprado algunas el día anterior y le había enseñado cómo escupir las semillas. Meri lo hizo muy bien, y una de las semillas golpeó en el rostro a Theo, pero a él no le importó. Así de bueno era él.

Su madre se sonrió.

—Sí, George Washington cortó un árbol. Eso es verdad... Pero hizo otras cosas también.

Ahora Meri comenzaba a recordar otros detalles.

—Su rostro está en los billetes —se sintió muy orgullosa de haber podido recordar semejante dato—. Y tiene el cabello bastante alocado.

La muchacha que se encontraba detrás de ellos en la fila sonrió.

—Qué adorable. Los niños hablan sin tapujos a esta edad, ¿no cree usted?

—¡Cuánta verdad! —su madre se arrodilló y tomó un billete de un dólar—. Tenía ese cabello alocado porque así era como se llevaba en su época. Y eso fue hace mucho, mucho tiempo—. Los rizos largos y castaños de su madre colgaban sobre el rostro de Meri, formando una pequeña cueva de agradable aroma.

—A mí me gusta más tu cabello —Meri lo acarició, logrando que se balanceara como la cortina de cuentas de la puerta trasera de su casa en California.

—Me alegra oír eso, chiquita mía.

Una sombra las cubrió de repente.

—Dos helados, como lo habían ordenado, mis señoras —era el padre de Meri, con dos conos de helado—. Pero será mejor que se apuren. Ya están comenzando a derretirse.

Para cuando Meri se había terminado el suyo, la gente había avanzado y su familia ya había quedado primera en la fila. Su madre le limpió las manos con una toallita húmeda que también le pasó por los labios, antes de que la niña pudiera esconder la cabeza y evitarlo: el sabor tan agradable de la frambuesa ahora había quedado arruinado con ese sabor a jabón alimonado.

–No sé ustedes, pero me estoy muriendo aquí fuera. Vayamos adentro de una vez –el padre condujo a su esposa y a su hija hacia una parte de la vivienda. En el fondo, una anciana sentada en una tarima trabajaba sobre una máquina de hilar como lo haría una bruja en un cuento de hadas. Meri no pudo decidir si eso significaba que era una bruja buena o una mala: podría haber sido cualquiera de las dos.

–¿Quién es esa? –murmuró Meri.

–Esa es Martha Washington... Bueno, alguien haciendo el papel de Martha Washington –dijo el padre–. Está aquí para contarnos la historia del lugar. Vamos, puedes preguntarle lo que quieras –y, con un empujoncito, alentó a su hija a que avanzara.

Meri se sentó con el resto de los niños en las bancas de adelante mientras que sus padres tomaron asiento varias filas más atrás. Martha llevaba puesto un vestido floreado de cuello blanco y vestía también un sombrero acampanado en la cabeza. Parecía saber lo que estaba haciendo; hablaba y hacía trabajar la rueda al mismo tiempo, y a Meri eso le resultó mucho más fascinante que lo que la señora estaba diciendo. Meri notó que Martha tenía unas líneas brillantes en la muñeca. Era muy hermoso, se parecía un poco a aquel copo de nieve de papel que Meri había hecho con sus propias manos la Navidad pasada. El dibujo brillaba levemente, como ese brillo que queda en los párpados luego de mirar fijo el sol. Observándola más de cerca, Meri notó que un diseño similar se asomaba por debajo del cuello del vestido de la mujer. ¿Sería entonces que esos copos de nieve brillantes cubrían a la mujer desde la cintura hasta el cuello? De ser así, ¡eso era maravilloso! Eran de un color muy bonito, una mezcla entre verde y azul; era un color que ella conocía muy bien pero que jamás había podido describírselo de mejor manera a nadie, ya que los únicos que podían apreciar el verdadero tinte de ese color habían sido ella y sus padres. Ni siquiera Theo o alguna de sus amigas. Ellos eran incapaces de disfrutar de los colores como ella, pero su mamá le había dicho que era de mala educación mencionarlo. ¿Sería que este estampado de brillantes eran la moda en la época del señor y la señora Washington, tal como lo había sido el cabello alocado? ¿Todo aquello había sucedido antes o después de los dinosaurios? Meri se llevó la punta de su cola de caballo a la boca. Todo era muy confuso.

Echó un vistazo rápido por toda la sala y se preguntó si todos los otros adultos también llevaban copos de nieve pegados en su piel. Un guía que llevaba puesta una camiseta de mangas cortas acababa de entrar con un nuevo grupo de visitantes. Tenía unos garabatos incandescentes; pero los suyos eran de un diseño diferente, algo así como arremolinado, en círculos, como el helado que se había comido minutos antes. Le iluminaban la cara con aquel mismo color tan especial. Su madre le había contado que ese color se llamaba "peril". Pero Meri decidió no mencionárselo a su maestra del kínder, a pesar de que estaba por todos lados en el salón de clase, muy especialmente en la mesa que usaban para colorear. Y, si alguna vez se olvidaba y mencionaba su nombre, la mamá le decía a Meri que debía decir que el color peril era solo una fantasía y que en verdad no podía verlo. Eso también era confuso, ya que su mamá también siempre le tenía prohibido mentir.

–Ahora bien. ¿Alguno de los niños tiene alguna pregunta para mí? –preguntó la mujer en la piel de Martha Washington.

Los cuatro niños sentados junto a Meri se quedaron mudos al haber sido tan despiadadamente expuestos. Meri quería levantar la mano y complacer a la mujer, pero no sabía qué preguntarle.

–¿Qué hay de ti, linda? Parecieras tener una pregunta para mí –dijo Martha, mirándola directo a los ojos.

–¿Yo? –dijo Meri, tratando de esconderse en su asiento.

Martha asintió con la cabeza.

–Yo… Bueno –no iba a decir nada sobre el color, pero sí quería saber más sobre aquellos diseños tan bonitos–. ¿Por qué tiene copos de nieve sobre la piel?

La expresión en el rostro de Martha pasó de una sonrisa amable a ojos abiertos en estado de shock. Meri conocía esa expresión: la veía en sus padres cada vez que decía algo que se suponía no debía decir frente a extraños. La mayoría de los adultos detrás de ella, sin embargo, estallaron en carcajadas. El niño de pecas sentado junto a Meri la golpeó con el codo justo en las costillas.

–No son copos de nieve, tonta. ¡Son flores!

Luego de un breve instante en que se quedó con la boca abierta cual pez encallado, Martha recuperó el sentido. Se puso de pie de inmediato, el hilo con el que tejía salió volando como las telarañas del Hombre Araña. Buscó frenéticamente al guía entre el público y señaló a Meri.

–Jim, ¡puede verlos!

Pero los padres de Meri ya se habían adelantado y se la estaban llevando consigo. El padre la alzó en sus brazos y los tres salieron corriendo del lugar.

–¡Deténganlos! –el guía de los garabatos en los brazos ya estaba corriendo tras ellos. Sus marcas brillaban ahora mucho más intensamente en su piel, incluso cuando habían quedado expuestas a la luz del sol. Martha había dejado a un lado su rueca y también iba tras ellos; los costados de su sombrero blanco parecían alas emplumadas a ambos lados de sus orejas; la luz de color peril le distorsionaba los rasgos y ahora se parecía a un pájaro de pico torcido. Más personas se unieron a la cacería: el hombre sin sonrisa de la boletería y una jardinera con un par de tijeras gigantes, entre otros. Mientras corría, la mujer hablaba con los labios pegados a una especie de artefacto muy pequeño que colgaba de su hombro. Se parecía a aquella ilustración en ese libro de cuentos de hadas que Meri tenía y que relataba la persecución detrás del Hombre de Jengibre.

–¡Quieren devorarnos! –sollozó Meri.

La multitud que aguardaba fuera no supo cómo reaccionar; se movía para dejarlos pasar mientras que el padre de Meri se apresuraba para sacar a su familia de allí.

–¿La niña necesita asistencia médica? –preguntó una mujer, sujetando al papá de una manga–. Yo soy enfermera.

–¡Aléjense! ¡Son terroristas! –gritó el guía, e inmediatamente después todos comenzaron a correr en diferentes direcciones, a los gritos, alejándose de Meri y su familia. El caos se desató. Los niños fueron agrupados en un rincón, quienes estaban de pícnic se pusieron de pie, y todos buscaron refugio en la casa y en los alrededores del edificio.

Ignorando los carteles de "No pasar", el padre de Meri atravesó corriendo un cantero de flores y un arbusto.

–¡Naia, apresúrate! ¿Por qué no lo vimos? –jadeó, mientras el sudor le recorría la frente.

Meri supo que había hecho algo malo… tan malo que sus padres ni siquiera tuvieron tiempo para regañarla. Arrugó la cara para evitar que se le salieran las lágrimas. Los jardines estallaban a su paso, envolviéndolos en una nube de helechos y flores de verano.

También ignoraron un cartel de "Prohibido el ingreso" y pasaron corriendo justo por delante de la gran casa. A Meri se le salió la gorra que llevaba puesta. Sin dejar de correr por una sola milésima de segundo, su madre la atrapó en el aire y volvió a colocársela de manera tal que escondiera el rostro de su pequeña de la vista de quienes venían tras ellos.

–¿A dónde iremos, Blake? Ya deben de haber bloqueado el estacionamiento –el padre de Meri se veía verdaderamente asustado. Ponía la misma cara cuando Meri corría justo delante de algún coche. Levantó la vista para leer un cartel.

–Llama a Theo. Pídele que recoja a Meri en un lugar llamado Pioneer Farm. Allí es a donde iremos ahora.

Siguieron corriendo. Meri ya se sentía mal. Su madre le pasó en voz baja un mensaje al mejor amigo de la familia. Llegó a escuchar las palabras "desastre", "enemigos" y "de inmediato".

–¿Qué es lo que hice mal, papá? –sollozó Meri mientras su padre corría por un camino cubierto de raíces de árboles, con sus pies patinándose una que otra vez sobre el manto de hojas que lo cubrían.

–Nada, cariño. Esto no es tu culpa –su padre escondió el rostro de la pequeña contra su pecho al tiempo que tomó un atajo entre algunos árboles. El golpe de sus zapatos retumbaba sobre la pasarela de madera, hasta que entraron en un granero con olor a heno y a encierro–. Es solo que no creí que hoy… Un riesgo muy tonto a decir verdad. Es nuestra culpa. No tuya.

Pero ella sabía que estaba mintiendo. Estaba convencida de que había hecho algo y de que era muy malo.

–No, Blake, no podemos dejarla aquí –protestó su madre.

El pánico finalmente floreció, ardiente y terrible, en el estómago de Meri.

–Me portaré bien, mamá. Lo prometo. No me dejen aquí.

–Escóndete allí –dijo su padre mientras la dejaba en el suelo, en una montaña de heno cerca de un caballo amarrado, uno gigante y que olía muy mal. ¿Iría a aplastarla? Meri estaba convencida de que sí–. No te muevas de aquí hasta que Theo venga a tu encuentro. ¿Me oíste? Es muy importante que hagas exactamente lo que yo te digo.

Meri gimoteó.

–No debes salirte de aquí por ninguna otra razón. ¿Está

bien cariño? No vale espiar y no vale hacer un solo ruido –le quitó una lágrima de la mejilla.

–Por favor, Blake –le suplicó la madre.

–¿Qué otra cosa sugieres, Naia? –se oía furioso, pero Meri sabía que lo que estaba era asustado–. No podremos despistarlos lo suficientemente rápido si la llevamos con nosotros. Debemos hacerles creer que está en algún otro lugar. No sabemos cuántos perilos hay persiguiéndonos.

La mujer se veía extremadamente pálida en la luz tenue del granero.

–Tienes razón… Tienes razón. Sé que es así, pero no creo poder hacerlo.

Blake tomó a Naia de los hombros y la sacudió suave pero determinante.

–Entonces tendremos que morir los tres. Al menos, de esta manera, todos tendremos la oportunidad de sobrevivir.

La mujer cayó de rodillas sobre el heno y tomó a Meri en sus brazos.

–Sé valiente, pequeña. Haz lo que ha dicho tu padre y quédate aquí hasta que llegue Theo. Recuerda, preciosa: te amamos más que a nada en este mundo.

El papá corrió hasta la puerta y levantó del suelo un viejo rastrillo.

–Naia, ¡ya vienen!

–Te amamos, cariño. ¡Te amamos mucho!

–Esto lo hacemos por ella. Tienes que dejarla aquí. En el bosque. Toma, sostén esta bolsa contra tu pecho y haz que parezca que aún la llevamos con nosotros. Y ponle el sombrero.

Meri sintió los dedos de su madre cuando esta se separaba de ella.

—¡Mami!

—Si nos amas, no harás ningún ruido —le advirtió el papá.

Meri selló sus labios. Ni siquiera se quejó cuando le cubrieron con heno la cabeza.

—Estarás a salvo, pequeña.

Molesta y acalorada en su escondite, Meri sentía que sus oídos le zumbaban y que todo la aturdía. Oyó el sonido de pasos que se alejaban. Y luego, el silencio. El caballo que tenía a su lado movía las patas por el calor. Luego vino el murmullo de muchas personas que se acercaban, todas hablando una lengua que Meri no conocía. El granero hacía eco de esos incontables pasos que pisoteaban los tablones. Mezcladas con ese barullo, Meri escuchó explosiones distantes; dos, luego otras dos, todas una detrás de la otra. El miedo la invadió por completo, aunque no entendía bien por qué. De alguna manera, simplemente supo que jamás vería a sus padres otra vez.

WIMBLEDON, Londres, antes de la inundación.

—No seas tímido, Kel. Ve allí afuera y busca a Ade.

Kel miró a su padre a través de su flequillo enrulado: una pierna infinitamente larga desde ese ángulo.

–No quiero.

Lo último que deseaba era soltarle la mano a su papá y unírseles a los otros niños que jugaban en la piscina inflable de aquel jardín trasero. Había solo tres, pero no conocía a ninguno de ellos.

Su padre se arrodilló a su lado y con una mano le quitó el cabello de los ojos.

–Este es el día del que tanto te hemos hablado. Vivirás con Ade en esta casa. Él es tu príncipe, y tú serás su guardaespaldas una vez que hayas recibido el entrenamiento apropiado. Ahora solo queremos que sean amigos.

Kel se mordió la uña de su dedo gordo.

–Un príncipe... ¿como en los cuentos?

–Sí, pero él es uno de verdad. Esto no es un cuento de hadas. Y es un secreto. Hay gente mala que quiere matarlo: los atlantes. ¿Recuerdas lo que te había contado de los atlantes?

Kel asintió solemnemente con la cabeza. Había tenido pesadillas sobre los atlantes estas últimas semanas: quemaduras, latigazos, colmillos que chorreaban sangre y ojos endemoniados.

–Ade necesitará gente a su alrededor cuando crezca, gente en la que él pueda confiar de manera incondicional. Ponlo primero en tus prioridades de ahora en más, ¿está claro?

Quedaba claro para Kel que su padre se estaba despidiendo.

–¿Y qué hay de ti y Jenny?

Su padre intentó sonreír, pero aquello era más bien una torsión de labios a ambos lados de la boca.

–Nosotros tenemos nuestros puestos de trabajo también,

pero vendremos a verte siempre que tengamos vacaciones. Y Ade visitará a su familia de vez en vez, así que nosotros estaremos allí también, protegiendo a nuestra gente –con sus manos, ajustó los cordones de la capucha de la sudadera azul que llevaba puesta Kel–. Hemos estado al servicio de la familia de Ade desde tiempos inmemorables. Es lo que nosotros, los Douglas, hacemos. Y es también esto por lo que tu madre ha dado su vida.

Kel se miró los dedos del pie retorciéndose desde sus sandalias. La pérdida de su madre era algo muy duro para él. Los atlantes la habían asesinado mientras ella estaba de servicio en los Estados Unidos solo unos pocos meses atrás. Aún sucedía que Kel se despertaba por las mañanas creyendo que estaba viva. Pero luego recordaba que no era así, y entonces se sentía casi tan devastado como aquella primera vez, cuando recibió la terrible noticia.

Su padre lo sujetó fuertemente de los hombros.

–Yo comencé con el actual rey cuando tenía tu edad, así que sé lo que se siente. Te sentirás algo confundido por un tiempo, un poco perdido también; pero luego harás amigos y encontrarás una segunda familia aquí. Encajarás, ya lo verás.

El labio inferior de Kel tembló peligrosamente. Le habían metido en la cabeza que los Douglas no lloraban. Por lo tanto, sabía que no debía desilusionar a sus padres.

–Pero no creo que vaya a convertirme en un buen escolta, papá –murmuró.

Su padre hizo una mueca, pero no sonrió.

–Todos pensamos lo mismo al principio, pero lo lograrás con el entrenamiento adecuado. Está en nuestros genes, hijo. Ahora ve, Kel; comienza como te lo he enseñado: no dudes, y sé valiente. Haz que tu madre se sienta orgullosa de ti.

Kel se tragó las lágrimas y dio un paso hacia adelante, hacia la luz del sol. Los niños en la piscina dejaron de pronto de atacarse con sus pistolas de agua para observar al niño desconocido que se les aproximaba.

Kel levantó una mano.

–Hola.

Desearía haber tenido mejores palabras, pero eso fue lo único que se le ocurrió decir.

Detrás de él, oyó que una mujer hablaba con su padre.

–Comandante Rill, muchas gracias por traer a Kelvin aquí con nosotros. Siempre podemos confiar en su familia.

–Supimos que necesitaban soporte, y sabíamos que podíamos ayudar –respondió su padre, serio–. Además, desde que perdimos a Marina… No puedo cuidarlo y al mismo tiempo hacer mi trabajo… No es como antes.

–Comprendo. Lo siento tanto.

–La madre de Kel murió haciendo algo en lo que creía profundamente. Ambos sabemos que lo que suceda con Ade y su familia será lo que determine la supervivencia o la extinción de todos nosotros. Nada es demasiado cuando uno mira las cosas de esa manera.

–Es verdad. Nos aseguraremos de que Kel reciba un buen trato y sea entrenado como corresponde. Yo misma cuidaré de él como si fuese mi propio hijo. El mío, Swanny, estará a cargo de los más jóvenes; él se asegurará de que Kel se sienta como en casa.

–Gracias, Sandy. Te lo agradezco mucho. Aún está en pleno duelo… Todos lo estamos. Lo extrañaré horrores. Es un muchacho encantador. Ha sido siempre nuestra alegría y nuestro orgullo. Pero supongo que todo padre probablemente diría eso. Sé que esto es lo correcto.

De mala gana, Kel dio unos pasos más para acercarse al resto de los niños. Uno de rizos negros y tez oscura se le acercó atravesando el jardín, con el cuerpo que aún chorreaba agua de la piscina como si fuese una nutria recién salida del mar. En sus pantaloncillos, Kel pudo ver un simpático dibujo de tortugas.

–¿Así que tú eres mi nuevo escolta?

–Eso es lo que dijo mi padre, sí.

–Genial. Soy Ade –dijo el niño, y le alcanzó una pistola de agua–. Entonces, tú estarás de mi lado. Somos los rojos, y ellos son el equipo azul. Un golpe directo al frente y estás fuera. Si te dan por la espalda o un costado, sobrevives, pero debes quedarte fuera del juego por diez minutos. ¿Entendido?

–Sí… ¿Está cargada? –Kel se sintió aliviado al ver que era una de las que ya había usado antes en la casa de un amigo. Miró para atrás y vio que su padre seguía allí, observándolo. Intentó sostener la pistola para que pareciera que sabía lo que estaba haciendo.

–Sí, está cargada. ¿Estás listo?

Kel le devolvió la sonrisa a Ade, y le gustó la picardía en la mirada del príncipe. Decidió entonces que tal vez, y solo tal vez, esto no iba a ser tan malo después de todo.

–Estoy listo.

Capítulo 1

WIMBLEDON, Londres, después de la inundación.

Mientras observaba los árboles que habían sido dañados por la tormenta en la plaza principal, Meredith Marlowe jugaba con las cerezas que descansaban en una canasta en el lavabo y que alguien había dejado allí para escurrir. No podía comer una sola cereza sin pensar en aquel día en Mount Vernon. Los escalofríos seguían allí, como los efectos que le siguen a un chapuzón en el mar helado. Se sacudió de cuerpo entero para obligarse a volver al presente.

—No es época de cerezas, ¿sabías, Theo? —las cerezas eran un lujo agridulce para Meri. El placer siempre arruinado por esa maldita costumbre de recordarlo todo.

Theo Woolf quitó la vista de la sección de arte del periódico que estaba leyendo. Treintañero, de cabello rubio y pajoso, con un arete puntiagudo y ojos de un azul brillante; Theo no se parecía en nada a la idea que cualquiera tendría de un tutor serio y formal para una huérfana de diecisiete años.

—Pero también sé cuánto te gustan.

–¿Y qué hay del calentamiento global? –tomó un par de cerezas y se sentó frente a él en la mesa ya dispuesta para el desayuno–. ¿Había considerado eso, Señor Ecológico?

–Un racimo de cerezas españolas no será lo que acabe con este mundo.

Ella revoleó los ojos.

–Si te hace sentir mejor, iré a trabajar en bicicleta en lugar de llevarme el coche. Eso debería nivelar las cosas un poco.

–Siempre usas la bicicleta. Ya no tenemos coche, ¿recuerdas? –se habían deshecho de él el mes pasado, cuando Theo tuvo que admitir que no podía seguir afrontando los gastos que generaba.

–Ah, sí, pero escucha esto: iba a llamar un taxi, pero decidí no hacerlo.

–No creo que puedas medir tu impacto ambiental de esa manera.

Theo sonrió, dio vuelta la página del periódico y puso sobre la mesa un artículo que leyó con renovada concentración. Iba marcando la lectura con ciertos sonidos que salían de su boca.

–¿Qué sucede? –Meri se sirvió algo de jugo de manzana mientras admiraba el verde con motes dorados en su vaso. Las cosas más sencillas están llenas de muchos colores hermosos, solo tenemos que detenernos a mirarlas.

–Han recortado la subvención a la comunidad de cantantes del noreste. ¡Tenía que ser la maldita mafia de Birmingham! Adivina quién llamará a mi teléfono a primera hora esta mañana –Theo tenía una pequeña oficina de caridad que apoyaba movimientos que trabajaban en la construcción de lazos comunitarios para fomentar la entrada de refugiados–. Los políticos no comprenden cuánto ayuda la música a que los nuevos puedan integrarse a nuestra comunidad… Desde coros de rock hasta ópera, todo juega una parte en el proceso.

–Siempre dices que eres la persona más rica que conoces por estar a cargo de un presupuesto de cinco millones de libras.

–Pero no olvides que luego aclaro que trabajo a cambio del salario más bajo, un salario que apenas alcanza para pagar la renta de nuestro pequeño apartamento.

La mayor parte del centro y el sur de Londres se había perdido luego de la inundación o solo era accesible a través de botes, por lo que las afueras de la ciudad se habían convertido en la opción más popular en el presente. Solo podían pagar aquel apartamento tan hermoso en el que vivían porque el propietario, un cantante de ópera retirado que vivía en el piso de abajo, era un viejo amigo de Theo.

Meri intentó no preocuparse por su precaria situación financiera.

–¿No puedes tomar algo de ese presupuesto para los cantantes?

–Tendré que olvidarme de esa opción. Ya he distribuido todo lo de este año.

–Estoy segura de que encontrarás una manera por demás diplomática para decirles que no. Es lo que siempre haces conmigo cada vez que te pido algo.

Él le revolvió el cabello con la sección de deportes del periódico.

–Qué insolente eres. Así que este es el respeto que

recibo de mi hija adoptiva de casi dieciocho años. Lo cual me recuerda lo siguiente… Sobre mi escritorio, tengo boletos para ir al Hammersmith Odeon este sábado. Tee Park estará tocando esa noche.

—¡Me encanta!

—Tuve que mover muchos hilos muy importantes para obtener esos boletos. Supuse que serían un buen regalo de cumpleaños. ¿Hay alguien a quien quisieras llevar contigo?

Meri había calculado una vez que los ingresos de Theo valían en realidad el doble de los billetes que recibía si contaban todo lo que conseguía de forma gratuita.

—No, a nadie.

—¡Vamos! Ya hace meses que vas a la escuela. Seguro tendrás algún amigo por ahí —bebió su café negro y entrecerró los ojos como reacción al sabor tan amargo. Meri sabía que le hubiese encantado un poco de azúcar, pero en este último tiempo habían decidido dejar de consumirla luego de que el precio se disparara y se fuera por las nubes.

—Ah, sí, me conoces tan bien… Yo y mi amplio círculo social.

—A tu edad, no creo que quieras pasarte los días conmigo y mis amigos.

Meri revolvió su cereal y le agregó unas cuantas bayas congeladas.

—Me gustan tus amigos.

—Pero ninguno de nosotros tiene menos de treinta años. Deberías estar sociabilizando con gente de tu edad.

Meri tuvo de golpe un pensamiento desagradable.

—¿Acaso estoy cortándote las alas, Theo?

A la corta edad de veinticinco años, su tutor había pasado

de repente de ser un estudiante libre y sin ataduras que se pasaba su tiempo preparándose para un Máster en Administración de las Artes a asumir el rol de tutor de una niñita de cuatro años traumatizada. Eso implicaba tener que mudarse cada cierta determinada cantidad de años para asegurarse de que la niña estuviera a salvo, y también había implicado tener que entrenarla para que no contara nada sobre sí misma hasta que fuera lo suficientemente grande como para comprender la importancia de guardar su secreto. Theo no sabía la naturaleza exacta del peligro que la niña enfrentaba, pero dijo haber entendido lo suficiente para creer que los padres de la niña no estaban exagerando.

–No, Meri. No me estás cortando nada –Theo sonrió, satisfecho–. Las muchachas aman a un padre soltero con una niña tan bonita como tú. Y cuando se enteran de que en realidad soy tu padre adoptivo, piensan también que soy un santo.

–Ya no estoy en edad de ser una niña bonita. Y tú no eres un santo.

–Estoy de acuerdo con lo segundo, pero no te va tan mal en eso de ser adorable. Ahora, es verdad que recibo muchos elogios por haberme hecho cargo de una adolescente. Es considerado un trabajo mucho más duro que el de limpiar el río de contaminantes, por ejemplo.

Meri sonrió.

–Apuesto a que le sacas el mayor de los provechos.

–Me conoces tan bien…

Ambos quedaron sumidos en un silencio compartido. Meri terminó su cereal y su jugo de manzana mientras leía por encima los titulares: movimientos masivos de refugiados climáticos, informes sobre las ciudades que se habían perdido luego de alguna inundación o desertificación, guerras por la apropiación de recursos naturales… Había muchísimas noticias sobre los Estados Unidos, pero no del tipo que ella esperaba, no el tipo de "personas que habían estado perdidas fueron encontradas". Su cumpleaños se acercaba, y sus padres volverían a perdérselo.

–Theo… he estado pensando mucho en ese día últimamente… ¿Por qué crees que se fueron sin mí?

A juzgar por el dolor en su expresión, Theo supo exactamente qué era lo que Meri le estaba preguntando.

–No te abandonaron. Al menos no fue esa su voluntad.

–Tú crees que están muertos, que los han matado –él siempre se lo había dicho. Solo algo tan terrible como eso hubiese evitado que sus padres salieran a buscarla, le había dicho. Habían dedicado sus vidas enteras a su hijita–. Pero nunca nadie encontró sus cuerpos.

–Bueno, pero hay un río justo junto a Mount Vernon, Meri. Y también habían emitido esa alerta terrorista falsa. Todo el personal involucrado en la persecución desapareció de la nada. No sería muy difícil deshacerse de dos cuerpos en esa zona. Supongo que podría disimular y permitir que te ilusiones con la idea de que vuelvan algún día, pero creo que la falsa esperanza es la peor de todas. Me juré a mí mismo que jamás te mentiría.

Pero no habían sido solo "cuerpos". Habían sido su papá y su mamá. Eso le resultaba abrumador. Sin embargo, Theo siempre había sido muy directo al hablar con ella, por lo que Meri hizo un esfuerzo y pasó por alto el detalle.

–¿Y qué fue lo que los mató entonces?

–Lo mejor que se me ocurre es que se hayan visto involucrados en algún ataque de crimen organizado. Tu madre mencionó por teléfono que estaban en problemas con viejos enemigos.

–Los perilos.

–Me da a pensar que podría ser una pandilla... Pretenciosa, que intenta infundir miedo en los demás. Los busqué, pero no encontré nada sobre ellos en internet. Supongo que la Wikipedia no lo sabe todo.

De haber sido una pandilla, habría sido la pandilla más rara de todas: una actriz, un par de guías turísticos y jardineros, poco parecido a la mafia. Siempre se había preguntado si sus recuerdos no se habrían mezclado con sus sueños sobre aquella última salida familiar y si tal vez nada de todo aquello había sucedido en realidad. La piel incandescente no parecía algo lógico sino más bien una alucinación magnificada por una fiebre. Se había convertido en algo difuso y surreal, y todo bañado de aquel color que solo ella podía ver.

–¿Y tú crees que yo sigo estando en peligro?

Theo suspiró.

–¿En verdad quieres hacer esto ahora? ¿En serio? Tienes que tomar tu autobús en diez minutos, y yo ya tendría que haberme ido de casa.

Meri asintió con la cabeza, mientras ponía en su lugar el plato de mantequilla, la olla con perejil y el tarro de miel orgánica que a Theo le gustaba sobre su pan tostado.

–Muy bien. Las cartas sobre la mesa entonces. No sé con certeza si *no* estás en peligro, que no es lo mismo. Han pasado ya muchos años. Catorce, para ser exacto. Si hubiese habido alguna especie de *vendetta*, hoy todo eso ya sería historia. Les prometí a tus padres que te salvaría para que pudieras vivir una vida larga y feliz. Tal vez sea hora de que tú empieces a hacer la parte que te toca –Theo se puso de pie y recogió su bolso–. Así que el *Theoconsejo* del día es que salgas allí fuera y comiences a vivir tu vida. Has amigos, arriésgate un poco, pero no tanto –le sonrió–. Has lo que te digo y no lo que yo hice a tu edad.

–No estoy segura de saber cómo hacer amigos –confesó Meri.

–Solo sé tan sarcástica como eres siempre. Eso ahuyentará a los débiles, pero debería reducir la lista a unos pocos compañeros que valgan la pena y que sepan valorar a una sabelotodo sarcástica y graciosa. De acuerdo con mi propia experiencia, eso será todo lo que vayas a necesitar.

–Dios mío... ¡Gracias, Theo! Tu confianza en mi encanto me reconforta.

–¿Lo ves? Estarás bien. El nuevo año escolar recién comienza. Todavía puedes tener un buen comienzo. Veamos cómo te va hoy.

Meri recordó el consejo de Theo solo luego de haber elegido el mismo asiento de siempre en el autobús, en el piso inferior, a la mitad, junto a los viejos pensionados, y no en el piso superior, con el resto de los niños de su edad que iban a la escuela. Ese no era el nuevo comienzo que había planeado.

—Disculpe –le dijo con una sonrisa a la señora de contextura diminuta y cabello gris y encrespado que se sentaba a su lado cada mañana. Pasó delante de la anciana y se dirigió al primer piso del autobús justo cuando este tomaba una curva, lo que provocó que casi saliera despedida por una de las ventanillas. Una mano la atrapó por detrás y la ayudó a recuperar el equilibrio–. Gracias –miró a su alrededor y le sonrió al muchacho alto y moreno que ya había visto en la sala común. Recordaba que el muchacho tenía un nombre muy largo… Adetokunbo, según el registro; pero todos lo llamaban Ade. Le quedaba bien y encajaba justo con su gran presencia.

—No hay problema, Ratoncita –respondió Ade, y le dedicó una amplia sonrisa. Con una barba cuidadosamente recortada y delineada y un bigote, todo en un solo bloque, era uno de esos muchachos que ya aparentaban ser demasiado grandes para ir a la escuela.

Meri se sonrió cuando la llamó así. En la escuela, la comenzaron a llamar Ratona Marlowe luego de que se ganara la reputación de arrastrarse dentro y fuera de clase sin llegar a hablar con nadie. Los viejos hábitos son difíciles de deshacer. Ella solo era ella misma con Theo. Sin embargo, su tutor tenía razón: Meredith ya no quería ser esa ratoncita. Había llegado la hora de un cambio. Una vez que llegó al primer piso del autobús, buscó un lugar para sentarse. Había dos asientos dobles libres cerca del frente, así que eligió uno junto a la ventana del frente. La niña *compu-punk* sentada del otro lado del pasillo le tocó el hombro. Los aretes que tenía dispuestos en hilera uno al lado del otro en la oreja destellaron todos al mismo tiempo.

–No quieres hacer eso –le dijo mientras sacudía la cabeza. Como guiño a su atuendo inspirado en la informática, uno de sus aretes era un pendrive. Era gracioso imaginarse todos esos terabytes ocupando el lugar de joyas improvisadas.

–Disculpa… ¿Qué?

–Ese es el asiento de Ade –dijo una nueva voz detrás de ella. Ade estaba de pie en el pasillo. A su lado, dos muchachos que lo acompañaban: Kel y Lee, si recordaba bien. Lee había sido el de la advertencia.

–¿Ahora tenemos asientos asignados? –Meri odiaba que se le hablara en ese tono–. Y yo que creí que este era el transporte público.

–Te recomiendo que busques otro lugar en la parte de atrás –siguió Lee. Tenía un rostro pálido y angular, cabello castaño despeinado y ojos de un verde grisáceo con los que ahora la miraba fijamente. A Meri enseguida se le ocurrió que se parecía mucho a los viejos actores de Hollywood en esas películas de vampiros de la primera década del siglo que ahora siempre repetían por televisión. Hollywood mismo ya había desaparecido unos pocos años atrás, por supuesto, luego de todos esos incendios incontrolables. Ahora el Nuevo Hollywood en Colorado se dedicaba a hacer solo películas sobre desastres naturales, y los actores de rostros más amables terminaron por quitarles el trabajo a los vampiros–. Anda… Muévete.

Meri se cruzó de brazos y se quedó allí donde estaba.

Ade colocó una mano sobre el hombro de su amigo.

–Lee, no te preocupes. Ocuparemos los asientos de atrás por hoy.

Meri no pensaba pasar esto por alto muy fácilmente.

–Lee, dime… ¿Tienes algún memo por parte del alcalde que diga que la primera fila está reservada para tu amigo? Supongo que se olvidaron de darme uno a mí también. Vas a estar muy ocupado deshaciéndote de todos esos niñitos que disfrutan de hacer ruidos de motor con la boca y simulan ser los que conducen el autobús. Sus mamis y papis estarán muy complacidos si les arruinas el día.

Ade sacudió la cabeza mientras miraba a Lee y luego se sentó detrás de Meri. Lee se sentó a su lado sin decir una sola palabra más; y el otro asiento al frente quedó libre para el tercer muchacho, el rubio que se había quedado callado. Él también se sentó, y tuvo que separar las piernas para poder caber en el asiento, por lo que el espacio de Meri junto a la ventana quedó reducido a unos pocos centímetros. Meri lo reconoció: lo conocía de clase; un poco, porque había pasado demasiado tiempo mirándolo desde el otro lado del salón creyendo que él no se daría cuenta. Era un excelente artista.

Meri supuso que aquel intercambio con esos dos muchachos no era lo que Theo había tenido en mente cuando le habló de cómo hacer nuevos amigos, a menos que la mayoría de las amistades comenzaran fastidiando y ofendiendo a las personas involucradas.

Ade le acomodó un mechón de su cabello suelto que colgaba sobre el respaldo de su asiento.

–Jamás te había oído hilar dos palabras… ¿Qué le sucedió a la Ratoncita?

–Ella jamás existió –Meri bajó el mentón, sintiéndose incómoda ahora que había ganado aquella pequeña batalla.

¿Cómo no iban a ser unos engreídos si todos los otros niños en el autobús se habían corrido de su camino sin decir una sola palabra durante semanas? Sin embargo, era desconcertante para Meri estar tan cerca de los muchachos de los que acababa de burlarse. Podía sentir el calor viniendo del cuerpo del que estaba sentado a su lado, el perfume del jabón que seguramente había usado aquella mañana, tan diferente del perfume a talco de la anciana en el piso de abajo. Había algo intenso sobre su vecino de asiento, la hacía sentir como si estuviese sentada sobre las luces altas de un coche encendido.

—No debería hablarte así, Ade —murmuró Lee.

—¿Por qué no? No soy su jefe. Necesitas relajar un poco, Lee, o la gente comenzará a pensar que somos unos idiotas.

Meri no pudo resistirse a hacer un comentario.

—Demasiado tarde para eso.

El muchacho sentando a su lado se rio, pero inmediatamente simuló estar tosiendo.

—Te odio —dijo Lee.

Segundo round.

—Ups… Creo que alguien aquí está en esos días del mes —se dio vuelta para mirar a Lee a los ojos—. Para tu información, la ciencia ha confirmado que, una cierta cantidad de días al mes, los varones suelen volverse aún más imbéciles… Nada que ver con el síndrome premenstrual femenino, claro.

¿Qué estaba haciendo?

Lee no tuvo ningún problema en decirle dónde podía meterse sus comentarios.

—Suficiente, Lee. Discúlpate con la Ratoncita —ordenó Ade con tal autoridad en su tono de voz que Lee llegó a murmurar algo que podría haber incluido las palabras "lo siento".

Meri se encogió de hombros y simuló estar interesada en la vista desde su ventanilla. El viaje en autobús no era muy largo, pero había demasiado tráfico y solía ser más práctico siempre ir a pie. Midió el progreso del autobús siguiendo con la mirada a un muchacho en ropa deportiva que estaba paseando su perro. Sí: era más rápido caminar, siempre y cuando supieras dónde estaban los refugios de emergencia. A medida que pasaban los minutos luego del pequeño altercado con Lee, se encontró observando otra vez a su compañero de asiento. En contraste con la energía tormentosa del Conde Imbécil en el asiento de atrás, Meri hubiera jurado que Kel irradiaba una especie de luz. Era una idea estúpida, por supuesto. Probablemente una asociación con sus cabellos color miel que parecían ondear en todas direcciones, como si no tuvieran que cumplir con la ley de gravedad. Estudió su reflejo y decidió que tenía un rostro inusual aunque bonito. Tal vez no tan deslumbrante como sus dos amigos, pero había una intensidad en la línea de su mandíbula y su nariz aguileña. ¿De qué color eran sus ojos? El reflejo no llegaba a darle una respuesta clara. No es que importara. Después de hoy, no iba a cometer el error de volver a sentarse en el frente del autobús.

–¿Cuál es tu nombre? Supongo que no es Ratoncita.

Le estaba hablando a ella. Maldición, no habría notado cuando se lo quedó mirando... ¿o sí? Admitirlo sería caer muy bajo.

–Soy Meredith Marlowe.

—Gusto en conocerte, Meredith. Yo soy Kel Douglas. En realidad, mi nombre es Kelvin; pero jamás perdonaré a mis padres por ello.

Estuvo a punto de agregar que sus amigos la llamaban Meri, pero enseguida tomó conciencia de que en realidad no tenía amigos.

—Ah… Sí… Encantada.

—Estamos juntos en la clase de Arte este semestre.

—Lo sé.

Él hizo una pausa, pero ella no expandió mucho más su comentario.

—No te gusta mucho conversar, ¿cierto?

—No —tal vez en otra época, sí; pero había aprendido a callarse la boca.

—No importa… Un gusto haberte conocido.

—Y yo a ti.

Fue una conversación un tanto formal y un tanto incómoda también, el tipo de conversación que se tiene cuando te debes presentar ante un extraño, no ante alguien a quien ves por los pasillos de la escuela todos los días. Meri se preguntaba si había algo que pudiera decir para verse como una chica más o menos normal.

—Y, ah… ¿Te gusta el arte?

—¡Sí habla! —Kel se dio la vuelta otra vez para mirarla y le sonrió. El poder de esa sonrisa fue suficiente para voltearla; hasta se hubiese caído al suelo de haber estado de pie. Muy bien, eso fue un tanto exagerado, pero su sonrisa era simplemente extraordinaria—. Sí. Me gusta hacer cosas… Con la cerámica más que nada. ¿Y a ti te gusta?

–Pintar. Me gusta pintar –gracias a Dios, el autobús estaba acercándose a la parada donde les tocaba descender. Todos los estudiantes comenzaron a amontonarse en el pasillo.

–Te veo al rato entonces... en la clase de Arte.

–Sí –Meri esperó a que Kel se fuera con sus dos amigos antes de bajarse–. Eso sí fue incómodo –murmuró para sí misma.

Kel observaba a la muchacha en el salón de Arte desde su rincón junto al torno de alfarero. Se había colocado los lentes sobre su cabeza y estaba concentradísima en su lienzo. Era una pintura abstracta y se veía increíble: un conjunto de puntos diminutos en una serie infinita de diferentes tonos de azul. No resultaba fácil descifrar cómo lo había logrado, pero cuando uno estaba situado a la misma distancia que Kel podía apreciarse el efecto completo de las pinceladas, como si fuesen pixeles que se convierten en una foto. Se parecía a la ola curva en la obra de Hokusai, pero regida por los principios de perfecta proporción de la serie de Fibonacci. Meri tenía un boceto junto a su caballete con el diseño del espiral. Eso le gustó. Sus propios platillos de cerámica blanca aspiraban a esas mismas líneas, la naturaleza bajo control; no como ese mundo de allí fuera que los humanos habían arruinado.

Con la tanza, Kel cortó y retiró la pieza a la que acababa de dar forma en el torno de alfarero. Nunca antes había pensado tanto en Meredith Marlowe. La muchacha se había quedado en el fondo del salón, siempre vestida con colores apagados y casi siempre escondida detrás de esos lentes gruesos y de montura oscura demasiado grandes para su pequeño rostro. No fue hasta que ella se acercó a Lee con sus comentarios mordaces que su interés se disparó. Cómo le molestaba la actitud de su amigo, siempre tratando de sacar provecho de su posición de privilegio. Desde que lo habían nombrado escolta personal de Ade el mes anterior, Lee parecía haberse olvidado de que la otra parte vital de su rol era ser sutil y lograr desviar cualquier tipo de atención inoportuna lejos del príncipe. Ade iba a tener que hablar con él más tarde.

—Kel, eso es simplemente maravilloso —la profesora de Arte, la señorita Hardcastle, se acercó y se detuvo a su lado—. No sé cómo haces para que se vea tan perfecto. Casi podría uno pensar que lo hizo una máquina y no un ser humano.

—¿Le parece? —sonó desganado. Ese no era el efecto que Kel esperaba lograr. Lo quería puro, no inhumano.

—No, no, no es una crítica. Es genial, de hecho. Y suelen salir más blancas que las otras piezas que dejamos en el horno. Eso tampoco lo comprendo.

Todo aquello tenía que ver con lo que él era en verdad. Sus manos eran capaces de blanquear objetos si se concentraba lo suficiente; era una canalización natural de su energía UV personal. Todos los de su especie absorbían esa energía de lo que los rodeaba y sabían liberarla una vez que aprendían a tener el control.

—Será mi toque mágico entonces.

La profesora rio.

—Ya lo creo. Muy bien. Lleva esta pieza al horno. Lo estás

haciendo muy bien. También asegúrate de tener actualizado tu libro de arte con tus notas y observaciones.

Inspirado por el famoso alfarero británico que tenía un show en el New Tate en el Alexandra Palace, Kel estaba ideando una pared en la cual exhibir sus cuencos blancos sobre estantes hechos de madera reciclada.

–Haré algunas ahora.

–Entonces te dejaré que sigas con lo tuyo.

La profesora se alejó y se dirigió a hablar con Meredith. Su rostro se veía menos feliz ahora que observaba el lienzo de la muchacha. Kel podía oírla quejarse de que no llegaba a ver lo que Meredith estaba intentando lograr ni tampoco comprendía sus influencias. De verse feliz observando su obra a solas, Meredith ahora solo se limitaba a escuchar, cabizbaja. Kel paró la oreja disimuladamente mientras se lavaba las manos en el lavabo.

–¿Qué vas a decir en la presentación de tu proyecto cuando debas hablar de lo que te inspiró, Meredith? No estoy segura de que los examinadores vean la gracia de cientos de puntos de un mismo color sobre un lienzo.

–No son de un mismo color –Meredith se había recogido su cabello castaño con un pañuelo para que no le molestara. Ahora que se había comenzado a irritar más y más, unos mechones comenzaban a soltársele. Estaba inquieta.

–De cerca, no se ve la diferencia. Hace que me ponga bizca. ¿Qué escuela de arte crees que estás siguiendo aquí?

–Ninguna. Estoy pintando algo que puedo ver en mi cabeza.

–Pero eso no es suficiente para lograr la máxima

calificación. Mira… ¿Por qué no piensas en las obras que los otros alumnos están haciendo y estudias un poco sus proyectos? Kel está haciendo uno de cerámica muy interesante, por ejemplo. Puedo ver que tienes una visión aquí, pero es que no creo que la ejecución de esa visión le esté haciendo justicia.

La señorita Hardcastle estaba equivocada. Estaba exquisitamente logrado y era técnicamente impecable. ¿Por qué no podía verlo?

–Muy bien, señorita –Meredith dejó su pincel sobre la mesada y se limpió los dedos con un trapo–. ¿Qué se supone que haga con esto ahora?

Kel estaba decepcionado. ¿Por qué no estaba defendiendo su obra? Aquella muchacha sarcástica del autobús había desaparecido.

–Tienes tiempo para comenzar otra vez. Pinta encima si prefieres. Los lienzos buenos cuestan demasiado dinero.

Meredith desvió la mirada y miró por la ventana. Observó los tejados de los apartamentos ubicados frente a la escuela. Se la veía algo perdida y bastante golpeada por la crítica. A Kel esa imagen le partió el corazón.

–¿Me la puedo llevar a casa?

–Si lo prefieres… ¿Crees que tus padres podrán pagar un lienzo nuevo? El presupuesto de la escuela es muy escueto y bien sabes de los controles estrictos que hay en cuanto a los recursos últimamente.

–Le preguntaré a mi tutor –Meredith tragó saliva.

–Lo siento… Sí… Padre, tutor o encargado, quise decir –la maestra la consoló con una palmada incómoda–. Y no te preocupes por haberte equivocado. Tú vienes aquí a aprender. Si yo fuese la que decide, tendríamos una fila infinita de suministros con los que jugar, pero los recortes del gobierno hacen que no pueda darme ese lujo. Son racionados, como todo lo demás en este mundo de hoy en día.

Una sirena se disparó en la calle y las cortinas metálicas de las ventanas se cerraron casi inmediatamente. Los paneles solares se activaron y las luces de emergencia se encendieron.

–Parece que es otro frente de tormenta, señores –anunció la señorita Hardcastle mientras observaba su reloj–. Pero también es el final de nuestra clase. Pueden quedarse aquí durante el receso si lo prefieren. Yo me iré a tomar una taza de delicioso café artificial en el refugio del personal –sonrió, algo afligida–. Y pensar que daba por sentado que los granos de café de verdad existirían para siempre cuando tenía la edad de todos ustedes. Nos vemos en la próxima clase.

Kel terminó de guardar sus cosas, sin dejar de mirar a Meredith. Su postura era tan reveladora; era casi como si pudiese escuchar lo que estaba pensando mientras que seguía con los ojos clavados en el lienzo. Había quedado devastada luego del cruel veredicto de su profesora, en especial porque se había sentido muy orgullosa de su trabajo hasta ese instante. De pronto, tomó un pincel de los grandes y lo empapó con el azul más oscuro en su paleta. Kel supo lo que la muchacha iba a hacer antes de que lo hiciera.

Se llevó uno de los pupitres por delante, pero llegó justo a tiempo para tomarla de la muñeca y evitar que estampara el pincel embadurnado de azul oscuro sobre su obra.

—No lo hagas.

Sus ojos color verde marino brillaban con furia. Kel no había notado el color intenso de esos ojos hasta ese instante. Podía ver la energía que irradiaban.

—¿Por qué no? Ya la oíste. Es basura.

—No es basura. Es hermoso –le respondió mientras la sujetaba bien fuerte de la muñeca, aunque podía sentirla haciendo fuerza para liberarse.

—Eso no importa. Theo no podría jamás pagar un lienzo nuevo.

—¿Quién es Theo?

—Mi tutor –Meredith quería deshacerse del cuadro. Forcejeó para librarse de Kel y arruinar su obra.

—Escucha, Meredith. Me gusta. Te lo compro.

Eso último la tomó por sorpresa. De un segundo a otro, cedió y dejó que el muchacho le quitara el pincel de la mano.

—¿Con qué?

—Con dinero. ¿Qué más? No con mi cuerpo. Todavía tengo mi orgullo –bromeó él. Y también tenía su salario como escolta de Ade.

—Así que eres gracioso –ya sin el pincel en su poder, él le soltó la mano.

Se le acercó. Quería hacerla sonreír otra vez.

—¿Acaso dudas de mis habilidades en esa área?

Meri se sonrojó y tuvo que desviar la mirada. Él supuso que eso significaba que Meredith no era de las que coquetean, pero se sintió gratamente sorprendido cuando sí lo hizo.

—No tengo idea de cuánto puedas valer tú en el mercado, Kel, pero aceptaré tu pago… en efectivo.

–Muy bien –sonrió él–. ¿Cuánto?

El número que dio Meri era el valor exacto de lo que saldría un lienzo nuevo. Él respondió ofreciéndole el doble de esa cifra.

Meredith dijo que no con la cabeza.

–No creo que estés familiarizado con el concepto del regateo. Se supone que tienes que ofrecer un precio menor, no mayor.

Vaya, era muy linda cuando se ponía seria con él. Volvió a doblar la cifra.

Ella levantó la mano.

–Detente, detente, ¡estás loco! Bien, aceptaré el primer precio. Y confiaré en que me pagarás, así que puedes llevártelo hoy mismo si así lo prefieres –se dio media vuelta para mirar la obra una vez más, bajándose los lentes para poder observarla mejor–. No quiero volver a verla.

La tormenta llegó justo como lo habían anticipado, cinco minutos después de la sirena. Las gotas de lluvia rebotaban en el techo y era casi imposible oír algo de lo que se decía en el salón. Las calles y el patio de la escuela pronto estarían cubiertos de agua, y los desagües ya parecían no dar abasto.

Kel recogió el lienzo y se lo llevó cerca del torno de alfarero, que se había convertido en su sector en el salón de arte. No iba a dejarla sola con aquella pintura.

–Esperaré a que la tormenta se detenga. No quiero arruinar mi nuevo cuadro.

–Como tú quieras –ella simuló no preocuparse, y se preocupó en cambio en limpiar su área, por guardar los pinceles en el solvente.

–Y en verdad es muy bueno. No sé por qué la profesora no pudo verlo. Una curva perfecta.

Meredith se mordió el labio inferior, tímida.

–¿Lo crees?

–Lo creo.

Recogió su bolsa y se dio media vuelta para retirarse.

–Soy Meri.

–¿Disculpa?

–No es que antes te haya mentido. Es que me dicen Meri. Meredith me suena a anciana.

–Meri –Kel pareció saborear el nuevo nombre en su boca. No sentía, sin embargo, que aquel sobrenombre le quedara bien a la muchacha callada y sarcástica que tenía enfrente, pero se quedaría con eso si era eso lo que ella quería–. Nos vemos, Meri.

Con el patio hecho un pantano después de tanta lluvia, la práctica de deportes de la tarde se mudó al interior de la escuela. La mayoría de los alumnos del sexto año prefirieron irse a casa, dado que la clase no era obligatoria; pero a Kel le gustó la idea de ejercitarse un poco. Se preguntó qué iría a hacer Meri. Hubiera apostado todo su dinero a que ella también decidiría irse a casa. Cuando no la vio entre las muchachas que jugaban al baloncesto, supo que había estado en lo cierto.

Ade se preparó para dar su primer golpe con el bate.

–Lánzamela ahora –ordenó.

Kel tomó carrera y lanzó la pelota. Ade llegó a darle con su bate, pero la bola fue directo a un mal ángulo. Ade lanzó una maldición.

–Te habrías tenido que retirar si este hubiera sido un partido de verdad –le dijo Kel, mientras juntaba la bola de críquet y la limpiaba contra su pantalón.

Los ojos oscuros de Ade se clavaron en él, atravesando la malla de alambres de su casco.

–Otra vez.

La segunda bola le pasó de largo y dio contra el palo del medio.

–Maldición, Kel. ¿No puedes esperar a que entre en calor primero?

–Entendí que habías dicho, y cito: "Lánzamela ahora".

–Bueno, pero quise decir "lánzala despacio, que aún estoy entrando en calor". Todos sabemos que ustedes, muchachos aristocráticos, siempre son superiores.

–Muy bien. La próxima la haré rodar por el suelo entonces.

–Ja, ja, ja.

–No importa. Estaba pensando en abandonar antes de la próxima temporada.

–¿Qué? ¿Por qué?

–Mis obligaciones ocupan prácticamente todo mi tiempo.

–Kel, soy tu amigo, no una prisión. Cuando te trajeron para que estuvieras conmigo, creo que no esperaban que te lo fueras a tomar tan seriamente.

Kel rotó el brazo, preparándose para el siguiente lanzamiento.

–¿Por qué no? Sabes lo que esto significa para mi gente.

–Sí, pero no es que haya cientos de personas haciendo fila para asesinarme tampoco. ¿Cuándo fue el último ataque atlante? ¿Diez años atrás?

Catorce años. Kel incluso sabía la cantidad de días habían pasado desde aquel último ataque, ya que ese había sido el ataque en el que su madre había perdido la vida.

–Pero eso no quiere decir que no haya quedado ninguno suelto allí fuera. Tú sabes que es por eso que tú y los miembros de tu familia están distribuidos por todo el planeta.

–Entonces uno o dos de nosotros podría sobrevivir contra viento y marea. Bien, lo entiendo. La parte de la marea ya no es graciosa si pensamos en que el nivel del mar se ha estado descontrolando en el último tiempo.

Kel lanzó una bola, pero esta vez lo hizo muy suavemente para que Ade pudiera acertar.

–¿Mejor así?

–Sí.

–¿Hablarás con Lee sobre lo que sucedió esta mañana?

–Ya lo hice.

–El trabajo se le ha ido a la cabeza.

–No sé por qué… Protege a un muchacho que podría o no un día ser quien gobierne a un pueblo esparcido por todo el planeta… Y uso la palabra "gobernar" en el sentido más vago de la palabra, porque te apuesto lo que quieras aquí mismo que ninguno de ustedes hará caso a lo que yo diga. No es algo de lo que tenga ánimos de alardear de todos modos.

–Lee no piensa igual. Él cree que nuestra civilización es superior y que, por lo tanto, debe ser preservada a toda costa.

–Él siempre exagera cuando se trata de tradición.

–Eso es justamente lo que nos ha mantenido unidos durante los siglos de los siglos.

–Sin presión entonces.

Un silbato sonó y el profesor gritó desde la otra punta del gimnasio.

–¿Ustedes dos, viejas chismosas, se van a quedar ahí hablando todo el día o van a, ya saben, jugar al críquet?

–¿Ves ahora el respeto servil que recibo? –dijo Ade, de mal humor.

–Sí, su alteza –murmuró Kel.

Más tarde, en el vestuario, Kel se quedó bajo el agua caliente, meditativo, pasándose el jabón por todo el cuerpo. Aún no había nada para ver. Era hasta simpático pensar que allí escondidas estaban sus marcas tribales, marcas reproducidas en su raza durante miles de años de selección artificial. Él ya sospechaba cómo serían. Su padre era un espiral y su madre había sido una hoja, pero el espiral solía resultar predominante en el lado masculino. Pronto las marcas comenzarían a dejarse ver cuando estuviese en combate o en cierto estado de emocionalidad intenso, visible solo ante los ojos de los otros que eran como él. Era la marca real de la adultez para la gente de su especie, y no se aguantaba las ganas de que le llegara la hora.

Se ató una toalla alrededor de la cintura mientras se salía de la ducha descalzo para sentarse en el banco junto a Ade. Las marcas de Ade, claro, ya se habían hecho visibles a muy temprana edad. Tenía tan solo trece años cuando las marcas con forma de caparazón de tortuga distintivas de la casa gobernante se habían dejado ver. En esa familia, todo sucedía con anticipación. El promedio para la aparición de las marcas era entre los dieciocho y los veinte años.

–Hoy compré un cuadro –dijo Kel mientras se colocaba una camiseta.

Ade levantó la mirada.

–¿Hablas en serio?

–Sí. Se lo compré a la Ratoncita. La profesora le había dicho que era una porquería, y la compré justo antes de que fuera a destruirla.

Ade se pasó ambas manos por su cabello corto, intentando quitar el remanente de agua luego del baño.

–¿Y era una porquería o no?

–¿Por qué compraría algo que es una porquería?

–No creas que no vi que la Ratoncita tiene sus puntos a favor.

–¿Qué? ¿Sarcasmo y ropa holgada? –eso no había sido justo. Sus ropas eran perfectamente aceptables, solo que muy aburridas y calculadas para ocultar cada centímetro de su figura.

–Bien, entonces no es una porquería. Y ¿por qué lo compraste?

–Porque es brillante. Tan sutil… Te lo mostraré más tarde. Lo gracioso es que la profesora no pudo verlo. La definición del color se la pasó completamente por alto. Claro, está al borde de lo que la gente común puede percibir, pero yo llegué a verlo muy claramente. Tiene que ser muy irónico que la persona con peor visión en esa clase sea la mismísima profesora de Arte. Estoy seguro de que muchos otros habrían podido verlo.

Ade se tomó un momento.

–¿Tú sí sabes que esa visión es una de nuestras marcas distintivas, verdad?

–Eso es lo que estaba comenzando a preguntarme. ¿Crees que ella podría ser uno de los perilos perdidos? –así les decían a quienes habían nacido fuera de su comunidad, tal vez en esas raras ocasiones en que alguno se casaba o tenía un hijo con una persona que no llevaba su mismo código genético.

–Me parece que vas a tener que investigar un poco más. Si sus marcas se hacen visibles y ella no sabe lo que eso significa, se podría sentir muy confundida; y los doctores van a mostrarse muy interesados, creerán que está alucinando… hasta que la iluminen con una lámpara de rayos UV y se vuelvan locos con tantas especulaciones. No puedo contar las horas que nos hemos pasando modificando archivos oficiales para ocultar estos lapsos en nuestra seguridad.

–No hay marcas. Pude ver sus brazos porque llevaba mangas cortas.

–Aun así, podrían aparecer en cualquier momento. Vale la pena estar atentos.

–Creo que fue separada de sus verdaderos padres al nacer. Habló de un tutor.

–Entonces mantente cerca y averigua todo lo que puedas sobre ella. Es probable que figure en nuestra base de datos. Investigaré su nombre esta noche y veré si hay algo que quizás ya sepamos de ella.

–¿Y si es una de nosotros?

–Entonces, cruzaremos ese puente cuando sea el momento. Tal vez solo tenga una visión UV excepcional. No sería la primera vez, aunque suelen ser niños muy pequeños, y solo dura muy pocos años. Eso nos resulta útil, porque podemos disfrazar con facilidad lo que ven y hacerlo pasar por una fantasía infantil. Ellos mismos terminan por creerlo también.

–Sin embargo, usa gafas –dijo Kel frunciendo el ceño–. No cuando pinta… ¿Qué significará eso? ¿Será miope?

–Tendrás que averiguar eso. Considéralo parte de tus obligaciones. Ahora vayamos a buscar esa nueva adquisición. Me gustaría ver lo que ves… y luego volveremos al cuartel principal. Esta noche tenemos entrenamiento.

–Sí, señor.

Ade lo golpeó suavemente en el estómago.

–No me digas *señor*.

Kel sabía exactamente cómo molestar a su mejor amigo.

–No, señor. No lo llamaré *señor* otra vez, señor.

–Haré que te asignen a mi primo en Groenlandia si no te detienes ahora.

Ade jamás le haría algo así.

–Oigo y obedezco… señor.

Ade se ató los cordones de sus zapatos.

–¿Sabes si los príncipes aún pueden ordenar ejecuciones inmediatas?

Capítulo 2

Meri aplastó el ajo en la prensa y colocó esa pasta blanca en la sartén. Hizo un chisporroteo y se doró. Revolvió con una cuchara de madera mientras tarareaba una canción en voz baja.

La puerta principal se abrió de golpe. Unos segundos más tarde, Theo ingresó en la cocina. Dejó caer su casco negro sobre la mesa. Quedó allí cual escarabajo patas para arriba.

—Eso huele muy bien. ¿Qué estás cocinando?

—Lasaña vegetariana.

—¡Mi favorita! Creo que acabo de morir y he llegado al Cielo —la besó en la coronilla, usando ese mismo movimiento para robar una zanahoria por uno de los costados.

—Irás al Cielo sin lasaña si sigues haciendo eso —se burló de él mientras lo acusaba con la cuchara.

Theo soltó una risita y luego abrió el refrigerador.

—¿Jugo de manzana?

—Por favor.

—Creí que el horno no funcionaba.

–No es que no funciona, Theo. Es que no habías leído el manual de uso, eso es todo.

–Soy un chico al que le gusta improvisar.

–Está muy bien. Y yo soy una niña que cree que leer las instrucciones puede ayudar a resolver ciertos detalles tramposos, como ser cómo modificar el *timer* que habías programado por error.

–Sabelotodo –le sirvió un vaso de jugo y luego tomó una cerveza para beber él–. ¿Recuerdas aquellos días en que creíamos que el jugo de naranja era insulso?

–La verdad que no. Creo que era muy pequeña cuando todo comenzó a cambiar. No recuerdo cómo eran las cosas antes.

–Sí. Antes de que el impuesto al carbono elevara los precios por las nubes. Aunque debo admitir que fue la mejor decisión que han tomado hasta ahora. Poner un precio real a salvar el mundo –Theo le acercó su vaso–. Y dime, ¿cómo estuvo tu día? Esa tormenta no te tomó desprevenida, ¿o sí?

–No. Estaba en mi clase de Arte –dijo Meri con una sonrisa.

–Un par de estaciones de metro han quedado bajo agua nuevamente –salió al pasillo para recoger el correo que Meri había dejado sobre la alfombra; luego se sentó con su cerveza y comenzó a revisar los sobres–. Creo que van a tener que dar por cerrada la Northern Line por completo. Está costando una fortuna quitar toda esa agua cada vez que se inunda.

–¿Hay heridos?

–No. Habían evacuado la línea entera con anticipación. Nos estamos acostumbrando demasiado a esta situación. Es sorprendente ver cómo uno puede adaptarse hasta a las cosas más extrañas. Ya resulta difícil recordar cómo era la vida antes de la gran inundación.

Meri revolvió las cebollas y el ajo en la sartén. Todo estaba listo para sumar las lentejas rojas. El efecto de las lentejas saltando le hizo pensar en su dibujo pixelado. Tal vez era de allí que había sacado la inspiración. Las usaba bastante en la cocina. ¿La señorita Hardcastle habría aceptado eso como una explicación?

–Hoy pinté otro cuadro.

–Eso suena divertido.

–Pero no lo fue. La profesora lo odió.

–¿Qué? ¡Tú eres una artista brillante! –Theo bajó su botella bruscamente y la apoyó sobre la mesa con un golpe seco. La espuma salió a borbotones–. Muy bien... Llamaré a tu escuela. Esa profesora es una tonta.

Meri debería haber anticipado la reacción de Theo.

–No importa. Creo que tenía sus razones. Estaba pintando y no me había puesto los lentes.

–Ah –Theo dibujó un círculo sobre la espuma derramada antes de pasar el trapo–. Creí que ya habíamos hablado sobre eso.

–Sí, pero no puedo evitar ver lo que veo. Estaba haciendo lo que tú sugeriste: vivía un poco. Se siente muy extraño pintar con todos los colores reducidos a la nada misma.

–No es así como el resto de nosotros lo percibimos. Lo que tú ves cuando tienes los lentes puestos es lo que vemos el resto de los mortales cada minuto de nuestras vidas.

Meri arrojó las lentejas en la sartén. Una diminuta avalancha.

–Lo sé.

–Esos lentes eliminan los rayos UV y hacen que tu visión sea más normal.

Meri cerró los ojos por un momento.

–Tal vez no quiero ser normal. Es difícil de explicártelo, pero los colores para mí son tan... tan vivos. Es como si cada uno tuviera su propio arcoíris. Y luego están los diferentes tonos que tú ni siquiera llegas a ver y para los que yo no tengo palabras para poder describir. El peril es un color tan hermoso... Es como el azul, pero no es azul. Ah, no sé cómo explicarlo.

Theo se llevó la botella contra los labios.

–Haces que desee tener la visión que tú tienes. Estoy intentando imaginármelo en este instante. Es como describirle la música a alguien que es sordo de nacimiento. Puedo sentir las vibraciones, pero no logro alcanzar la experiencia en su totalidad.

–Eso es exactamente lo que es –y le dedicó una gran sonrisa–. Eres el mejor tutor, Theo.

–Bueno, ¡gracias! –levantó la botella de cerveza para un brindis–. Y tú eres la mejor hija adoptiva que me podía tocar. Y dime, ¿qué hiciste cuando la profesora te dijo que tu obra era una porquería?

–Esas no fueron exactamente sus palabras. Yo solo... lo parafraseé.

–Me alegra oír eso. O habría sido una maldita profesora con un método de enseñanza de porquería.

–Me dijo que debía comenzar otra vez y pintar sobre lo que ya había hecho si era que no iba a poder comprar un lienzo nuevo.

–Ah –Theo apoyó la botella sobre la mesa y revolvió el correo. La mayoría de los sobres eran impuestos que había que pagar.

–Pero no pasa nada. Un compañero de clase compró mi obra, así que usaré ese dinero para un nuevo lienzo. Dijo que le gustaba. De hecho, dijo que podía ver lo que yo estaba intentando hacer.

Theo levantó la mirada, intrigado.

–¿Crees que en verdad podía verlo?

–¿Qué?

–Me refiero a *verlo*. Porque, de ser así, entonces sería algo más que interesante.

–¿Qué quieres decir? ¿Que él también podría ser como yo?

–Es posible. O podría estar diciendo eso solo para seducirte. Si es así, debería felicitarlo por su táctica. A decir por esa sonrisa tan empalagosa estampada en el centro de tu rostro, diría que ha tenido éxito.

–¡Cállate! –Meri agregó los vegetales y el caldo en la sartén. Se quedó pensando. Aún no sabía si quería que Kel hubiera comprado su cuadro solo porque estaba interesado en ella y no porque le había gustado su arte. La mejor de las opciones sería que le gustaran ambas cosas.

–¿Algo más que haya sucedido hoy? –Theo abrió uno de los sobres y se movió incómodo en la silla.

–Seguí tu consejo y mostré mi encantadora personalidad frente a algunos muchachos en el autobús esta mañana. Tenías razón: eso se deshace de los débiles en un segundo.

No es que Lee fuese un débil, pero tampoco podría servirle como amigo.

–Bien por ti, niña. Ah, mira, una carta para la señorita Meredith Marlowe –le alcanzó el sobre blanco. El peso del papel era uno raramente visto en la Londres moderna. El rey probablemente tenía una pila de esos amontonados en algún ático del Palacio de Buckingham, pero no mucho más–. Parece que este sobre tardó un par de décadas en llegar a ti. Me encanta el toque del sello de cera… Jamás había visto uno.

–Qué divertido. ¿Quién diablos podría escribirme a mí? Me siento Harry Potter… ¿Puedes seguir revolviendo por mí mientras la abro? No quisiera que mi primera carta se manchara con salsa de tomate.

Intercambiaron lugares. Meri pasó los dedos por debajo de la solapa del sobre, rompió el sello y sacó la carta, que estaba doblada en varias partes.

–¿Y…? ¿Es de Hogwarts?

–Lamentablemente, no –leyó la carta lentamente porque, al principio, nada de todo eso tenía sentido.

Estimada señorita Marlowe:

Mis clientes, el doctor Blake Marlowe y la señora Naia Marlowe, me dejaron indicado que, en caso de que nuestra firma no tuviera noticias de ellos en siete años, debía darlos yo por muertos y cerrar sus asuntos y negocios. Dicho procedimiento se llevó a cabo hace siete años, y el dinero ha quedado resguardado hasta que usted alcanzara la edad de dieciocho años. Su tutor ya ha sido informado.

La emoción de Meri por haber recibido una carta pronto se desvaneció.

–Theo, ¿tú sabías? –le preguntó mientras sacudía la hoja en el aire.

–¿Saber qué?

–Que Señores Rivers, Brook and Linton, de… –se detuvo a revisar la dirección– de Charterhouse Square decidieron que mis padres están muertos.

Theo bajó la llama de biogás de la hornalla y colocó una tapa sobre la olla.

–Sí. El dinero está en una firma de asesores de inversiones y está dando sus frutos si consideramos las fluctuaciones en la bolsa de comercio.

–¿Y cuándo tenías pensado decírmelo?

–Cuando cumplieras dieciocho. Me ganaron por un par de días nada más. No es mucho dinero, pero es algo. Te ayudará a pagar la universidad en unos años una vez que hayas servido tu tiempo en el servicio ecológico.

Meri arrugó la cara ante tan desagradable recordatorio. Todos los jóvenes de entre dieciocho y veinte años debían servir durante dos años en el servicio ecológico nacional, a menos que fueran a dedicarse a alguna de las profesiones protegidas, como medicina, la armada o la policía. Los trabajos solían ser cerca de la costa o de los grandes ríos, construyendo defensas contra las inundaciones. Theo había intentado convencerla de que sería divertido, una aventura junto al mar, pero él no había tenido que hacerlo así que no podía hablar por experiencia propia. Claro que él no había llegado a vivir nada de todo eso tampoco: fue su generación la que tuvo que comenzar a pagar las cuentas que ahora se estaba cobrando el medio ambiente. Meri volvió a concentrarse en su carta.

Como parte de nuestras instrucciones está el hacerle llegar a usted un mensaje en dos partes. Sus padres solicitaron específicamente este procedimiento inusual porque no querían dejar asentada toda la información en un solo lugar y solo nos permitieron hacer una sola copia física de cada mensaje. Siguiendo sus instrucciones, le solicito que recoja la primera en persona y la firme frente a ciertos testigos. He arreglado todo para que la segunda parte me sea enviada por correo desde nuestra oficina en Nueva York. Se lo notificaré apenas la reciba, y así usted podrá volver para recogerla. Por supuesto, eso también tendrá que ser en persona.

—Dicen que tienen unos mensajes para mí y quieren que vaya a verlos —explicó ella—. Un poco mucho, ¿no crees? ¿Dos mensajes en dos lugares distintos?

Theo se encogió de hombros.

—Me parecería bien si no fuera porque Blake y Naia han desaparecido. Hemos estado mantenido un perfil bajo todos estos años, pero ¿cómo saber si alguien nos ha estado observando?

El sello antiguo en la parte externa del sobre ahora sí tenía sentido. Las comunicaciones digitales eran claramente fáciles de hackear; el papel y el bolígrafo habían regresado para poder lidiar con asuntos más privados. Meri no podía imaginarse a ningún espía colocando el sobre cerca de una llama para darle calor y así despegar el pegamento con el vapor y luego tener el equipo necesario para reemplazar tan distintivo sello. Aun así, parecía un medio demasiado frágil para transportar tan importante mensaje.

–Me da un número de teléfono al que puedo llamar. Tendría que faltar a la escuela.

–Todo lo malo tiene algo bueno –Theo tomó el plato para la lasaña que estaba preparando y volcó la primera capa de salsa–. Creo que deberías ir cuanto antes, o vas a explotar de tanta curiosidad. Si es que pueden recibirte mañana, yo tengo un almuerzo de trabajo en el Barbican y podría ir contigo. ¿Qué te parece?

–Gracias. Sí, me encantaría.

Entre los dos terminaron de armar la lasaña: lentejas, pasta y queso. Y colocaron juntos la fuente dentro del horno.

Theo levantó sus delgados brazos por encima de su cabeza para estirarse.

–Tenemos cuarenta y cinco minutos. ¿Quieres salir a correr un rato?

Meri había logrado zafarse del deporte en la escuela, pero su tutor ahora la ponía en un aprieto.

–Me encantaría, de verdad, pero no estoy segura de que tengamos tiempo suficiente.

–Meri, creí que habías dicho que este año te habías propuesto dejar de ser tan floja para los deportes.

–Jamás dejarás de recordármelo, ¿cierto? –en enero, Theo había pegado en la puerta del refrigerador la promesa de

Meredith y se la había hecho firmar–. Está bien, pero unos minutos nada más.

–Solo imagínate cuánto mucho más rica sabrá esa lasaña cuando hayas vuelto de hacer ejercicio.

–Sí, claro…

–Ya me darás la razón.

–Lo haré, lo haré –Meri tomó la carta y la llevó a su habitación, donde además se cambió de ropa. Dejó el papel entre las páginas de su copia de Jane Eyre sobre la mesa de noche. Un mensaje de sus padres. Era un poco espeluznante. Voces de ultratumba. Sin embargo, tal vez y de una vez por todas, obtendría algunas respuestas a las muchas preguntas que la atormentaban. Nunca había habido familiares a quienes preguntárselas. Solo Theo, que no sabía mucho más de lo que ella ya sabía. Pero él tenía razón en algo: debería ir allí al día siguiente o jamás podría estar en paz.

Una de las maneras más rápidas de llegar a Charterhouse Square desde Wimbledon era usar el servicio de autobuses fluviales del Támesis. Desde que el río había derribado sus orillas hacía cinco años en la última gran inundación de aquel año, muchas de las antiguas rutas habían desaparecido y los londinenses habían regresado a las aguas. Algunos puentes aún estaban siendo reemplazados por teleféricos, y el de Putney aún estaba en construcción. Theo y Meri se sumaron a la fila de gente que esperaba para subirse al siguiente bote.

–¿Nerviosa? –preguntó Theo. Se veía inusualmente

elegante. Se había puesto su único traje y hasta había elegido una corbata. Parecía un poco como un hombre de los años sesenta. Todo lo que necesitaba era un acento de Liverpool y una guitarra y se habría hecho una fortuna como cantante de alguna banda tributo.

—Sí. Muy.

El conductor les entregó los chalecos salvavidas a medida que iban subiendo a bordo. El Támesis se había vuelto un río salvaje con tantas embarcaciones navegándolo. El alcalde de la ciudad había ordenado nuevos procedimientos de seguridad luego de un accidente fatal entre dos barcos en uno de los muelles el año pasado. Solo pilotos expertos podían conducir ahora, muy a pesar de las compañías fantasma que habían amasado sus fortunas durante unos pocos años antes de ser retiradas del mercado.

Meri eligió un asiento cerca de los botes salvavidas. Theo, más acostumbrado a este modo de viajar, se sentó a su lado y abrió el periódico para completar el crucigrama. Eso le permitió a Meredith poder observar el paisaje sin la distracción de una conversación. Por la forma en que Theo sacudía su pierna, Meri supo que también estaba nervioso y que usaba el crucigrama como una manera de evitar decir cualquier cosa de la que pudiera arrepentirse más tarde. No tenían idea de cuál sería el contenido del mensaje, así que poco podían especular. Meri sacó su pequeño cuaderno con hojas en blanco e hizo lo que solía hacer para distraer su nerviosismo y volverlo algo más productivo.

Su autobús fluvial pasó por el pueblo flotante de Chelsea. Meri intentó hacer un dibujo algo improvisado de las líneas de los botes a la distancia y de la sensación de feria o de parque de atracciones que le generaban aquellas tiras de banderines que colgaban y se entrelazaban entre los botes, muchos de ellos de color peril mezclado con colores más comunes, como el naranja, el rojo y el azul. Eso sí que era extraño. No se solía ver tanto peril en un solo lugar. Cuando el agua cubrió las grandes casas de Chelsea, los más pobres se mudaron y amarraron sus casas-bote y balsas allí. Los ocupantes ilegales habían irrumpido y tomado los pisos más altos de las casas más grandes que aún se asomaban por sobre la superficie del agua, usándolas como lugares de almacenamiento y, si no había otro lugar, como viviendas también. Tendales y cables improvisados de electricidad orbitaban por entre las edificaciones. El alcalde había dicho ya muchas veces que lo consideraba una monstruosidad. Unos pocos terratenientes que solían ser dueños del terreno ahora debajo del agua habían intentado tasar un alquiler, pero eso no había llegado a ningún sitio. La nueva urbe se mantuvo en pie. Las personas tenían que vivir en algún lado.

Una vuelta más por el río, y el viejo Parlamento apareció ante ellos. Meri eligió otra hoja en blanco de su cuaderno, feliz de ver al Big Ben aún de pie, a pesar de que su base se encontraba bajo el agua. Dibujó un gran círculo para la fachada y columnas de estilo gótico como orejas de ardilla en alto. Los ocupantes se habían mudado a los pisos superiores del edificio del Parlamento, pero no era nada agradable vivir allí sin electricidad y con los demás pisos tapados de agua. Los miembros del Parlamento se habían ido para siempre, y ahora trabajaban desde la Biblioteca Central en Birmingham. Las personas en las afueras de Londres se habían quejado durante décadas, decían que odiaban ser gobernados desde Westminster. Y ahora, gracias al cambio climático, eso ya era historia del pasado.

Observando hacia el otro lado del río, Meri no encontró nada que quisiera dibujar. Era demasiado triste ver que tantos sitios históricos sobre la orilla sur habían desaparecido por completo. El agua lo había arrasado todo en esa área debido al nivel tan bajo del suelo. Lo que alguna vez había sido el corazón cultural de Londres y también muchas estaciones de metro clave habían quedado cubiertas por el agua. El gran London Eye había sido desarmado y guardado hasta que se pudiera crear un nuevo terraplén en la orilla. Extrañaba el aire a carnaval que el London Eye había traído a esta parte de Londres. Los pisos más altos y las terrazas del National Theatre seguían de pie, aunque ahora funcionaban como el punto de amarre preferido de los nuevos locales. Una empresa con muy buen ojo para los nuevos negocios promocionaba excursiones de buceo en las ruinas submarinas, pero nadie podía prometer mucho en aguas tan turbias.

El autobús fluvial se detuvo en la orilla norte. Meri se apuró a guardar el cuaderno en su mochila y siguió a Theo hasta la rampa de desembarco. Bajaron en la parada cerca de la Catedral de St. Paul. Caminaron el resto del camino hasta Charterhouse Square. Por suerte, Meredith caminaba rápido y así pudo alcanzar el despreocupado andar de su tutor. Estaban acostumbrados a andar así, en sintonía. El distrito financiero había quedado al este de esta área gracias a las costosas defensas contra inundaciones que los banqueros habían llegado a construir alrededor de las torres y la estación de Liverpool Street. Los financieros adinerados aún podían llegar a la ciudad en Crossrail desde sus mansiones en los condados del Este y Sudeste del país, haciendo dinero como si todavía fuese el año 2010. La gente de Wapping había dicho que las defensas habían desviado las aguas del río y eso había hecho que las consecuencias de la inundación fueran peores de ese lado. Pero los financieros se habían encargado de trasladar al alcalde a una oficina muy pintoresca muy cerca de ellos, por lo que nadie nunca jamás llegó a responder a esas quejas.

—Yo fui a una marcha para protestar por eso, recuerdo —comentó Theo mientras señalaba la flamante y enorme represa, una construcción horrible de bloques de cemento parecida al antiguo muro de Berlín que dividía la ciudad entre los que tenían y los que no—. La policía usó cañones de agua para dispersarnos. Qué ironía, ¿no crees?

Charterhouse Square era uno de los pocos lugares que le habían escapado al cambio: los lujosos apartamentos, las despampanantes oficinas y las antiquísimas escuelas aún ocupaban sus lugares. Los árboles planos de la plaza se veían un tanto abatidos por las tormentas, pero seguían de pie; sus hojas aleteaban como las manos de un público entusiasta que aplaude sin cesar. Los carros eléctricos se cargaban, estacionados uno detrás de otro junto al borde de la acera. *Señores Rivers, Brook & Linton*. Hasta tenían una placa sobre los ladrillos rojos de la pared junto a la puerta principal de color negro. Theo tocó el timbre y la cerradura se destrabó automáticamente.

Theo empujó la puerta pesada.

–¿Estás lista?

Un aleteo en su corazón estremeció a Meri por dentro.

–Supongo que debo estarlo.

Los recibió un vestíbulo muy elegante, con cerámicos de un amarillo pálido y un elevador de esos antiguos y oscuros, como salido de una serie retro de detectives. Eventualmente, se las arreglaron para descifrar lo complicado de abrir y cerrar las dos puertas plegables y de aluminio en el orden correcto, y luego Meri seleccionó el botón que los llevaría al segundo piso.

–Son solo dos pisos. Podríamos haber usado las escaleras.

–¿Y perdernos la oportunidad de usar *esto*?

Ambos sonrieron. A veces, Meri pensaba que actuaban más como si fuesen mejores amigos que una joven muchachita y su tutor.

Con un chirrido y el rugir de un engranaje antiguo, fueron subiendo los pisos muy lentamente. Cuando abrieron la puerta del elevador en el piso correcto, se encontraron con otra puerta.

–Puedo ver por qué mis padres eligieron a estas personas para guardar sus secretos. Nada de cubículos vidriados ni señales de un alma viva. Siento como si acabase de viajar en el tiempo –reflexionó Meri.

–Tal vez, si tenemos suerte, sus tarifas también se hayan quedado en el tiempo –Theo presionó otro botón.

–¿Qué dices? ¿Tendremos que pagar?

–Meri, son abogados. El nivel del mar podrá elevarse, el hielo podrá derretirse, pero todavía debemos pagarles por respirar en el mismo espacio que nosotros.

–¿Tenemos el dinero?

–Supongo que podremos tomarlo como un cargo sobre tu herencia. ¿Te parece bien?

Meri asintió con la cabeza. Claro que Theo no iba a poder costear las tarifas del mensajero que sus padres habían elegido. Ya había sacrificado demasiado para alojarla a ella en su casa.

–Señorita Marlowe, ¿verdad? Y usted debe ser el señor Woolf –la mujer que abrió la puerta era delgada y vestía un traje ceñido al cuerpo color gris; daba la impresión de que ni siquiera sabía lo que era sonreír, como si permitírselo fuese un crimen sobre su rostro.

–Sí, somos nosotros, linda –dijo Theo, exagerando su encanto.

–Adelante, por favor. Y tomen asiento. El señor Rivers los verá momentáneamente –la mujer desapareció por el pasillo, dejando solo como evidencia de su existencia el *tap tap* de sus stilettos que se alejaban.

–¿*Linda*? –murmuró Meri–. ¿Desde cuándo eres tan *señorito*?

–Le gustó –dijo Theo guiñando un ojo–. Un poco del viejo encanto inglés. Ahora, ¿dijo que nos vería pronto o que nos vería solo por un momento? Ah, la gramática puede ser peligrosa cuando es vaga.

–Compórtate, Theo Woolf. No harás que nos echen de aquí por ser un sabelotodo sintáctico que no tiene otra cosa que hacer.

Estaban una sala de espera muy iluminada. Un elegante ventanal dominaba el lado más amplio de la habitación. Una chimenea estilo art-déco parecía estar siendo sostenida por unas voluptuosas mujeres envueltas en telas y que adornaban la pared opuesta al mostrador de la recepción. Un arreglo muy delicado de ramillas y una sola flor reposaba en una mesa de café entre unos sillones de cuero color beige. Meri sintió que el espíritu del lugar era intimidante y hermoso al mismo tiempo. Miró sus jeans y sus tenis de tela y enseguida comprendió que no había elegido el atuendo adecuado para la ocasión.

–¿Quién va a atravesar esa puerta ahora? ¿Qué crees? ¿El profesor Dumbledore? –bromeó Theo, intentando animar un poco el ambiente.

–Dumbledore está muerto, ¿recuerdas?

–¡Dios santo! ¡*Spoiler*!

–Estaba pensando en alguien más parecido a Hércules Poirot –Meri había adorado la nueva versión de aquel programa de detective tan antiguo.

–¡Eso quisiera yo! ¿Sabes qué? Creo que leí en algún lugar que lo habían filmado por aquí –Theo se aproximó a la ventana–. Sí, reconozco aquel edificio de allí enfrente.

–Un detective belga nos vendría bien para descifrar por qué tanta intriga y tanto misterio.

–Veamos primero qué dice el mensaje que vinimos a buscar. La respuesta a tu pregunta podría resultarnos obvia después.

–Por aquí, por favor –la mujer había vuelto y los esperaba para acompañarlos hasta la sala principal de reuniones.

–¿No te resulta extraño que no utilicen ningún tipo de tecnología? –le preguntó en voz baja Meri a Theo. Había notado que no había ninguna computadora sobre el escritorio, solo una enorme agenda–. Así se vería el infierno de los adictos a las redes.

Theo, por el contrario, se sentía en el paraíso.

–Prometieron confidencialidad absoluta. Supongo que eso significa llevar las precauciones al extremo, y así sus métodos pre-digitales los convertirán en una firma imposible de hackear. Probablemente tengan un secretario de archivo ¡y hasta mecanógrafos tipeando todos los escritos! Es realmente adorable –uno de sus hobbies favoritos era mirar series de espías antiguas en oficinas de antes de los años 80, una era donde la tecnología de más avanzada era una máquina de escribir eléctrica y los teléfonos eran unos extraños aparatos gigantes colgados de una pared. Coleccionaba ese tipo de series si las encontraba a muy buen precio en alguna tienda de antigüedades o en subastas online–. No bromeaba cuando mencioné a Dumbledore. Apuesto a que esta gente usaría lechuzas para enviar sus cartas si en verdad pudiera uno entrenarlas para eso.

–¿No lo haríamos todos?

La mujer golpeó suavemente una puerta que ya estaba abierta.

–Señor Rivers… Ya están aquí.

Theo y Meri ingresaron en la sala repleta de libros donde un caballero canoso se encontraba sentado detrás de un escritorio, escribiendo con su pluma.

–Pellízcame… Acabamos de introducirnos en una miniserie de Dickens –murmuró Theo.

Meri se mordió el labio para evitar largar una carcajada. Los dos estaban demasiado nerviosos y no estaban comportándose como era debido.

Sin haber notado esa actitud, o tal vez ignorándola magistralmente, el señor Rivers se puso de pie y dio la vuelta a su escritorio para saludarlos. Su cabello blanco les había dado la impresión equivocada. Era mucho más joven de lo que habían pensado, no más de cuarenta años. Tenía cabello frágil, como un manuscrito que solo debería tocarse usando guantes de algodón.

—Señorita Marlowe, es un enorme placer conocerla finalmente. Por favor, acepte mis tardías condolencias por la pérdida de sus padres.

Se dieron la mano. Su palma se sentía muy seca y algo cálida también.

—Gracias.

—¿Señor Woolf? Gracias por acompañarla. ¿Le importaría actuar como uno de nuestros testigos?

—Será un placer, señor.

—¿Comenzamos? —el señor Rivers la estaba observando, Meri pudo sentirlo.

—Muy bien.

El señor Rivers hizo sonar una campanilla sobre su escritorio. La recepcionista regresó con una caja de metal. El abogado buscó en el bolsillo a la altura del pecho y de allí sacó una llave.

—Esto es tuyo —dijo, mientras le entregaba la llave a Meri.

Ella tomó la llave y la apretó en su mano con fuerza, dejando que los filos del metal se hundieran en su piel.

—Ahora deberías firmar para confirmar que ya se te ha sido entregada. El mensaje está en la caja. Nosotros hemos guardado esa caja en nuestro centro de almacenamiento, y esa es la única llave que tenemos aquí para que pueda abrirse. Ni yo he llegado a ver el contenido de la caja desde que se almacenó hace catorce años, y estoy en condiciones de jurarte que nadie ha tenido acceso a ella en todo este tiempo.

—Claro... Gracias —Meri tomó la pluma que el hombre le ofreció y firmó el documento que ya estaba dispuesto sobre el escritorio.

—¿Señor Woolf?

Theo firmó justo debajo de la firma de Meredith, y luego la recepcionista agregó su firma también.

—Tengo instrucciones de permitirle leer esto en una sala en absoluta privacidad. He reservado la oficina que está aquí al lado para ese propósito. Sus padres también sugirieron que dejara la caja aquí una vez que ya haya asimilado el contenido. Ya sabe, por cuestiones de seguridad.

Meri recordó su conversación con Theo sobre los costos.

—¿Y eso costará mucho dinero?

Theo desvió la mirada. Incluso, hasta llegó a ruborizarse un poco. Ah. Quizás no debería haber sido tan grosera y sacar el tema del dinero en este momento.

El señor Rivers negó con la cabeza. La sonrisa en sus ojos delataba su buen humor.

—No, señorita Marlowe. Ya todo ha sido pagado hace mucho tiempo.

—Muy bien entonces —Meri recogió la caja—. Theo, ¿me esperarías aquí?

Theo ya no pudo actuar. En su rostro, una expresión seria y letal.

—¿No quieres que vaya contigo, Meri?

¿Era eso lo que quería? Sería fácil aferrarse a él como siempre lo había hecho, pero tanta reserva envolviendo este misterioso mensaje le hacía temer que la información allí dentro pudiera exponerlo a algún tipo de peligro.

–Creo que mejor me apegaré a las instrucciones de mis padres hasta que sepamos con qué estoy tratando.

–Señor Woolf, puede esperar en la recepción. Sophia le llevará una taza de café –sugirió entonces el señor Rivers.

–Si eso es lo que tú quieres –Theo le sostuvo la mirada a Meredith por un momento.

–Lo es –Meri se llevó la caja al pecho y atravesó la puerta en dirección a la oficina vacía. El señor Rivers cerró la puerta. Theo iba a odiarla por ello… Acababa de dejarlo fuera de un gran secreto… y él era un terrible chismoso.

Meri colocó la caja en el centro del escritorio vacío. No había nada especial sobre la caja. Seguramente se podría conseguir una igualita en cualquier otro banco u oficina de almacenamiento. Colocó la llave en la cerradura, la giró e hizo una pausa. No se sentía del todo lista para levantar la tapa. Estos movimientos lentos le dieron tiempo para notar que, aunque todo era muy silencioso allí dentro, podía oír el sonido de gente trabajando en las otras salas, un delicado *clic, clic, clic* que finalmente identificó como dedos golpeando las teclas de varias máquinas de escribir al mismo tiempo; y también oyó un teléfono sonar y el murmullo de varias voces al mismo tiempo. Probablemente veían todos los días cientos de clientes con secretos familiares. Después de todo, a eso se dedicaban allí. Más que abogados, deberían promocionarse como guardadores de secretos.

Abrió la caja. En el interior había una simple hoja de papel color blanco, doblada y sellada con un lacre de cera roja. Meredith rompió el sello y estiró el papel.

Querida hija:

Si estás leyendo esta carta, es porque nuestros enemigos nos han capturado. Lamentamos mucho no haber podido prevenir todo esto. Es cierto que no estuvimos allí contigo para los momentos más especiales, como tu primer día de escuela, tu primer amor, el primer beso, ni tampoco para despedirte en la puerta de casa antes de partir al baile de fin de curso con ese muchacho al que yo me hubiera encargado de intimidar antes de que tú bajaras las escaleras, como en las películas. Por favor, créenos. Estuvimos en todos esos momentos en nuestros corazones. Eres lo más precioso que tenemos y te amaremos por siempre.

Meredith pestañeó dos veces para deshacerse de las lágrimas que se le habían acumulado en los ojos. ¿Les importaría si supieran que todavía no había vivido prácticamente ninguno de todos esos momentos especiales de los que hablaban en la carta solo por tener demasiado miedo de relacionarse con los demás? Sus padres se habían imaginado una experiencia típica de una chica de secundaria y ella se había pasado aquellos años en total aislamiento.

Habría sido muy tonto de nuestra parte no considerar que el desastre podría darse en cualquier momento, y es

72

por eso que hemos preparado estos mensajes para ti. Por favor, no le cuentes a nadie sobre el contenido de estas cartas. Tú eres la última de nuestra especie, la última pura sangre. Es probable que te encuentres a quien tenga un padre o madre o abuelo como nosotros, pero la herencia genética se diluye con cada paso que nos aleja de la fuente y nuestros poderes se debilitan. Porque tú eres especial es que es peligroso que se sepa quién eres y no debes compartirlo con absolutamente nadie, ni siquiera con tu amigo de más confianza. Ellos también quedarían expuestos; o podría ser peor, podrían verse tentados a traicionarte. Será mucho mejor evitar algo así, así que por favor guárdate esto para ti sola.

En esta carta, te contaremos qué eres en verdad. En la segunda, te hablaremos de los perilos. No te preocupes; se supone que no saben nada sobre ti, ya que no hay ninguna niña registrada con tu nombre en el lugar donde naciste. Vivimos fuera de cualquier tipo de registros, gracias a algunos conocidos, y gente como Theo, a quien le hicimos creer que éramos parte de un programa de protección de testigos del gobierno de los Estados Unidos. Pero, si nuestros enemigos se enteran de que tú has sobrevivido, por favor no subestimes su crueldad. Corta todos los lazos y vete... Corre tanto y tan lejos como puedas. Debes sobrevivir, sin importar nada más.

Meredith se rascó la nariz. ¿Quiénes eran los perilos? ¿Serían los criminales que habían asesinado a sus padres? ¿Por qué su padre y su madre debían ser tan cuidadosos ahora también? Claramente, necesitaba contar con esa información ahora mismo si sus enemigos eran tan peligrosos como ellos decían, y no tener que esperar hasta el siguiente episodio como si fuese una especie de drama televisivo.

Seguramente nunca tengamos la posibilidad de explicarte que tu habilidad para ver otros colores no es algo extraño en realidad, ni tampoco antinatural. Fue una habilidad muy común entre los de nuestra especie durante generaciones. Le rogamos a Theo para que tu habilidad permaneciera en secreto y tú debes actuar como si tuvieras una visión como la del resto de la gente tanto como puedas, no porque deberías avergonzarte sino porque revelarlo te podría costar la vida.

Tu habilidad fue evolucionando con la genética. Nuestros ancestros solían vivir en una comunidad asilada, una nación ubicada en una gran isla. En algún punto de nuestra historia, se introdujo una mutación genética, y esta hizo que los niños nacieran con cuatro en lugar de tres receptores en los ojos. El cuarto cono te da la habilidad de ver a través del espectro ultravioleta, algo así como la visión de un pájaro. Cada célula contiene una diminuta porción de aceite que funciona como filtro en el lente y eso hace que seas tan buena a la hora de diferenciar colores. En efecto, logras verlos más brillantes de lo que los vería cualquier otra persona.

¡Así que esa era la razón! Si tan solo sus padres hubiesen estado allí para explicárselo, ¡se podría haber evitado tanta vergüenza y confusión!

Es un enorme privilegio ver de la manera que tú ves y viene de la mano con otras habilidades que irás comprendiendo a medida que las vayas experimentando. Úsalas sabiamente.

Por último, deberíamos explicarte por qué decimos que eres la última de nuestra especie. Mencionamos que esta habilidad se desarrolló dentro de una población que vivía en una gran isla. Tal como Darwin estudió los diferentes tipos de picos entre los pinzones que vivían en islas vecinas, nosotros nos desarrollamos de manera diferente a las personas que vivían a nuestro alrededor. Fue un desastre porque lo diferente siempre ha sido castigado. Hemos sido cazados despiadadamente y perseguidos hasta el punto de que hemos llegado a estar muy cerca de la extinción.

Este genocidio ha sido una tragedia secreta de los últimos siglos. No sabemos dónde se originó nuestra especie... Nuestros arqueólogos piensan que podría haber sido en el Mediterráneo, pero nuestros antepasados asumieron un mito que resume un poco nuestro problema. En el exilio, nos hacíamos llamar el pueblo de la Atlántida, en honor a la tierra de fábula arrasada por una ola gigante. En nuestro caso, esta ola de destrucción ha sido la persecución de los isleños vecinos, los que nosotros llamamos "perilos". Siempre tuvimos la esperanza de que más de nosotros sobrevivieran en lugares escondidos. Sin embargo, al momento de escribir esto, creemos que nosotros tres somos los últimos tres seres de nuestra especie.

Y ahora nosotros también podríamos desaparecer. Como el último miembro de una civilización perdida, tú eres la portadora de nuestra esperanza. Tú podrías ser el único elemento de nosotros que sobreviva en el futuro, que se mezcle con el resto de los mortales. Mantente a salvo y mantén a salvo nuestro secreto.

Con amor.

Papá y mamá

Meri dobló la carta y la colocó en la caja nuevamente. Después la abrió otra vez y tomó una foto del contenido con su teléfono para poder volver a leerla en casa. Tenía demasiado que procesar por el momento. Cerró la caja y se llevó la llave a sus labios sellados. La muerte de sus padres no era el resultado de algún tipo de vendetta mafiosa, como Theo había sugerido, sino una batalla bizarra por sobrevivir. ¿Por qué una diferencia insignificante en la anatomía del ojo significaba tanto odio contra su raza? No entendía por qué había gente que podía reaccionar así. Eso era racismo, puro y simple.

Alguien llamó a la puerta. Theo asomó la cabeza.

–¿Todo está bien?

Iba a tener que decir algo o Theo explotaría de curiosidad.

–Bien. Es decir, creo que bien… Es una especie de carta de despedida de mis padres donde me explican que mi visión es algo diferente al resto de los mortales–Algunas cosas no podían hablarse en voz alta, ni siquiera estando en la oficina de unos guardadores de secretos profesionales–. Ah, y querían agradecerte por cuidar de mí.

Theo sonrió, aunque se veía triste.

–Ah… Muy bien. Qué amables… Entonces, ¿ninguna revelación que vaya a cambiar nuestro mundo en los próximos días?

Meri se colocó la caja bajo el brazo.

–No, Theo. No soy la heredera de una fortuna ni una extraterrestre que fue teletransportado a este planeta como Superman.

Theo dio un paso para atrás para dejar pasar a Meri.

–Creo que Superman llegó en una nave espacial...

–Lo que sea, naves espaciales, teletransportación... ¡No soy yo!

–Es bueno saberlo. ¿Y qué vas a hacer con eso? –le preguntó, señalando la caja.

–La dejaré aquí, tal como el señor Rivers sugirió.

–¿Y tus padres han dicho algo sobre si aún necesitas esconderte?

–Sí. Y sí es necesario.

–¿Por qué?

–Es complicado, y todavía no tengo la historia completa. Pero fueron muy claros cuando dijeron que debemos seguir haciendo las cosas como hasta ahora. Has venido haciendo un excelente trabajo, Theo.

Theo captó la indirecta.

–Muy bien, señorita Misterio. Puede quedarse con sus secretos si quiere. Aunque debo comunicarle que se perdió de algo realmente extraordinario: ¡me sirvieron café de verdad!

–¿Y a qué sabe? –ni por un minuto se detuvo a pensar en que Theo había dejado de preguntar por el contenido del mensaje.

–¿El café de verdad? Como néctar de los dioses con cafeína.

Se despidieron de la recepcionista, y Meri le entregó la caja para que la volviera a guardar en su lugar.

—El señor Rivers está con otro cliente, pero dijo que se pondrá en contacto cuando llegue el segundo paquete —dijo la recepcionista.

—Muchas gracias.

Theo se apoyó sobre su escritorio.

—No lo olvides, Sophia, cariño. Concierto en el Barbican la semana que viene, si no cambias de opinión.

La recepcionista bajó la mirada mientras acomodaba su ya acomodada pila de papeles.

—No lo haré.

—Bien. Te veré allí a las seis y media.

Meri esperó hasta que llegaron al elevador antes de regañarlo.

—Theo, ¿en serio?

—Es muy bonita —le respondió él, encogiéndose de hombros.

—No sonríe.

—Y ese será mi desafío.

—No quiero saber —dijo Meri, sacudiendo la cabeza.

—Además, tiene una reserva de café de verdad.

—¿Mercenario o qué?

—Me gustaba ya sin el café.

Meri intentó imaginarse qué podría haber visto esa estirada en su tutor tan *cool* con arete en la oreja y su look snob. ¿Tal vez querría probar algo más salvaje? Los ingredientes en una atracción siempre eran un rompecabezas para ella.

—Mejor me voy a la escuela. Intenta no conquistar más muchachas en el camino, al menos hasta que regrese a casa esta noche.

Los ojos azules de Theo se iluminaron.

—Una a la vez, Meri. Esa es mi regla. Nos vemos en casa.

Capítulo 3

Luego de haber recibido instrucciones de averiguar más sobre su compañera de clase, Kel encontró a Meri sentada sola en un rincón de la cafetería. No había probado su almuerzo y miraba su teléfono como si en la pantalla estuviese escrito el secreto del universo.

–Hola. Te extrañé en el autobús esta mañana –colocó su bandeja del almuerzo junto a la de ella.

Meri se apuró a guardar el teléfono celular en el bolsillo.

–Tenía cita con el médico.

–¿Te encuentras bien?

–Sí.

–Bien. Entonces... Meri... ¿Qué harás en la clase de Arte esta tarde? –buscó en el bolsillo de su pantalón y le pasó unos billetes–. Ahora puedes comprarte un lienzo nuevo.

–Me acabas de salvar la vida –tomó el dinero y, sin contar cuánto era, se apresuró a guardarlo–. Creo que volveré a intentar el mismo dibujo y le agregaré algunos garabatos para no decepcionar a la profesora.

Él colocó el sorbete en su caja de jugo de frambuesa y pera.

—Dile que te inspiras en la escuela de los artistas japoneses del siglo diecinueve.

—Suena lindo… pero ¿qué quiere decir?

Kel tomó su teléfono y buscó una foto de la pintura de Hokusai.

—¿Has visto esto alguna vez?

—Sí… Creo —tomó el teléfono para mirar más de cerca.

—Tengo reproducciones como estas en la pared de mi habitación. Ayer pensaba que es la misma curva que usaste tú, aunque la tuya era una imagen más bien abstracta. Dile que es una reinterpretación e intenta que los colores se vean un poco más definidos. Eso debería calmarla un poco.

Meri tocó la imagen muy suavemente con la punta de un dedo.

—Me encanta.

Kel sintió una necesidad enorme de acomodar el mechón de cabello que le caía hacia adelante y ahora se mecía frente a la pantalla del teléfono. Siempre parecía haber algo apenas obstinado, algo que se salía de control, cuando se trataba de Meri.

—Podríamos, ya sabes, ir a ver un poco más de su trabajo, si quieres. Creo que hay algunos originales en exhibición en el Museo Británico.

¿Habría sonado demasiado aburrido?

Meri no parecía notar su vergonzante intento por conseguirse una cita.

—¿En serio? Entonces sí, me encantaría.

–¿Qué te parece este sábado? Si no tienes planes, claro.

Ella asintió.

–O el domingo –Kel temía sonar demasiado ansioso. Después de todo, no lo hacía solo porque Ade le había pedido que se le acercara, pero la línea sobre la que estaba caminando había quedado bastante indefinida.

–No. El sábado es perfecto. Es solo que es mi cumpleaños...

–Entonces ya debes de tener planes para ese día.

–Solo por la noche. Iré a ver a Tee Park en el Hammersmith Odeon.

–¿Bromeas? ¡Yo también!

–Supongo que la mitad de nuestro curso estará allí, por lo que escuché –le devolvió el teléfono–. ¿Te gustaría cambiar tu boleto por uno VIP? Theo los consigue gratis en su trabajo.

Kel debió hacer un cálculo veloz en su cabeza. Se suponía que iría con Ade, pero si le pasaba su boleto a Lee, entonces le quedaría la noche libre y no tendría que actuar como guardia de seguridad. Estaba seguro de que Ade aprobaría su idea cuando supiera que esto lo ayudaría a conocer un poco más a Meredith Marlowe.

–Gracias. Me encantaría.

–El único problema es que tendrías que pasártela con Theo y sus amigos –su sonrisa tan dulce no daba a entender que fuese un problema demasiado grave.

–Tengo el presentimiento de que podría llegar a disfrutarlo.

–No digas que no te lo advertí.

–Me intriga.

–No quiero ahuyentarte.

–¿Cumples dieciocho años?

–¿Tú qué crees?

–Qué bien –respondió él con una sonrisa–. El mío fue hace un par de semanas. Aunque no tuve una cita ese día para festejarlo.

–¿Entonces esto sería una cita? –fingió interés en su yogur, mientras revolvía la frambuesa que había llegado a la superficie.

–¿Te gustaría que lo fuera? –y de pronto tuvo una sensación horrorosa que le decía que la atracción era solo de su lado.

–¿Por qué no? –dejó a un lado su bandeja y apoyó los codos sobre la mesa, enfrentándolo–. Sí, gracias, me gustaría salir contigo el día de mi cumpleaños, Kel.

Hablaron un poco más. Hablaron de las asignaturas en el colegio, y de a poco fueron pasando de un diálogo levemente forzado a algo mucho más relajado. Meri admitió que necesitaba más práctica. Después de todo, había pasado muchos años siendo demasiado tímida, apenas hablándoles a las personas a su alrededor. Ahora había bajado la guardia. A esta altura de la conversación, ya le había contado a Kel que estaba estudiando Inglés, Historia y Arte.

–Como habrás notado, estoy preparándome para ser una desempleada –bromeó.

–¿Y qué hay de la escuela de Bellas Artes?

Meri arrugó la nariz.

–No creo ser tan buena para eso.

–Sí que lo eres.

–No creo que el jurado vaya a estar de acuerdo. ¿Tú también piensas inscribirte allí?

–¿Luego de servir en el Servicio Ecológico? Supongo que sí. Algo que no me lleve todo el día, porque ya tengo un trabajo.

–¿En qué escuela lo harías?

–Dependerá de a dónde quiera ir Ade.

–¿Es que están unidos por una especie de cordón umbilical ustedes dos?

–Exacto. Somos como hermanos, pero de diferentes madres –sonrió.

–¿Y el resto de tu familia?

¿Cómo explicarle que su gente estaba escondiéndose y que él había sido separado de su familia hacía ya muchos años y vivía en la comunidad que rodeaba a Ade?

–Mi madre murió cuando yo era muy pequeño, así que solo tengo papá y una hermana mayor. Los dos tienen trabajos que hacen que se pasen mucho tiempo en el extranjero.

–Ah… ¿Dónde?

–Viajan mucho –tenía que decir algo que no resultase demasiado vago–. Mi hermana vendrá para Navidad –no había visto a Jenny desde las Pascuas. Jenny era una de los guardaespaldas de los primos de Ade y vivía en Ámsterdam.

–¿Cuántos años tiene?

–Es tres años mayor.

–Eso es lindo. Me hubiese gustado tener un hermano o una hermana, pero supongo que tuve suerte con Theo.

–¿Qué pasó con tus padres?

Nerviosa, recogió los restos de su yogur y se puso de pie.

–Desaparecieron... Murieron... Algo así... Lo siento. Me cuesta hablar de eso. Nos vemos luego.

Dejó su bandeja sobre el tacho de basura y desapareció.

Por supuesto que iba a costarle hablar de eso, ¡idiota! Kel había perdido a su madre, así que sabía lo que significaba vivir con esa herida. Se golpeó la frente. Había estado haciéndolo tan bien hasta que insistió ese poquito de más. Si bien Ade esperaba esa información tan pronto como fuese posible, Kel debía moverse al ritmo de Meri, no al ritmo de su empleador. Con un suspiro, también recogió su bandeja y se fue con sus amigos, que ocupaban la mesa en el centro de la cafetería.

–¿Cómo va eso? –preguntó Ade, mientras señalaba con la cabeza la puerta por la que Meri se había retirado.

–Bien. Saldremos juntos este sábado y conoceré a su tutor. Tal vez él sepa más de sus orígenes si es que hago las preguntas correctas.

–¿El sábado? –dijo Ade levantando una ceja–. Pero...

–Sí, lo sé. El concierto. Lee, ¿te quedarías con mi boleto?

Lee no parecía muy contento. A él le gustaba la música *soul*, y no tanto esa fusión urbana de Tee Park que se había vuelto tan popular en la última década.

–Pero me debes una.

–Yo también iré, pero tengo boleto VIP gracias al tutor de Meri.

–Tienes tratamiento VIP y a mí me toca ir a sudar en ese pozo de gente toda amontonada mientras Ade se arroja sobre ellos cual suricata demente –sacudió la cabeza ante semejante injusticia.

–¿Es una persona adinerada su tutor? –quiso saber Ade.

–No. Aparentemente, consigue esos boletos en su lugar de trabajo.

–Interesante –Ade ingresó la nueva información en su teléfono, más precisamente en el archivo que tenía bajo el nombre de Meredith Marlowe–. ¿Y cuánto hace que dejó de ser la Ratoncita para comenzar a llamarse Meri?

–Desde que me pidió que así lo hiciera. No creo que le guste que le digan así. Ya podríamos dejar de hacerlo.

–Pero le hace justicia.

–Solo si crees que los ratones son criaturas sarcásticas y de mordida filosa.

–Bien, ahora que lo mencionas... No importa. Estás haciendo un buen trabajo.

–No es trabajo –Kel se tomó la garganta con una mano. Se sentía claramente incómodo.

Ade notó algo en la expresión del rostro de su amigo que disparó una alarma.

–Kel, sí lo es. No lo olvides. Si no es una de nosotros, entonces no podrás tenerla de amiga. No puede acercársenos demasiado.

Eso él ya lo sabía. Claro que lo sabía.

–Es solo una cita, e iremos al museo y luego al concierto. No creo que salgamos corriendo a comprar anillos de compromiso.

–El simple hecho de que hayas pensado en esa imagen me preocupa un poco –Ade dirigió su mirada a Lee–. Tal vez debería ponerte a ti a averiguar un poco más sobre ella.

–¿A él? –se quejó Kel–. Después del incidente en el autobús, creo que Lee ha dejado de agradarle del todo.

–No tengo que resultarle agradable para que responda unas simples preguntas –dijo Lee.

–Mira, no, no es justo –Kel no soportaba la idea de que Lee fuese a asustarla con sus modos–. Déjamelo a mí. Me agrada… Solo como amiga, lo juro. No lo arruinaré. Obtendré esas respuestas y nadie tendrá que salir herido.

–Ya lo veremos. Te quitaré del caso si descubro que te involucras demasiado. ¿Entendido? –dijo Ade en su tono de yo-soy-el-jefe.

Cuando Kel llegó al salón de Arte, Meri ya había encontrado un libro sobre pinturas japonesas en el estante de recursos y lo había abierto estratégicamente junto al lienzo en blanco que le había comprado a Miss Hardcastle.

–¿Un nuevo enfoque aquí, Meredith? –preguntó la profesora.

Meri se encogió de hombros.

–Kel me ayudó mucho. Me llevó a descubrir a este artista.

–Hokusai, uno de mis favoritos. Siempre tengo la sensación de que sus pinturas le hablan a una sensibilidad moderna aun cuando su arte data del siglo diecinueve.

–Pensaba hacer un collage de la gran ola en mi libro de arte antes de comenzar a pintar. La idea es imitar la forma de la ola, pero hacerla a partir de diminutas imágenes de los rostros de todos los destruidores del medioambiente.

–Esto no es Instrucción Cívica, Meredith –dijo Miss Hardcastle apretando los labios.

–No, pero el arte puede ser político. Usted nos dijo eso.

Ahí tiene, directo al estómago, Miss H, pensó Kel mientras se colocaba su delantal.

–Dejaré que sigas entonces –dijo la profesora sin más, y luego se retiró. Kel caminó muy disimuladamente hacia el lado del salón donde se encontraba Meri.

–¿Comenzarás de cero?

–Sí. Ahora sé qué es lo que quiero hacer –miró el lienzo a través de sus lentes como si ese trozo de tela la estuviera desafiando personalmente–. No creo que a la profesora vaya a gustarle. Yo no le gusto.

Kel echó un vistazo al libro con las imágenes.

–A mí siempre me trata bien.

–No sé qué he hecho, pero puedo sentir esa vibra de desaprobación cuando se me acerca. ¿Crees que puedes compartirme algo de ese encanto varonil para que esta vez no tire abajo mi proyecto?

–¿Crees que soy encantador? –dijo, apoyándose en el borde de la mesa.

–¿Acaso no lo eres? –Meri se levantó los lentes hasta colocarlos encima de la cabeza, un hábito de nerviosidad que él ya había notado. Siempre se ponía y se sacaba los lentes, como si no pudiese decidir si necesitaba usarlos o no.

–Debo serlo si tú lo crees –le robó los lentes y se los probó. No le generaban demasiados cambios en la visión, solo que volvía algo borrosos los colores a su alrededor. ¿Serían polarizados?–. ¿Por qué usas lentes?

–Solo -0,5 –se apuró a decir, y recuperó sus lentes.

–Entonces tal vez no los necesites después de todo.

–¿Eres oftalmólogo ahora?

–Cuando tienes razón, tienes razón –levantó las manos, como excusándose–. Entonces, ¿soy encantador o no?

–No precisamente cuando te robas mis lentes. Pero, si hacemos un balance, debes de serlo. Después de todo, hoy me salvaste con las manos sobre las caderas, apretó los labios; él supuso que Meri estaba batallando en su cabeza con la imagen que iría a colocar en el lienzo–. Creo que dibujaré el Monte Fuji. Aparece en casi todas sus pinturas, ¿habías notado eso? Quiero lograr el calor del volcán y la frialdad de la silueta del monte en el horizonte, todo junto. ¿Crees que pueda hacerlo?

Con ese rostro tan honesto, Kel tuvo que controlarse. Le hubiese encantado acercarse y colocársele detrás, abrazarla con ambos brazos, apoyando el mentón sobre su cabeza mientras debatían juntos las ideas, pero ese tipo de comportamiento era mal visto en el salón de clase. Kel se deshizo casi inmediatamente de sus pensamientos. *Solo amigos, recuérdalo.*

–Si va a quedar bien con tu ola, entonces sí. Hay mucho material muy bueno en esa cabecita –le tocó la frente–. Mis amigos creen que tu último intento fue muy bueno de hecho. Lo hemos colocado en nuestro salón de reuniones.

–¿Tienen un salón de reuniones?

–Sí, en la casa donde vivimos.

–Claro. Tu familia está en el extranjero –murmuró ella, uniendo las fichas del rompecabezas que era la vida de Kel–. ¿Son refugiados? ¿Es una especie de hostal?

–Algunos sí, pero yo no llamaría hostal a la casa de Ade. Algún día, deberías venir y ver dónde pusimos tu pintura. Me aseguraré de que todos hayamos recogido nuestra ropa sucia del suelo antes de que entres.

–Qué asco… ¿Cuántos muchachos viven allí?

–Alrededor de dieciséis –la corte de Ade era una de las más grandes, porque era el primero en la línea.

–Dios mío, ese lugar debe de ser riesgoso para la salud: ¿dieciséis muchachos con ropa sucia?

–Fumigamos de vez en cuando y cazamos las ratas los domingos –de hecho, Ade se encargaba de que la casa funcionara cual campamento militar, por lo que nunca nadie dejaba nada tirado.

–Estás bromeando, ¿cierto?

–¿Tú qué crees? ¿Acaso huelo tan mal ahora?

Meri husmeó en el aire antes de darse cuenta de lo que estaba haciendo. Se puso tan roja como los atardeceres de Turner.

–No. Hueles… hueles bien.

–Soy un muchacho encantador que huele bien. Mejor me retiro ahora.

Satisfecho con el encuentro, Kel volvió a su torno de alfarero y se dispuso a trabajar. En un momento, sus ojos coincidieron con los de Meri al otro lado del salón, y le dedicó un guiño. Qué linda era cuando se sonrojaba.

¿Cómo pudiste ser tan idiota?, preguntó Meri a su reflejo en el espejo del baño de niñas. *¡Lo oliste! ¿Dónde dejaste el sentido común? ¿En tu casa antes de salir a la escuela?* Se mojó la cara, deseando que el agua pudiera lavar y hacer desaparecer el recuerdo de lo que acababa de suceder.

La niña compu-punk del autobús, que también había resultado estar en su clase de Arte, apareció y se detuvo frente al lavabo de al lado. Dejó su bolsa en el suelo, tomó un lápiz labial de brillo y se retocó los labios con un rojo intenso. Meri no tenía puestos sus lentes, así que el efecto era más una sonrisa de payaso que el look vampírico y sexy que esperaba causar la muchacha. Y esa era justamente una de las razones por las que Meri raramente se maquillaba: no podía tomarse en serio con el maquillaje puesto.

La muchacha notó que estaba siendo observada.

–Hola. ¿Funcionan bien tus sistemas, chica?

Meri ya había escuchado decir que los compu-punks tenían su propia jerga, pero que era bastante sencilla de traducir.

–Perfectamente, ¿y los tuyos?

Meri buscó en su cerebro un nombre. Sadie Rush. La que le había advertido sobre no sentarse en los asientos de adelante en el autobús. Una década atrás, los compu-punks les habían quitado el lugar a los geeks como los obsesivos de las computadoras. Sadie y sus amigos aún tenían las habilidades geek, claro, pero también habían desarrollado su propia música y una subcultura.

–Reiniciándome, tú sabes –dijo Sadie, sacudiendo el labial en el aire–. He notado que tú y Kel hablan muy animados últimamente.

–¿Lo has notado?

–Claro que sí –se rio Sadie–. No hay mucho más que hacer cuando la clase se vuelve tan aburrida como cargar datos –se rasgó sus pantimedias de red, sin importarle que el tajo había subido incluso por debajo de su falda de imitación de cuero.

–Ha sido muy amable conmigo porque, en caso de que no lo hayas escuchado, resulta que a la señora Hardcastle no le gusta mucho lo que hago.

Sadie revoleó los ojos.

–Ah, Dios, ¡sí! Puede ser una bruja a veces. Creo que prefiere a los muchachos... ¿Crees que nos vea como competencia?

–¿Dices que es personal?

–No en el sentido de que es solo contigo. A mí me dijo que mi dibujo era torpe y todo lo que uno esperaría de un estudiante mediocre de secundaria.

–Auch.

Sadie sacó un cepillo de su bolso y comenzó a echarse para atrás esa fuente de cabello oscuro que tenía. Restallaba con estática. Con la visión de Meri, el negro tenía una profundidad extrema y otra textura, y sombras en tonos de azul. Podría haberse quedado mirándola durante horas.

–¿Sucede algo? –preguntó Sadie.

–Tienes un cabello hermoso –respondió, avergonzada, habiendo sido descubierta. Meri sintió un poco de envidia por la exuberancia que tan bien y cómoda le sentaba a Sadie.

–Ah, gracias. Estaba pensando en hacerme unos reflejos –se acomodó un mechón detrás de una oreja.

–¡No lo necesitas! Ya tienes muchos colores.

–Negro cuervo, como le llama mi hermano –dijo Sadie con una mueca.

–¿Y tú aceptas consejos de moda de tu hermano?

Sadie presumió mirándose al espejo, sus ojos encontrándose con los de Meri en el reflejo.

–¿Sabes qué? Tienes razón. Él sigue usando esos soquetes oscuros y zapatos azules, así que no puede hablar. ¿Por qué no habíamos hablado antes tú y yo?

Meri se encogió de hombros.

–Soy un poco tímida, supongo.

–Yo también. En serio, créeme. Con los muchachos especialmente. Podremos estar en el siglo veintiuno, pero yo pareciera estar estancada en los años 50. Hace semanas que vengo queriendo decirle a Lee Irving de salir un día, y jamás reuní el coraje para hacerlo.

¿Le gustaba *ese*?

–Sí, eso requeriría de mucho coraje.

–Dicen que suele atacar a los compu-punks, pero no estoy segura de que eso sea tan así. Es como que recibo señales mezcladas. Ey, ya que tú te das con su gente, ¿crees que podrías, ya sabes, hablar de mí delante de él si es posible?

Meri se rio ante lo absurdo de la idea.

–¿Es que tú no viste lo que sucedió ayer en el autobús? No podría prometer que una recomendación de mi parte vaya a tener algún tipo de repercusión.

–¡Pero si estuviste tan bien! Todos pensamos lo mismo cuando descendimos del autobús. Es como que ya nos habíamos acostumbrado a hacernos a un lado para que ellos tres pasaran, y finalmente alguien se les plantó de frente. Chica, todos estábamos contigo, alentándote y dándote una palmadita en la espalda, aunque silenciosa e invisiblemente para que ninguno de los tres nos viera, claro.

–Qué valientes.

–Lo sé –cuando Sadie sonrió, mostró sus dientes apenas

separados, una característica afable, pensó Meri–. No es que les tengamos miedo. Kel es definitivamente el más agradable de los tres.

–Sí que lo es –esta vez, cuando sus ojos dieron con los de Sadie, las dos sonrieron, mostrando estar de acuerdo.

–¿Quieres ir a Crazy Beanz luego de la escuela? Ya sabes, a pasar el rato y charlar –preguntó Sadie–. Algunos de mis amigos compu-punks y yo vamos allí casi todos los días.

–Me gustaría. Siempre y cuando no tenga que perforarme una ceja ni nada parecido.

–No, eso no pasa hasta el segundo encuentro. Te veo en la puerta entonces.

Cuando Sadie ya se había ido, Meri asintió ante el espejo. No había estado para nada mal: dos amigos en dos días y uno de ellos era un amigo con el que iba a tener una cita romántica. Parecía que tan pronto como una persona demostraba interés en ti, los demás simplemente seguían la corriente. Theo tenía razón: había potenciales amigos esperando a la vuelta de la esquina.

Kel se despertó el sábado con un poco de fiebre. Se había arrancado la camiseta que llevaba puesta durante la noche y también se había deshecho de las sábanas, pero seguía sintiendo calor. Rodó de la cama, se tropezó con la guitarra que había dejado en el suelo y luego se dio el dedo pequeño del pie contra el escritorio. Eso no estaba bien: debía juntarse con Meri esta noche y no quería suspender.

Un baño. ¿Se sentiría mejor luego de un baño caliente?

Coincidió con Lee en el pasillo fuera del vestuario de varones. Los dos llevaban una toalla envuelta en la cintura, parecían miembros de alguna de esas tribus isleñas del Pacífico. Las marcas de jaguar en Lee eran apenas visibles en el resplandor luego de su ejercicio matutino.

–¿Te sientes bien? No te ves bien. ¿Es que no has dormido? –preguntó Lee.

Kel sacudió la cabeza.

–No. Creo que estoy por pescarme algo.

–Iré a buscarte un analgésico.

–Gracias.

Lee podría ser un idiota a veces, pero siempre era el primero en ofrecer ayuda cuando alguien se encontraba en problemas.

Luego de un baño y con la ayuda de la medicina, Kel comenzó a pensar que sería posible sobrevivir y salvar el día después de todo. Si tan solo esa picazón en la piel reseca desapareciera. Quería verse bien para Meri. Si su condición empeoraba, pronto tendrías rasguños por todo el cuerpo.

Ade se les unió en el rincón más iluminado de la cocina para desayunar.

–Te ves como la mierda.

–Gracias.

–¿Tienes fiebre? ¿Te pica algo?

–Sí.

Ade y Lee intercambiaron miradas.

–Guau… Entonces, podría ser lo que pienso que es. Nuestro amigo está desarrollando. Tarde, pero lo está haciendo.

Pronto estaremos viendo algunas marcas –dijo Lee con una sonrisa.

–Bastante tarde… Aunque preferiría que no sucediera hoy.

–Sí, claro. Hoy es el día de la cita, ¿no es así? –Ade tomó su teléfono celular–. Deberías estar bien siempre y cuando no decidas llevar solo una camiseta. Las marcas suelen tardar meses en desaparecer luego del primer brote; si ella es una de nosotros, no querremos que te vea en modo resplandor.

–Eso la espantaría para siempre –con ese tono alegre, era fácil darse cuenta de que Lee estaba gozando la desgracia de su compañero. Ade lo codeó.

–Mira, Kel. Deberías leer esto. Es todo lo que pude encontrar sobre Theo Woolf, el tutor de Meri.

–Gracias –leyó las notas mientras repetía el desayuno de siempre, té negro y tostada a secas–. Se han mudado muchas veces.

–Sí. Incluso han estado en el extranjero, y luego Durham, Nottingham, St Ives, y ahora Londres. El muchacho ha sabido abrirse camino en el campo de las artes. Parece agradarle a la gente, según lo que he encontrado en línea.

–¿Alguna chance de que sea uno de nosotros?

–No hay señales de eso, no. Padres, abuelos, todos muy expuestos, fáciles de rastrear en su localidad durante años; no hay señales tampoco de que se diferencien de quienes los rodean. Theo es el único con esa pasión por andar yendo de un sitio a otro, pero jamás ha hecho contacto con ninguna de nuestras comunidades en ninguno de los lugares donde estuvo viviendo.

–¿Y no está relacionado con Meri tampoco?

–Para nada, y eso es lo más extraño de todo. No puede ser mucho más grande que ella, tal vez veinte años. Pero ha sido su tutor desde que ella tenía cuatro. ¿Cuántos padres le dejarían la custodia de un hijo a un hombre de esa edad?

–Había mucha perturbación en la época de las grandes inundaciones en el Reino Unido. Vidas perdidas y archivos públicos arruinados para siempre. Tal vez tenga algo que ver con todo eso. Definitivamente es algo que deberé averiguar.

–Intenta ser sutil, ¿está bien? No queremos alarmarlo.

–Sí, comprendo.

Ade se sirvió un segundo tazón de cereales.

–Nos vendría muy bien otra muchacha. No tenemos suficientes.

–Si nuestra gente abandonara la tonta idea de elegir el sexo de los bebés por nacer, entonces nuestra población no se hubiese desequilibrado tanto. Sé que tu tío declaró ilegal la práctica, pero creo que sigue estando vigente en algunos países. No podemos hacer la vista gorda.

–Y todo parece indicar que ese desequilibrio no va a modificarse con esta generación. Es una verdadera lástima –dijo Lee, poniéndose sorprendentemente del lado de Kel en esta disputa–. ¿Qué? –seguramente vio sus caras de asombro–. No soy misógino. Sé hacer cuentas. Si queremos aparearnos con muchachas de nuestra comunidad, necesitaremos una fuente de talentos más grande.

–Con qué gracia lo has puesto, Lee. Tal vez deberíamos transferirte al servicio diplomático, ¿no crees? –dijo Ade irónicamente–. Kel, esta noche estaremos observándote a la distancia. Si esta fiebre empeora, suspende todo. Ha habido casos de muchachos que la pasan muy mal con los cambios en la piel.

—Como tú —el ánimo de Kel se elevó un poco en el momento en que recordó el primer papelón de su amigo—. Creo recordar que comenzaste a alucinar durante la clase de Geografía un día y le dijiste al profesor que era un extraterrestre y que tenía una antena que le salía de las orejas.

Ade sonrió, pícaro.

—Eran unos penachos de pelo, pero sigo convencido de que el señor Bristow era muy extraño.

—Los profesores siempre suelen ser extraños. De lo contrario, no se expondrían voluntariamente a la tortura de enseñarles a seres como nosotros.

—Antes de que lo olvide, ya presenté nuestras aplicaciones para el servicio ecológico —dijo Ade señalándose a sí mismo y a sus dos amigos.

—¿Tan temprano? —a Kel no le gustaba que le recordaran lo que le esperaba a la vuelta de la esquina. Un par de años echados a la basura cuando prefería mucho más seguir adelante con sus estudios.

—Sí, tenía que hacerlo. De lo contrario, corríamos el riesgo de que nos separaran. Nos ofrecí como voluntarios para los nuevos trabajos de embarcación; de esa manera, nos quedaremos en Londres y podremos seguir viviendo aquí.

Eso sí que no sonaba para nada mal. Algunos grupos de servicio ecológico se pasaban un año entero en viejos barracones del ejército o bajo tiendas en la intemperie del campo.

—Estoy de acuerdo. Pero, ya sabes, tal vez nos podrías

haber preguntado qué nos parecía, ¿no crees? –el equilibrio entre amigo y príncipe era algo delicado. Según Kel, Ade se estaba volviendo más y más autoritario a medida que avanzaban los años.

–Lo siento, amigo. No sé en qué estaba pensando.

Pero Kel notó que Ade tampoco se había ofrecido a retirar las aplicaciones.

Lee inspeccionó los puños relucientes de su camisa blanca. A diferencia de Kel y de Ade, siempre se vestía como si estuviera listo para una sesión fotográfica más que para las clases en la escuela.

–Espero que puedas conseguirnos un trabajo de oficina también.

–No, les dije que ustedes dos querían remover tierra mojada con sus propias manos –Ade cortó una manzana en cuatro y la compartió con sus amigos–. No puedo controlar dónde irán a colocarnos en el equipo. Simplemente deberemos aceptar lo que nos sea asignado.

Kel se preguntó a dónde iría a aplicar Meri. Se suponía que el servicio ecológico era una lotería libre de género, aunque a las niñas solían asignárseles las tareas más livianas. ¿Sería que podrían hablar de eso esta noche durante el concierto? Si ella era una de ellos, él le iba a sugerir que aplicara para lo mismo que ellos.

–Como el dique es un proyecto en el que todos quieren colaborar, vamos a tener que ponernos de acuerdo en una excusa que explique por qué somos los mejores para el trabajo –siguió Ade–. Debemos enviar un escrito la próxima semana, así que asegúrense de no dejarlo para último momento. Yo leeré lo que escriban y me aseguraré de que todos estemos diciendo lo que debemos decir.

—Sí, señor —Lee llevó su plato al lavaplatos.

Ade miró a Kel.

—Ese "señor" no fue irónico, ¿o sí?

—No. Aunque puede que esté un poco autoritario esta mañana, *señor*.

—Eso sí fue irónico —dijo Ade amenazándolo con un trozo de manzana.

—Siempre lo es, *señor*.

Ade se rio y luego se echó hacia atrás con su silla.

—Ve y endúlzale el oído a esa muchacha misteriosa, y no dejes que vea tus marcas.

—¿Y qué se supone que haga para evitarlo?

—Ayudará si no hay besos ni una pelea de cuerpos.

—Entonces estaremos bien. Por cómo me siento ahora, me conformaré con llegar a la noche sin haber perdido la conciencia. Las chances de que pueda avanzar con Meri esta noche son prácticamente nulas.

Ade lo palmeó en la espalda.

—Será mejor que así sea.

Capítulo 4

Kel esperó en la entrada del Museo Británico. Aunque se sentía terrible, una sonrisa se le encendió en el rostro cuando vio a Meri subir las escalinatas blancas y caminar hacia él. Su cabello rebotaba en una coleta; tenía puesto un top ceñido color crema, una camisa negra y leggings. Unos aros con forma de argolla completaban el atuendo. Siempre se vestía con un estilo sutil, sin colores estridentes; pero a él le pareció que estaba perfecta. Una linda figura, eso también lo notó. Lo ocultaba muy bien en la escuela, como también escondía su personalidad tan fresca y descarada. La transformación le hizo pensar en una polilla que se libera de su crisálida.

–¡Hola! –con movimientos torpes, se adelantó para saludarla con un beso en la mejilla. El protocolo de encontrarse fuera de la escuela era algo confuso–. ¡Feliz cumpleaños!

–Lamento haber llegado tarde. Olvidé que hoy cerrarían Tottenham Court Road para descontracturar Northern Line.

Tuvo que recuperar el aliento. Seguramente había llegado corriendo desde Oxford Circus.

–No hay problema. No hace mucho que espero –la tomó de la mano, y se sintió bien–. Me ha dado tiempo para averiguar dónde están las imágenes japonesas en exhibición.

Las galerías estaban arrebatadas de turistas y había tanto para ver que a Kel el ambiente le resultó un tanto abrumador, dado su estado febril. Decidió que sería mejor invertir su tiempo en estudiar a Meri mientras que ella observaba muy atentamente las obras de Hokusai. Sus pestañas eran largas y apenas se enrollaban en las puntas, dándole un marco perfecto a sus ojos verdes. No era el tipo de belleza que se veía tan fácilmente en la escuela, pero Kel no podía sentirse más y más atraído con cada minuto que pasaba. Meri no hizo mucho para ocultar su reacción ante lo que veía: felicidad, curiosidad, asombro, todo junto en su rostro. A Kel le dio la impresión de que estaba observando a alguien que experimentaba el mundo entero por primera vez, algo que era bastante extraño ya que Meri era apenas unas pocas semanas más joven que él y seguramente habría tenido la oportunidad de ver el mundo tanto como él, si no más.

–Me alegra que se me haya ocurrido venir aquí –dijo–. Te ves feliz.

–Lo estoy –lo miró, algo tímida y avergonzada.

–No recuerdo verte sonreír tanto en la escuela.

–No lo hago. La semana pasada tomé la decisión de que era hora de emerger de mi capullo.

–Eso lo explica todo.

–¿Qué es lo que explica?

–La aparición de la Súper Ratoncita en el autobús y el

hecho de que comenzaras a hablarme a mí y al resto de los mortales. Te vi dialogando con Sadie y los compu-punks.

Meredith se encogió de hombros.

–Son personas agradables, hasta simpáticas, una vez que has atravesado la barrera de su jerga. Supongo que alcancé el punto en el que ya no puedo asustarme más.

Él tomó su mano para confortarla, y luego la condujo hasta el pabellón griego.

–¿A qué le tenías miedo?

Meredith arrugó la nariz, evidentemente desconcertada.

–No lo sé en realidad. Perder a mis padres cuando era tan pequeña probablemente haya tenido que ver con ese miedo. Fue todo tan de repente. Siempre pienso que puedo perderlo todo con un abrir y cerrar de ojos.

Kel acarició con su pulgar la mano de ella.

–Eso seguramente sea algo natural luego de semejante pérdida.

–Supongo que sí –se quedó callada. Era un territorio doloroso para Meri, y él lo comprendía.

–Solo perdí a mi mamá… Pero, aun así, fue realmente desgarrador. No puedo imaginarme lo que debe haber sido perder a los dos tan de repente. ¿Y cómo terminaste viviendo con tu tutor?

–Theo es un amigo de la familia. No tengo más familiares, así que él me adoptó.

–Parece un muchacho extraordinario. Y… ¿Se llevan bien? –maldición, ¡no ahora! La fiebre de Kel estaba aumentando justo cuando la muchacha comenzaba a abrirse.

–Ah, sí, claro que sí. Pronto lo verás con tus propios ojos.

–Sí, claro –una ola de ardor feroz se esparció por el brazo con el que le sostenía la mano a Meri. La soltó de golpe–. Lo siento mucho. Debo sentarme un instante. Tuve una gran noche anoche y hoy me siento algo frágil.

–Ah, está bien –lo siguió, aunque con una mirada algo preocupada en el rostro. Él la condujo hasta el café en el atrio del techo de vidrio mientras se preguntaba si sobreviviría los próximos diez minutos sin tener que vomitar delante de ella.

–¿Crees que podrías conseguirme un poco de agua? –le alcanzó una tarjeta. Estaba a un pelillo de desmayarse–. Y cómprate algo para ti también.

–Está bien –Meredith le dejó su bolso y fue a colocarse en la fila. El gesto que hizo al sacudir su coleta le indicó que sus modales tan bruscos no habían sido bien recibidos.

Kel apoyó la cabeza sobre la mesa. Maldición... Se había imaginado una historia completamente diferente. Y ahora lo único que quería era estar en su cama... solo.

Meri escogió un agua de flor de sauco entre las botellas de vidrio que estaban en exposición y un agua con gas para Kel. Tal vez se lo mereciera por haber estado de fiesta toda la noche y haberse emborrachado. Claramente no se había preparado lo suficiente para su cita con ella. Echó un vistazo a su alrededor solo para ver que Kel había escondido su rostro entre los brazos, dejando fuera a ella y al resto del mundo. Qué romántico...

–Felices 18, Meri –murmuró para sí misma. Esta sería una anécdota para contarles a sus nietos: se pasó la noche del día que cumplía la mayoría de edad y tenía su primera cita con un borracho que parecía que iba a vomitar sobre sus zapatos. Envió un mensaje de texto a Sadie.

Esto no está bien. ¡Ayuda!
¿Qué sucede?
Kel tiene resaca. Estoy en modo enfermera, cuidando de él.
Qué horror. Arrójalo a la basura y llévame a mí a la fiesta.
Hubiera sido muy buena idea, pero le prometí el boleto VIP a él. No puedo retractarme, a menos que él lo haga primero.
¡Pobrecita! No te merece.

Complacida sabiendo que su nueva amiga entendía totalmente su perspectiva de una primera cita, Meri pagó por los tragos y los llevó con mucho cuidado hasta la mesa. Las botellas de vidrio rodaban peligrosamente de una punta de la bandeja a la otra. Destapó la botella de agua y se la pasó; con la otra mano, le golpeó suavemente el antebrazo para llamar su atención.

–Aquí tienes, fiestero.

Kel levantó la vista.

–Ey, tienes unas chispas raras merodeándote en el cabello –y con un gesto de la mano, intentó ahuyentar las chispas imaginarias –estaba sonrojado, y los ojos le brillaban.

–Maldición... Esto no es una resaca, ¿cierto? Estás

enfermo de verdad –llevó su mano a la frente de Kel, ya arrepintiéndose de lo que le había dicho a Sadie sobre él–. Estás volando de fiebre, Kel.

Él bebió algo de agua y se tragó un analgésico.

–Estaré bien. Soy solo un gallina engripado.

–Kel, esto no es gripe. Tienes fiebre. Deberías estar en tu cama, no deambulando por un museo conmigo –tomó su teléfono–. Dime el número de Ade. Le diré que te llevo a casa.

La detuvo y la forzó a apoyar el teléfono sobre la mesa.

–Detente. Solo… Detente. Estaré bien. No es gripe, lo prometo. Yo… Es malaria. Se aparece de vez en cuando.

–Ah, ¿por qué no me dijiste antes? No es nada de qué avergonzarse –desde que los mosquitos habían comenzado a aparecer en el clima más cálido de Inglaterra de las últimas décadas, no era inusual que la gente que vivía cerca del valle del Támesis contrajera malaria–. Pero necesitarás unos tres días de reposo, ¿no es así?

–Estaré bien. Mira, esto es algo aburrido, así que solo démosle un momento a que el analgésico haga su trabajo y estaré de pie enseguida. Cambiemos de tema.

Meri no estaba segura de qué temas podían ser "seguros" para debatir con alguien que no se veía para nada bien.

–No importa… Esas imágenes son realmente maravillosas. Gracias por sugerir venir aquí.

Se restregó los ojos como si aquellas chispas aún estuvieran perturbando su visión.

–Me alegra mucho.

–Entonces… ¿Piensas ir a la Escuela de Artes?

–Sí. ¿Por qué no me cuentas de tus planes mientras yo bebo mi agua?

–¿Planes? –se rio–. Jamás he sido lo que uno podría llamar una planificadora a largo plazo. Theo y yo hemos ido de un lado a otro, siempre.

–¿Por qué?

–Ya sabes, el trabajo y esas cosas –la mayoría de las veces, se habían tenido que mudar cuando ella cometía un error o hacía que alguien se interesara demasiado en cómo veía el mundo. Esta vez, debía recordar no llegar tan lejos con Kel. Sería maravilloso, sin embargo, encontrar a alguien que pudiera ver cómo ella veía; sería menos solitario también.

–¿Te quedarás con él? Digo, ahora que ya tienes dieciocho años.

Meredith no había pensado en ello. Las responsabilidades de Theo como tutor estaban oficialmente acabadas a partir del día de hoy.

–No lo hemos hablado aún. Él es mi familia. La única familia que tengo.

¿Theo lo sentiría así también? Él siempre bromeaba con esas cosas, así que era difícil saberlo. Ya no sería agradable vivir con una mujercita como lo era hacerlo con una hija adoptiva. Tal vez debería comenzar a pensar en mudarse, cómo afrontar los gastos, pero todo se complicaba cuando caía en la cuenta de que el mundo la aterraba, así como también su futuro, con enemigos sin rostro que aguardaban para ponerle fin a su vida.

Kel tomó una bocanada de aire, como si acabase de tragarse las náuseas.

–¿Qué…? ¿Y qué dices del servicio ecológico? ¿Te quedarías en casa para eso?

–¿No va a sorteo? Te pueden enviar a cualquier lado que quieran.

–Ah, no. Ade descubrió que puedes postularte temprano y solicitar una posición local. Nosotros solicitaremos el proyecto del dique.

–No puedo imaginarme trabajando con una excavadora o una draga.

–Pero… hay otros trabajos en los equipos de apoyo –para aliviarse, se llevó el vaso frío a la cara.

Meri tomó un poco de su bebida.

–Te sientes mal, ¿no es así?

–He tenido días mejores.

–¿Quieres que te deje aquí por media hora? No tienes que estar hablando cuando te sientes así. Iré a la galería de los egipcios y regreso enseguida. Ahí veremos cómo te sientes. Si aún estás molesto, tomaremos un taxi y te llevaré a casa.

El alivio podía verse en su mirada.

–Gracias, Meri. Sí, me gustaría quedarme sentado un rato. La fiebre se levanta como un huracán, pero también desaparece igual de rápido. Lamento haber arruinado tu festejo de cumpleaños.

–No hables, grandote. Volveré en treinta minutos.

Meri se retiró y Kel quedo desplomado sobre la mesa. Era sumamente embarazoso. Dejarlo solo tal vez había sido un poco cruel, pero no lo conocía lo suficiente como para estar segura de qué era lo mejor que podía hacer en este caso. Darle un poco de espacio parecía la opción más sensata. Jugar a estar en la cita perfecta habría sido una tortura para él, así que al menos ella lo había liberado de eso esta vez.

Buscando una manera de distraerse, Meri vagó por entre los bloques de granito y los fragmentos de jeroglíficos, admirando los restos de civilizaciones ya perdidas. No tan perdidas como sustituidas, a decir verdad. Pensaba en la carta de sus padres y decidió investigar un poco por su cuenta. ¿El museo tendría algo sobre la Atlántida? Se acercó a uno de esos monitores que incluyen los índices de la colección del museo, tipeó algunas palabras clave. Las referencias de la Tablilla sobre el diluvio de la epopeya de Gilgamesh fueron las primeras en aparecer; esa tabla de arcilla con un texto tallado en escritura cuneiforme acadia proveniente de Nínive y que contaba la historia de Gilgamesh y aquel personaje tan parecido a Noé, Utnapishtim, que sobrevivió una inundación de seis días que aniquiló al resto de la humanidad. Los eruditos habían tomado esto como evidencia de que había habido más inundaciones mundiales como las que los castigaban en la actualidad, al menos en la zona del Mediterráneo, y que eso habría dejado sus marcas en las historias de la región. Todas estas referencias también redireccionaban a historias sobre el mundo perdido de la Atlántida. Siguió las direcciones que aparecían en pantalla y se dirigió a la sala donde se encontraba la Tablilla en exposición. Parada justo frente a la superficie grabada, le resultó imposible imaginarse que era muy posible que ella misma pudiera estar conectada de algún modo a una civilización tan antigua que sus orígenes se habían perdido y que la única manera de describir esa desaparición había quedado para siempre en la ambigua área de los mitos.

Pero, entonces, le llegó una revelación. Tal vez obvia para algunos, pero nueva para ella. Todas las personas que vivían en el planeta Tierra estaban relacionadas a todos estos objetos antiguos. Los humanos de hoy no eran una raza nueva, sino la continuación de las ramas más antiguas, las que habían dejado en el camino estos fragmentos desgastados. Aquel hombre de allí podría estar relacionado a los faraones; la mujer con el bebé en brazos y un cabestrillo azul, a los druidas. Las personas que habían hecho estas cosas no habían sido extraterrestres. Habían sido seres humanos. Meri jamás había considerado esto en el pasado. Su imaginación había podido llegar a un par de generaciones en su árbol genealógico, pero ahora debía averiguar cómo seguía la historia más allá de los registros existentes sobre sus ancestros. ¿Era posible que una civilización entera sobreviviera sin rastros genéticos e historias distorsionadas? Su profesora de Biología les había dicho que aún existía una parte del ADN del hombre de Neandertal en el ADN de muchas personas del presente, así que ¿por qué no rastros de otras herencias genéticas si uno supiera lo que realmente está buscando?

–Quizás sí seas de la Atlántida después de todo, Meri –le murmuró a su propio reflejo en el vidrio–. Sobrevivientes de las inundaciones más grandes de este mundo: Noé, Utnapishtim, y yo –sonrió al imaginarse acompañada de esos muchachos barbudos y sus enormes arcas.

Se había acabado el tiempo. Meri volvió a la cafetería y vio que Kel ya se encontraba más animado, tanto que había comprado sándwiches para los dos. Eso era un alivio: Meri ya se había preocupado porque no tenía dinero suficiente para pagar el taxi para los dos de regreso a casa. Si aún se sintiese tan mal, ella habría insistido en regresar.

–¿Te sientes mejor?

–Sí. Ya ha pasado, gracias a Dios. ¿Jamón y queso o vegetales asados? –se veía mucho mejor ahora; sus ojos azules seguían brillando, aunque ya no por la alta temperatura como antes.

–¿Y si hacemos mitad y mitad?

–Bien pensado –dividió ambos sándwiches por la mitad y los colocó en los platos–. ¿Has visto algo interesante?

Aún no quería confesarle lo que había estado pensando sobre la Atlántida y los mitos, pero sí podía mencionar algunas de sus contemplaciones.

–Hay tantas cosas, ¿no crees? Estaba pensando en cómo estamos todos relacionados de una manera u otra con las personas que hicieron todo lo que hay aquí en exposición, no solo las cosas de estos últimos siglos, sino los artefactos más antiguos también.

–Supongo que tienes razón –se rascó el brazo por encima de la manga.

–¿Estás bien?

–Me pica un poco. Lamento ser un desastre andante esta noche. Ya me sentía mal antes de salir de casa, pero estaba decidido a impresionarte y no decepcionarte, así que vine de todas formas.

–Me has impresionado, no voy a negarlo –dijo con una sonrisa.

–Ja, ja.

–Es decir, la recordaré como una primera cita inolvidable.

Yo, saliendo a pasear conmigo misma, mientras tú te marchitabas en la cafetería.

–Qué cruel eres. ¿Nada de empatía con los enfermos? Primera cita… Lo siento tanto.

–¿Te sientes mejor? –le preguntó mientras le acariciaba la mano–. No te culparé si quieres suspender nuestros planes.

Kel apoyó su mano sobre la mejilla de ella.

–Es tu cumpleaños, Meri. Voy a celebrarlo contigo, aunque me mate.

–Eso es lo que me preocupa –y, después de una leve sonrisa burlona, se dedicó a saborear su parte del sándwich.

La debilidad que Kel había mostrado en el museo ya había pasado cuando llegaron a la casa y se encontraron con Theo y sus amigos. Meri se sentía aliviada de que Kel hubiese recuperado su encantadora personalidad, algo muy conveniente ya que estaba a punto de enfrentarse a una especie de bautismo de fuego antes de ser admitido en su vida. Theo había invitado a Saddiq y Valerie, dos personas muy alternativas en el mundo de las artes. Valerie, una diseñadora de teatro, casi doblaba en tamaño al delgadísimo Saddiq, contador en la oficina de Theo. Valerie tenía una risa bastante escandalosa que iba muy bien con su enjambre de cabellos oscuros y encrespados y sus grandes ojos marrones. Se había puesto una especie de túnica naranja y amarilla con una especie de tocado sobre la cabeza, un poco adorno, un poco turbante. Meri se bajó los lentes hasta la nariz para no tener que mirarla demasiado. Su visión hipersensible no era un atributo positivo cuando estaba cerca de Valerie. Saddiq, por el contrario, llevaba puesto un traje de tres piezas, con un chaleco y un reloj de cadena, acompañado de unas botas hasta el talón color azul, sus "pateadoras de porquerías", como él mismo les llamaba. Tenía barba y bigotes muy prolijos, y también un parche en el ojo con diamantes incrustados que enviaba señales confusas y hacía difícil decidirse entre un pirata y un caballero steampunk. Había perdido un ojo durante un acto terrorista cuando era niño y no le importaba llamar la atención.

Tan pronto como Theo y sus amigos escucharon la puerta que se abría, se apresuraron a entonar su propia versión del Feliz Cumpleaños. Para ser personas que vivían de la industria de la música, era justo decir que no tenían oído en absoluto.

–¡Aquí está! ¡La nueva adulta de la población británica! –Theo descorchó una botella de champagne y sirvió una copa para cada uno.

–Gracias a todos. Él es Kel Douglas, un amigo de la escuela –dijo Meri, y debió empujar a Kel para que ingresara a la cocina con ella.

–Directo a la cueva de los lobos –murmuró él.

–Kel, ¡un placer conocerte! Por favor, siéntete como en casa –Theo colocó una de las copas de champagne en la mano de Meri.

Valerie se puso de pie para saludarlo.

–¿Eres tú la cosa más encantadora de todas o qué? –apretó al pobre Kel contra sus pechos de manera afectuosa y lo saludó con un beso en cada mejilla. Luego, abrazó a Meri y volcó un poco de champagne en el suelo–. ¡Buena atrapada, mi niña!

Saddiq no quería quedarse atrás en la competición de a ver quién avergonzaba más a Meredith, así que él también abrazó a Kel.

–Un amigo de Meri será siempre amigo mío. Ahora, hazla llorar y te daré una patada en el trasero con estas botas.

–¡Por favor, muchachos! ¿Dónde quedó el tacto? –se quejó Meri.

–¿Qué es eso? –preguntó Saddiq con tono inocente.

–Estos dos me hacen quedar bien solo por contraste, ¿no es verdad? –dijo Theo mientras le daba la mano a Kel y luego le pasaba una copa de champagne a él también–. Soy Theo Woolf.

–Gusto en conocerlo, señor Woolf –dijo Kel.

Valerie soltó su distintiva carcajada.

Theo fingió estremecerse.

–No me gusta cómo suena eso de "señor Woolf". Llámame Theo.

–Muy bien… Theo –sonrió Kel.

–Llevemos la comida a la mesa. Valerie horneó tu pastel favorito, Meri –dijo Theo mientras revisaba lo que aún estaba dentro del horno.

–Pastel de cerezas –dijo Valerie alegremente–. Usé las cerezas congeladas de mi propio lote.

–Ah, ¡guau! ¡Muchas gracias!

–Y Saddiq trajo algunos filetes de carne, así que ya estaríamos todos listos para poder cenar si ustedes también lo están.

–¿Filetes? ¡Fantástico! No he comido carne de verdad desde…

–Desde el almuerzo –completó Kel.

–Pequeños trozos prensados de lo que alguna vez habrá sido cerdo mezclado con proteína de soja no cuenta, Kel. Estoy hablando de carne roja de verdad, carne de una vaca que mugía en vida. ¿Cómo lograste conseguir tanta, Saddiq?

–Tengo mis contactos –dijo Saddiq con una sonrisa misteriosa.

–Tal vez no quiera saberlo, pero gracias. ¡Esto es épico! Le mostraré a Kel dónde puede dejar su chaqueta –Meri se escapó de la cocina y lo condujo a su habitación–. Siento mucho que te hayan abrazado tanto esta noche.

–No te preocupes. Todos ellos son muy… coloridos.

–Sí, en eso tienes razón. Tienen buenas intenciones. Tengo una familia adoptiva más que colorida.

–Y te aman.

–Supongo que sí –Meri se cruzó de brazos.

–¡Claro que sí! Y hablando de abrazos… Creo que no tuvimos esa oportunidad en el museo. ¿Puedo…? ¿Uno amistoso? –Kel dudó por un segundo, pero enseguida acortó la distancia entre ambos y arrojó su chaqueta de cuero sobre la cama. Colocó los brazos alrededor de su cintura y la acercó contra su pecho–. Ahí. Mejor.

Con un suspiro, ella también abrió los brazos y se inclinó sobre él. Lo amistoso jamás se había sentido tan bien. Él le acariciaba la espalda, dándole tiempo a ella para relajarse. En verdad era el mejor regalo de cumpleaños que jamás había recibido.

–No creí que fueras una devoradora de carne tan entusiasta –dijo Kel.

–Ah, sí, siempre que tengo la oportunidad. Supongo que comer demasiado afectaría las reservas de carbono en el planeta, ¿o no? Theo dice que es mi lado estadounidense.

–¿Eres estadounidense? –Meri sintió la leve tensión antes de que Kel retomara las caricias en la parte baja de su espalda.

–Una vez, hace mucho. He pasado demasiado tiempo con Theo como para recordar demasiado sobre mis raíces –no quería arruinar el momento, pero tenían un público justo del otro lado de la puerta que contaba los segundos que estaba pasando con él en la habitación–. Saddiq probablemente haya gastado toda su ración de carbono semanal con esos filetes. Creo que iré a asegurarme de que Theo no los calcine.

La cena fue tan buena como Meri había anticipado, con una charla encendida, como lo era siempre que Saddiq y Valerie estaban en la sala. Theo estaba más callado de lo habitual, como si intentara ser más cauteloso. Tal como Meri había temido, lo sometía a Kel a un interrogatorio para nada sutil. Pero, una vez más, Kel parecía feliz de responder, y él también hacía preguntas. Escuchándolos a ellos, aprendió un poco más sobre él. Ade era el que mandaba en la casa, porque esta pertenecía a su familia. Pudo elegir a sus compañeros de habitación.

–¿Dices que su familia tiene dinero? –preguntó Theo.

–Sí. En algún momento no fue dinero y fue petróleo; antes de que el petróleo se agotara por completo, claro. Creo que deben haber hecho muy buenas inversiones. Tal vez en energía solar y otras energías renovables.

–¿Y tú? ¿Tus padres también vienen de familias adineradas?

Meri se sonrojó. Un poco más y Theo le estaría preguntando a Kel si iba a ser capaz de mantener los estándares de vida a los que ella se había acostumbrado.

–Ya cálmate. Es solo una primera cita –le murmuró a Theo.

–Está bien, Meri. Kel sabe que solo intento conocerlo. Me interesa la gente.

–Eres un chismoso.

–Y eso también –dijo Theo sonriéndoles a sus amigos.

Kel parecía estar tomándoselo con calma.

–No, mi familia no se parece en nada a la de Ade. Todos debemos trabajar para ganarnos nuestro salario. Es por eso que andamos desparramados por todo el mundo, yendo a donde sea que el trabajo nos lleve.

–Pero tú no, ¿verdad? Tú aún estás en la escuela –señaló Valerie.

–Sí, por supuesto. Pero pronto tendré que salir a buscar un trabajo también –embebió un trozo de pan francés en el jugo rojo que quedaba de la carne que acababa de comerse.

–No se puede tenerlo todo –dijo Valerie a Meri mientras le daba una palmadita de consuelo sobre la muñeca.

Sus palabras la confundieron.

–¿Qué?

–Tiene el porte, la inteligencia, el alma artística… pero no el dinero. Casi el hombre perfecto.

–¿Crees que podrías avergonzarme más si lo intentaras?

En ese punto, Meri se preguntó si no sería ella la que estaba levantando fiebre en ese momento.

Valerie se detuvo a pensar.

–Podría, cariño; pero es tu cumpleaños, así que mejor me contengo –luego codeó a Kel, que estaba sentado a su lado–. Él sabrá no escucharme. Sabe que solo fue un comentario gracioso.

–¿Lo sabe? –preguntó Meri mirándolo a los ojos.

Kel sonrió, relajado.

–Claro. Solo espero que recuerdes esto cuando conozcas a los muchachos con los que vivo. Es muy probable que ellos también intenten hacértelo pasar mal.

Luego de un complicado comienzo en el museo, Meri debía admitir que había posibilidades de que este aún fuera el mejor cumpleaños de su vida. Tenían asientos de primera fila para el concierto, pero no se quedaron sentados por mucho tiempo porque Tee Park dio un show inolvidable y cantó a viva voz todas sus canciones con el respaldo de la banda completa, con cantantes y bailarines. Tee se veía genial; una explosión de rastas sobre su cabeza, maquillaje de combate y un traje cubierto de grafitis. La música la atravesó, haciendo que sus huesos vibraran con el bajo y la batería. A pesar de saber que quedarían prácticamente sordos por los próximos tres días, los dos se la pasaron bailando y aplaudiendo con el resto de los asistentes.

Meri creyó haber visto un rostro familiar entre toda esa gente abarrotada contra el frente del escenario. Jaló de la manga de Kel para llamar su atención y luego lo hizo inclinarse para poder hablarle al oído.

–¿Ese de allí adelante no es Ade?

Kel giró la cabeza para robarle un beso.

–Sí, y tú me acabas de salvar de eso. Le tocaba a Lee venir con él. Que esté en el medio de esa multitud quiere decir que lo está pasando muy bien.

Meri también vio a Lee, que no se veía muy contento de estar allí y que, con movimientos dignos de las artes marciales, ahuyentaba a los entusiastas que intentaban acercarse a su amigo.

–No creo que Lee la esté pasando tan bien. Ambos deberían dejar que Ade se cuide solo. Es un muchacho grande. Apuesto lo que quieras a que sería capaz de salir vivo de aquí por su cuenta.

Kel asintió con la cabeza.

–No podríamos jamás hacerle algo así.

–Qué tierno.

Kel solo sonrió.

–¿La estás pasando bien?

Sintiéndose algo atrevida, se puso de puntillas y rozó sus labios contra los de él.

–La mejor noche de todas.

Él la rodeó con ambos brazos y pudieron bailar juntos a pesar de que la canción que sonaba en ese momento era el tema menos romántico de toda la noche. No le importaba no estar en sintonía con el resto del mundo; eso Meri pudo verlo y le pareció que debía dejarlo asentado como un rasgo más que atractivo de su personalidad. Estando así de cerca, pudo sentir que Kel estaba levantando fiebre otra vez.

–¿Por qué no te quitas la camisa? –sugirió–. Puedes quedarte solo con la camiseta –no se había sacado esa camisa a cuadros en toda la noche, ni siquiera se había desabrochado un solo botón.

–Estoy bien –alejó con su mano los dedos de Meredith, que ya estaban dispuestos para desabrochársela.

Algo en medio del tumulto de gente la distrajo.

–Creo que se está poniendo feo allí adelante –lo que antes había sido una ola de gente danzando, ahora se parecía más a una especie de motín mientras que Tee Park cantaba una canción que hablaba de cómo esta generación estaba siendo aplastada por los viejos por culpa de su obsesión por el combustible fósil. Eso siempre era tema de debate y avivaba la violencia, y ahora se había convertido en una pelea de puños entre los que estaban en la parte del pogo y los tipos de seguridad que intentaban mantener la calma. Ade recibió un golpe en la cara y cayó al suelo.

–¡Debo irme! ¡Lo siento! –Kel salió corriendo rápidamente, atravesó las filas de asientos entre ellos y lo que era el balcón circular de la platea. De un salto, llegó al otro lado y corrió por la cornisa angosta, se abrazó a una torre de electricidad y se deslizó hacia el nivel inferior. Meri se había llevado ambas manos a la boca para evitar gritar del susto. Jamás se hubiese imaginado que Kel haría algo tan heroico.

Theo llegó a su lado.

–¿En qué anda ahora nuestro James Bond?

—Su amigo está en problemas —señaló la masa de cuerpos que se arremolinaba en el frente. Los hombres de seguridad cargaban a algunas personas y las arrojaban a la salida, mientras que Tee Park continuaba cantando. Por las miradas que la estrella echaba a la tremenda conmoción justo debajo de su escenario, todo parecía indicar que estaba muy cerca de abandonar el set. El resto del público comenzó a abuchear a los revoltosos.

—¡Síganla afuera, idiotas! —gritó Valerie—. ¡Algunos de nosotros solo vinimos aquí a bailar!

Meri siguió la maraña de cabellos de Kel hasta el borde del pozo en el que se hallaba el área del revuelo. Allí saltó y se zafó de uno de los acomodadores que había intentado detenerlo. Se adentró en el revuelo y logró, finalmente, atrapar a Ade tirando de su prenda. Pero eso no alcanzó. Se quedó con la camisa en la mano, porque su amigo se cayó al suelo.

¡Dios mío, Ade estaba irradiando luz! Era una especie de luz de neón. La parte superior de su cuerpo revelaba una red de hexágonos irregulares. ¿Era real lo que estaba viendo? El corazón se le aceleró. Miró a Theo.

—¿Llegas a ver al amigo de Kel, Ade?

—¿El muchacho que acaba de perder su camisa? Sí, parece estar bien.

¿Acaso era la única que podía ver esas marcas?

Sin saber muy bien qué hacer, Meri solo quería gritarle a Kel y advertirle que se alejara de Ade. Esas marcas significaban peligro; ella lo sabía en sus entrañas. Y lo hubiera sabido incluso si no las hubiera visto antes, hacía mucho tiempo, a sus cuatro años. Corrió hasta el balcón para hacerle señas a Kel, para rogarle que regresara y se pusiera a salvo. La lucha allí abajo comenzaba a menguar a medida que los guardias de seguridad sacaban a los alborotadores. Intentaron echar a Kel también, pero él se deshizo de ellos muy fácilmente, señalando a su amigo, claramente explicando por qué había llegado hasta allí de la nada para ayudar. Le permitieron quedarse. Kel se arrancó su camisa y la colocó sobre los hombros de Ade. Luego, levantó la mirada y la vio allí, de pie justo frente a él. La saludó con la mano y señaló a Ade con una sonrisa de arrepentido. Lee apareció a su lado; le sangraba la nariz.

La estaba dejando plantada. Se iba a quedar con su amigo. Kel tomó su teléfono y le envió un mensaje.

Lo siento mucho. Tengo que llevar a estos tontos a primeros auxilios. ¿Te veo el lunes?

Al leer el mensaje, Meri solo pensó en exigirle que volviera a su lado, pero eso hubiera resultado algo extraño dadas las circunstancias. Si él no podía ver las marcas sobre el cuerpo de Ade, entonces probablemente estuviera a salvo esa noche. Ahora que no tenía la camisa puesta, Meri pudo ver que Kel no tenía nada, así que no era uno de ellos. Debía fingir que no podía ver las marcas en el cuerpo de Ade, pero al mismo tiempo quería pensar en una manera de advertirle a Kel que se mantuviera alejado de él. No estaba segura de qué era exactamente Ade, pero no podía ser nada bueno para ninguno de los dos.

OK. Espero que ambos se encuentren bien.

Le temblaban las manos mientras escribía el mensaje. Desde donde estaba parada, no quedaba muy claro, pero creyó también poder ver una línea de un patrón similar asomándose por el cuello de la camisa destrozada de Lee.

Kel leyó el mensaje y asintió con la cabeza.

El ruido se aplacó y las siluetas de las personas danzando se volvieron borrosas ante sus ojos. Debía salir de allí. Debía llegar a un lugar donde pudiera detenerse y pensar. Había demasiado ruido, demasiada gente. Volvió a subir los escalones hasta su asiento, algo aturdida. Kel se había dejado su chaqueta en el suelo, debajo de su asiento. Eso le dio una idea.

–Theo, debo irme. Le alcanzaré la chaqueta a Kel. Te veo luego en casa, ¿está bien?

Theo colocó un brazo sobre sus hombros.

–¿Estás bien?

Su sonrisa fue algo temblorosa pero creíble.

–Sí, la he pasado genial. Solo quiero asegurarme de que mis amigos estén bien. Kel me acompañará luego hasta casa.

Al ver que la muchacha solo estaba buscando pasar algo de tiempo a solas con su nuevo novio, sonrió.

–Bien. Prometo no esperarte despierto.

Meri se despidió de Saddiq y Valerie, tomó su bolso y la chaqueta de Kel y se dirigió a la puerta de salida.

Capítulo 5

Meri mantuvo la mirada en el suelo mientras se bajaba del metro en la estación Wimbledon, ignorando a las personas que se dirigían a los bares y las discotecas. A mitad de camino, se dio cuenta de que no sabía dónde vivía Kel. Sin embargo, había encontrado una carta en el bolsillo de la chaqueta. Una carta dirigida a él y escrita sin lugar a duda por una mujer. No había espiado el contenido de la carta, aunque sí se había visto tentada a hacerlo un par de veces. Pero al menos le había dado la ubicación exacta. No estaba segura de lo que estaba haciendo. Kel parecía estar bien con sus amigos y no tenía intenciones de verla hasta el siguiente lunes. ¿Sería que el peligro era solo producto de su cabeza?

El destello de la piel incandescente bajo el sol del verano. Heno aún caliente que se le pegaba en la piel. Horas y horas de estar escondida, sin saber si alguien vendría a buscarla.

Meri se estremeció. Su instinto le decía que no era su imaginación. Ya había pasado por esto.

Necesitaba esa segunda carta que habían dejado sus

padres con urgencia. La carta que prometía hablarle sobre sus enemigos. Solo entonces podría estar segura.

–Muy bien, Meri –murmuró para sí misma mientras se plantaba de pie en la calle, donde todas las tiendas ya habían cerrado–. ¿Vas a ser esa Ratoncita que has sido estos últimos años? ¿O vas a ser la amiga de Kel? Simplemente estás yendo a asegurarte de que está bien. Estuvo todo el día con fiebre, ¿recuerdas?

Su parte más cobarde quería decir que sería feliz quedándose como la Ratoncita, pero se deshizo de inmediato de ese pensamiento y siguió las instrucciones en su teléfono que la condujeron hasta la dirección de la casa de Kel, cerca de Wimbledon Common. Kel no vivía muy lejos de donde ella vivía, algo que debería haber deducido cuando él y sus dos amigos se subieron al autobús en la estación siguiente a la suya. Sin embargo, la casa donde vivía Kel estaba a un mundo de distancia del pequeño dúplex en el que vivía ella. Era una mansión grande y de doble fachada rodeada de inmensos jardines. No era posible llegar a la puerta de entrada así sin más, sino que había que tocar el timbre en el portón negro de dos puertas. Mirando para adentro, en la otra punta del camino que conducía a la casa, pudo ver movimiento de personas frente a las ventanas encendidas y escuchaba la música retumbando al ritmo de las canciones más nuevas de Tee Park.

Pasó las manos por la chaqueta una vez más, como aplanándole invisibles arrugas, tentada con quedársela hasta el lunes. Olía tan bien y era tan suave al tacto. Si era cuero sintético, era una imitación muy buena; pero sospechaba que era real. Sus dedos sintieron el bulto de una billetera en el bolsillo derecho, y entonces se acordó de que tenía la excusa perfecta para irrumpir en su casa. Presionó el timbre. No hubo respuesta. Presionó el timbre una vez más.

–Tú, no puedo oírte –rugió un muchacho del otro lado–. Si eres uno de los vecinos, lo siento mucho; bajaré el volumen. Si eres la policía, ídem –la luz se apagó y la música bajó tanto que Meredith ya no llegaba a escucharla desde la entrada.

Meri presionó el timbre una vez más, pero esta vez no quitó el dedo.

–¿Qué quieres? –respondió la voz, algo molesta. La cámara sobre el portón giró para enfocarla.

–No soy ni la policía ni los vecinos. Tengo la chaqueta de Kel… Se la olvidó en el concierto.

–Ah, okey –hubo una pausa y luego el portón se destrabó. Meri empujó la pesada puerta para ingresar, dio unos pasos y dejó que se cerrara sola. La seguridad era extrema. Pudo ver más cámaras en la parte de afuera de la casa monitoreando el camino y los jardines.

Mientras se acercaba a la casa, un hombre abrió la puerta principal. Cabello castaño y corto, como el de un soldado. Vestido con una camisa blanca y pantalones negros, bloqueaba la entrada. Meri no pudo evitar notar que el borde de la puerta estaba hecho de un exquisito vidrio pintado, con luz que se reflejaba en los escalones de mármol. Perturbadoramente, el color peril aparecía con intensidad en el esquema de colores, que ondulaba cual cascada frente a sus ojos.

–Gracias por devolverla –el hombre estiró el brazo para tomar la chaqueta.

Meri se la llevó al pecho, peleando contra su propio miedo. En la muñeca del brazo aún estirado, pudo ver una franja de marcas en forma de hojas, no tan brillantes como las marcas de Ade, pero claramente visibles ante sus ojos. Su estómago le rogaba a gritos que saliera corriendo de allí, pero se mantuvo firme.

—¿Está…? ¿Está Kel aquí?

El hombre bajó el brazo.

—¿Eres Meredith?

—Sí.

—Soy Swanny, el apodo para Avon Swanson. ¿Acaso Kel mencionó mi nombre alguna vez?

—No.

Se cruzó de brazos, sin ceder.

—Trabajo para Ade y soy el encargado de que siga el show aquí en la casa. Puedes darme la chaqueta a mí. Yo se la cuidaré.

Meri se mordió la cara interna de la mejilla. *No entres en pánico.* ¿Sería una especie de mayordomo o algo así?

—Preferiría, en verdad, poder dársela a Kel en la mano… Y asegurarme de que se encuentre bien. No se sentía muy bien esta tarde.

Reflexivamente, Swanny miró hacia adentro por encima de su hombro.

—No puedo dejarte ingresar sin el permiso de Ade, pero iré a ver si está desocupado. ¿Está bien?

—Ah, muy bien.

Meri esperó en la puerta mientras que Swanny regresaba al interior de la casa. No tenía sentido: ir a visitar a un amigo no debería de requerir el permiso del dueño de casa. Demasiados controles. Tal vez Kel sí estaba en peligro después de todo. Tal vez estaba siendo retenido contra su voluntad. Una imagen ridícula de Kel encadenado en un calabozo le vino a la mente.

Swanny regresó un minuto más tarde y abrió la puerta.

–Puedes entrar. Ade quisiera poder venir a saludarte, pero está acostado y con una bolsa de hielo sobre la cabeza. Ese idiota.

Meri paseó la mirada por el hall de entrada de la casa. Se parecía a algo salido de una película antigua: baldosas de mármol, una escultura abstracta sobre una mesa de café, un candelabro colgando como una daga de hielo apuntando hacia el suelo. Supuso que la casa databa de los años treinta: líneas limpias y curvas y arabescos como el salón de un crucero de aquella época. No era como una residencia universitaria olorosa después de todo.

–Lindo lugar.

–Sí, Ade tiene buen gusto.

Meri se aclaró la garganta. *Actúa normal, actúa normal.*

–¿Ade se encuentra bien? Vi lo que sucedió en el concierto.

–Ah, sí, claro que está bien. Solo quiere que baje la hinchazón, ¿sabes?

No lo sabía, porque jamás había estado envuelta en una pelea en el pogo de un recital, pero asintió de todos modos. Era un gran alivio no tener que enfrentar a Ade después de todo.

Swanny señaló una puerta del otro lado del pasillo.

–Kel está en el subsuelo. En el dojo.

–¿Qué es eso? –tragó saliva. ¿Habría querido decir calabozo?

–¿Un dojo? Es un salón de entrenamiento de artes marciales. Un gimnasio podríamos llamarle.

Abrazó la chaqueta aún más fuerte.

–Gracias… Iré a saludarlo entonces.

Los ojos de Swanny brillaron, divertidos.

–Sí, ve a saludar. Dile a Kel que no esperaré despierto, pero que cierre la puerta de la habitación luego de que tú te marches.

Un poco avergonzada ahora, Meri se apuró a bajar la escalera. Estaba claro por qué los compañeros de casa de Kel se corrían de su camino. Todos creían que había venido para una sesión de besuqueo para compensar la que se había perdido cuando Kel debió marcharse temprano. Aunque vergonzoso, al menos eso significaba que no sospechaban nada de ella.

El sótano estaba bien iluminado y tenía varias puertas que se veían idénticas. De una de ellas salía el zumbido de un lavarropas y una secadora, así que ni se molestó en revisarla. Probó con la puerta siguiente, a través de la cual podía oírse el sonido rítmico de unos golpes sordos. Espió por la mirilla y vio a Kel en el medio de un estudio de artes marciales completamente equipado, con paredes pintadas de un rojo oscuro, estantes de madera negra, barras de madera y dispositivos de protección sobre unos anaqueles especialmente construidos para ello. Estaba golpeando lo que parecía un sparring mitad robot mitad humanoide, el tipo de robots que había visto publicitados en las revistas de tecnología de avanzada pero que jamás había visto en persona antes.

–Creo que se rinde –dijo mientras que Kel daba una patada veloz a la entrepierna del robot.

–¡Meri! ¿Qué haces aquí? –Kel tomó una toalla negra y se limpió el sudor en la nuca; los ojos le brillaban de alegría.

Meri tomó la chaqueta por el cuello y la alzó en el aire con su dedo índice para que él la viera.

–Ah, sí, esperaba que la hubieras recuperado. Pero podría haber esperado hasta el lunes. Gracias de todos modos –tomó la chaqueta y la arrojó sobre un banco de pesas. Oyó el golpe de la billetera–. ¿Mi billetera también? Me había olvidado de eso. Entonces, un simple gracias no será suficiente –miró por encima de su hombro–. ¿Cómo me encontraste?

–Carta en el bolsillo.

–¿La de Jenny? Esa es mi hermana. En caso de que estuvieras preocupada, digo.

–No estaba preocupada –sonrió.

–¿Theo te espera fuera?

–No, vine sola.

La expresión en su rostro se oscureció.

–Caminaste hasta aquí sola desde la estación.

Meri hundió las manos en los bolsillos.

–Es lo que acabo de decirte.

–Pero no es seguro. Nunca sabes quién puede estar allí afuera… ¿Una chica sola a esta hora? No es seguro.

No había dudas de que eso era cierto, pero Meredith no había considerado ese peligro, sino el peligro al que él podría estar expuesto si sus sospechas se confirmaban.

–Tendré cuidado.

–Claro. Claro que lo harás, porque yo te acompañaré hasta tu casa.

Su corazón dio un vuelco de alegría… Además, eso significaba que iba a tener la oportunidad de hablar con él lejos de esa intimidante casa. Tenía la sensación de que sería tonto de su parte sacar el tema de las marcas en los cuerpos de Ade y de Swanny en este lugar.

–¿Estás seguro de que no hay problema? ¿Te sientes mejor ahora? Noté que tu rostro se sentía muy caliente otra vez esta noche.

–¿Quieres decir que no me veo caliente ahora? –arqueó una ceja para mirarla mientras se arrancaba la camiseta negra que llevaba puesta y se colocaba una nueva.

Meri se rio y sintió cómo sus nervios se apaciguaban un poco. Kel estaba actuando normal. Ella era la que había llegado allí con sus miedos.

–Bueno, podría decirse que ha levantado la temperatura verte aquí abajo luchando con este robot.

–Este es R2 5.0. –Kel le dio una palmada a la máquina.

–Un nombre muy robótico.

–No es un robot. Es un *droide*. Suena mucho más *cool* y más digno de Star Wars. Es uno de los juguetes preferidos de Ade.

–¿Y el tuyo también?

–Prefiero el tacto humano, pero me resulta bastante útil.

Intrigada, Meri inspeccionó el mecanismo. Se parecía a uno de esos muñecos que usan las empresas automotoras en las simulaciones de accidentes de tránsito, pero algún gracioso le había dibujado un rostro: uno gruñón. También halló unos pequeños sensores luminosos debajo de su *piel*.

–¿Cómo funciona?

–Te mostraré –Kel presionó un botón en el control remoto–. Un patrón sencillo. Golpéalo en donde se encienda la luz y R2 registrará cuán rápido reaccionas.

–¿Qué...? ¿Yo?

–¿Por qué no? Quítate la chaqueta, y creo que también será mejor si te quitas los zapatos.

Intrigada, Meri hizo lo que se le había ordenado y se paró descalza sobre la alfombrilla.

–No me responderá con otro golpe, ¿verdad?

Kel rio.

–No. La robótica no ha llegado tan lejos aún. Eso es lo que las películas de ciencia ficción nos quieren hacer creer: que algún día llegaremos a una máquina que será prácticamente igual que el ser humano. El robot requiere de mucha energía para poder estar de pie. Tal vez se te tire encima e intente detenerte.

–Dudo que tenga mucho de qué sostenerse.

–Ponte estos –le alcanzó unos guantes de cuero livianos–. No puedo permitir que vuelvas a casa con los nudillos destrozados, ¿no crees? Puños para todo lo que sea de la cintura para arriba, y pies para la zona baja.

–¿Estás diciéndome que debo darle patadas?

–Por supuesto, cielo. Esto es fundamentalmente una plataforma de entrenamiento de kick-boxing.

Meredith disfrutó que la llamara "cielo", pero no dijo nada al respecto en caso de que fuera a inhibirlo y él no volviera a hacerlo.

–Muy bien –se balanceó sobre sus pies–. Vamos, grandote.

¿Estás listo para luchar conmigo? Ten miedo. Mejor que me tengas mucho miedo.

Kel se divirtió mucho mientras miraba a Meri atacar a la mascota de la casa. Tuvo un comienzo algo lento, pero luego le tomó el ritmo, y golpeaba y pateaba con fluidez. Con un poco de entrenamiento, podría llegar a ser al menos una luchadora decente. El único problema era la ausencia de peso detrás de esos golpes.

La luz se encendió en la entrepierna del muñeco, y Meri hizo un gesto con la cara.

–Vamos, campeona. ¡Derríbalo!

Con un gesto claramente de disgusto, golpeó al robot con su rodilla en su teorética masculinidad.

–Una patada habría sido mejor –advirtió Kel–. Te acercas demasiado si lo haces con la rodilla.

–Lo recordaré… para la próxima vez que me enfrente a un robot atracador –jadeó Meri.

–Estarán por las calles dentro de una década o dos, lo sé. Probablemente algún programador no adaptado a la sociedad esté trabajando en ello en su oscura habitación en este mismísimo instante. *Control Alt Delete*, para organizar un atraco –apagó el programa e ingresó las estadísticas de Meri en la pantalla–. No estuvo mal. Setenta y cinco por ciento de precisión. La fuerza midió el veinte por ciento, pero es un número decente para una principiante de peso pluma.

Meri sonrió, atrevida.

–Tampoco es que tú seas uno de gran tamaño, ejem. ¿Quién le pintó el rostro a este encanto?

Kel levantó la mano.

–Yo lo hice.

–¿Y por qué se parece al señor Beamish, el profesor de Educación Física?

–¿Necesitas que te ayude a unir los puntos para eso?

–Supongo que no. Ahora tú, demuéstrame lo bueno que eres –dio un giro sobre sus talones y se corrió del camino para darle paso.

La vanidad llevó a Kel a programar una rutina bastante intensa. El robot no podía golpearlo como un humano lo haría, pero podía cambiar la postura de una forma capaz de desorientar a un peleador inexperto. Habiéndose entrenado desde que era un niño, Kel estaba muy lejos de eso.

–Presiona aquel botón rojo cuando quieras –le dijo, pasándole el control.

–Ah, un botón rojo. Me encanta un gran botón rojo para desatar el caos. Se apresuró a apretar el botón antes de siquiera terminar su frase. R2 se inclinó hacia adelante. Meri dio un grito de sorpresa. Pero el pie de Kel hizo contacto con la garganta, lo que hizo que el robot se cayera para atrás. Quedó en una posición más que inhumana y luego rodó y se puso de pie de un salto, con sus extremidades en guardia otra vez.

–¡Eso es genial! –dijo Meri–. ¡Vamos, Combate!

Las patadas y los golpes llegaban cada vez más rápido. Kel se movió de la fase analítica y pasó a pelear con el instinto, anticipando los movimientos sin siquiera ser consciente de ello. Lo comparó al estado mental en el que se sumergía cuando jugaba al críquet; la pelota volando de su mano, respondiendo a un recordatorio en su subconsciente sobre las debilidades de su oponente. Comenzó a sudar otra vez y se perdió en la felicidad física de la mano y el pie dando contra el objetivo casi exactamente al mismo tiempo que se encendía la luz. El combate terminó con una serie de golpes veloces en el rostro y un pie clavado en el estómago de R2. Esta vez, el mecanismo de soporte no pudo asimilar la fuerza del impacto y el robot voló y cayó de espaldas, aterrizando despatarrado cual estrella de mar con extremidades articuladas.

–*Game over* –gritó Meri, aplaudiendo–. ¿Cómo hago para ver tus estadísticas?

–Guau… Noventa y ocho por ciento de precisión y ochenta y cinco de fuerza.

–Eso que intenté controlarme –dijo, modesto.

–La última patada registrada, ¡cien por ciento!

–Excepto en esa última.

Meri tironeó de su camiseta empapada en sudor.

–Creo que necesitarás una nueva.

Estando así, tan cerca, con la sangre que aún corría acelerada luego de la ejercitación, Kel estuvo sumamente tentado de tomarla en sus brazos, a pesar de ser un desastre. *Solo amigos, recuérdalo.*

–Creo que lo que necesito es un baño –un baño de agua fría querría decir–. ¿Puedes esperar aquí un momento mientras voy al primer piso? Nadie vendrá a molestarte, lo prometo.

–No hay problema. El señor Combate y yo tendremos una charla mientras tanto –Meri se dispuso a colocar las extremidades del robot de vuelta en su lugar, al costado del cuerpo.

–Está bien. Solo debes presionar el botón de reseteo.

–¿El rojo?

–Sí, el rojo.

Kel se apuró a subir las escaleras, dos escalones por zancada, dejándola a Meredith sola jugando con los controles.

–¡Voy a darme una ducha! ¡Yo primero! –dijo mientras se le adelantaba a Tiber, otro de sus compañeros de habitación que acababa de salir de su habitación y se dirigía hacia el baño con una toalla sobre los hombros.

–¿Cuál es la prisa? –se quejó Tiber.

–Llevaré a Meri hasta la casa.

Tiber se abrió para dejarlo pasar. Tras la ducha más rápida que podría haberse dado en la vida, Kel se consiguió ropa nueva y luego se acercó a la puerta de Ade. Su jefe se parecía mucho a R2 despatarrado sobre su cama con dosel. Había bajado la intensidad de las luces y había dejado encendidas solo las lámparas con forma de témpano que colgaban sobre la cama.

–¿Cómo te sientes, cabeza dura?

Ade gruñó antes de responder.

–No tan dura –se quejó mientras se tocaba el chichón del tamaño de un huevo que tenía en la cabeza–. ¿Oí bien? ¿Llevarás a la Ratona a su casa?

Nada quedaba en secreto por mucho tiempo en esta casa. Swanny seguramente la estaba observando por las cámaras, incluso ahora mismo, para asegurarse de que no habían dejado una asesina suelta en las instalaciones.

–¿Meri? Sí. Vino a devolverme la chaqueta.

–Qué dulce. ¿Y piensas preguntarle sobre lo que puede haber visto? Lee y yo *literalmente* irradiábamos luz esta noche. Si ella tiene nuestra visión, entonces tiene que haber visto algo.

Kel se preguntó cómo iba a poder meter ese bocadillo en el medio de su conversación con Meri.

–No ha mencionado nada hasta ahora, y ¿no crees que hubiera dicho algo al respecto a esta altura? Tal vez estaba demasiado lejos como para ver algo, o se lo adjudicó a la iluminación del lugar.

–O tal vez haya creído que se lo estaba imaginando –Ade se aplicó el hielo una vez más–. Digo, si la situación fuera a la inversa, ¿seguirías insistiendo en ver a una chica que apenas conoces si creyeras que existe una posibilidad de que te estés volviendo loco de la cabeza?

–Definitivamente no.

–Entonces pregúntale. No querrás que piense que estaba alucinando, ¿no es así?

Ade tenía razón.

–No tardaré demasiado, pero intenta dormir un poco. Te veré en la mañana.

–Si resulta que sí vio las marcas, deberás venir a mí de inmediato. Incluso si ya estoy durmiendo.

–Así será –Kel se dio vuelta para irse.

Ade se levantó y dejó caer el hielo al suelo.

–Kel, solo di lo suficiente, ¿está claro? No reveles demasiado en caso de que tengamos que hacer algo sobre lo que sabe.

Un escalofrío le recorrió la espalda.

–¿Qué quieres decir con eso?

–Sabes muy bien que no podemos permitir que la gente sepa sobre nosotros. Es como la directiva principal de Star Trek. Nada de primer contacto con aquellos que no sean tan avanzados como nosotros, al menos en lo que se refiere a visión UV. Debemos mantenernos separados del resto para preservar nuestra especie.

La frustración de Kel aumentaba.

—Entonces, ¿quieres que hable con ella pero no que hable tanto? ¿Cómo debería hacerlo, te importaría decirme?

Ade se encogió de hombros.

—No lo sé, amigo. Pero confío en que encontrarás la manera. Ponla a prueba. Usa preguntas inocentes que te conduzcan a lo que en verdad necesitas saber.

—Ya sabemos que tiene gran definición en lo que a colores respecta… Tenemos esta pintura que ella misma hizo… Y también le fue muy bien con R2; acertó hasta las luces más tenues.

—Sí, a eso me refiero —Ade se echó para atrás—. Pasos de bebé. Recolecta toda la evidencia antes de delatarnos.

Detrás de la puerta abierta que da al dojo, Kel hizo una pausa y escuchó a Meredith hablar. Estaba seguro de que nadie había bajado allí para molestarla, no cuando sabían que ella era su invitada, así que no se sorprendió cuando vio que la muchacha estaba hablando con R2.

—¿Y qué crees que hace esta cosa, Combate? —se pudo oír el sonido de una delgada espada de bambú cortando el aire—. Toma eso, idiota —estaba golpeando el banco de pesas, sin animarse a golpear al robot del cual ya se había hecho amiga—. Apuesto a que Kel podría lastimar a alguien muy seriamente con esta cosa, ¿no crees? Es un muchacho sorprendente. ¿Tú qué dices? Una lo ve tan tranquilo y después resulta que es una versión mejorada de Karate Kid.

Kel escogió ese momento para hacer su entrada.

–Eso es para kendo, no para karate.

Meri sonrió, tímida, girando la caña entre sus dedos.

–Ups, me descubriste.

–Tú y tu nuevo amigo aquí están llevándose muy bien, ¿no es así? –Kel recogió su chaqueta. El robot estaba en su posición recta otra vez y Meri lo había colocado en un rincón, listo para apagarlo.

–Sí, este muchachote y yo somos mejores amigos ahora. Encontré su manual.

–¿Eso de ahí? Ninguno de nosotros jamás lo ha leído.

–Entonces no sabes todo lo que es capaz de hacer. Estamos hablando de tener una cita, intercambiar mensajes trillados, y hasta puede comprar un pequeño perro robótico para sacar a pasear durante una caminata romántica.

Meredith se apresuró a colocarse el abrigo.

–Seguramente resulte una mejor cita que conmigo: no levanta fiebre y tampoco saldrá corriendo a salvar al idiota de un amigo.

–Ah, sí, pero sus temas de conversación son un poco limitados.

–Ah, entonces hay esperanza.

–Y le falta sentido del humor –Kel miró al robot.

–No lo sé. Creo que tiene esa expresión irónica en su rostro la mayor parte del tiempo, como cuando yo finjo estar haciendo algo grandioso al batir mi mejor record contra alguien que no está programado para devolver esos golpes.

–Aun así, puedo asegurar que no puede abrazar aunque le ofrezcas un dulce.

Kel tomó la indirecta y la abrazó.

–¿Así?

–Sí, justo así –apoyó la cabeza sobre el pecho de él por un segundo, con la oreja presionando su clavícula, como si estuviese escuchando los latidos de su corazón. Podría haberle dicho que se le habían acelerado tan pronto como ella se le acercó.

–¿Sabes algo? Ya no tienes dieciocho.

–¿Qué?

–Tienes dieciocho años y un día. Ya es pasada la medianoche, Cenicienta. Debo llevarte a casa.

–Está bien –le dijo, pero no se movió.

–Y ahora sería un buen momento –hizo un leve intento de moverla.

–Ajá –no sonaba muy convencida. A decir verdad, él tampoco. Estar allí con ella le transmitía una paz inexplicable. Solía gustarle la casa de su amigo, pero allí no había lugares tranquilos, ni caricias, ni cabellos oscuros por los que pasar sus dedos. Su atracción hacia Meredith había comenzado como un instinto, unas cenizas que estaban encendiendo otros sentimientos también. Sin embargo, no quería que esto fuese algo que fuera a quedar grabado en los circuitos de seguridad de la casa. En verdad debían salir de allí.

–Vamos, cielo. Es muy tarde. Theo estará preocupado.

Se puso de pie, al tiempo que largó un suspiro.

–Sí, tienes razón. Podré ya ser una adulta, pero creo que le llevará un poco más de veinticuatro horas acostumbrarse.

–Con un padre, no hay suficientes horas para eso. Siempre serás su pequeña.

Ella lo tomó de la mano mientras subían las escaleras hasta la planta baja.

–¿Y cómo es el tuyo?

–¿Mi papá? –Kel estaba orgulloso de Rill Douglas, pero su relación se había desgastado inevitablemente con la distancia–. Es amable, cariñoso y obediente.

–¿Obediente?

–Sí. Está en una especie de servicio militar... Igual que el resto de mi familia. Nos tomamos nuestras responsabilidades muy seriamente.

–¿Qué rango tiene?

–Ah, no es el servicio militar que tú conoces. Es el jefe de un destacamento de seguridad. Un comandante –Kel enseguida se dio cuenta de que ya estaba acercándose demasiado al límite de lo que le estaba permitido decir–. Un poco como Swanny.

–¿Swanny? Creí que era el mayordomo.

Kel se echó a reír.

–Le diré que dijiste eso –le dijo cuando recuperó el aliento.

–¡No te atrevas! No era mi intención ofenderlo.

–No se sentirá ofendido. Estará encantado –Kel cerró con llave la puerta principal–. Le diré que pensaste que él era para Ade lo que Alfred era para Batman.

–No imaginé que aquí y de esta forma era cómo vivías –dijo Meri señalando la casa–. Es muy grande.

–Ade es el que tiene dinero. Y a nosotros nos alcanza el beneficio –ya en la acera, se aseguró de que el portón quedase trabado.

–Y... ¿tú puedes entrar y salir a tu antojo? –lo miró algo

escéptica. Incluso cuando intentaba ser sutil, sus expresiones eran sencillas de leer. Estaba buscando algo.

–Por supuesto –comenzaron a caminar en la tranquilidad de la noche. El gato de algún vecino cruzó la calle a toda velocidad y desapareció entre los arbustos.

–Pero… ¿Estás relacionado a Ade de alguna manera?

¿A dónde quería llegar?

–Podría decirse que sí. La amistad es una relación.

–Pero, si esa amistad desapareciera, ¿podrías alejarte de él de todas formas? Es decir, uno nunca sabe.

–Podría irme hoy mismo si así lo deseara.

La tensión desapareció de repente y Meri sonrió.

–Genial. Bien. Entonces sabes que podrías venir a vivir conmigo y con Theo si alguna vez hubiese un problema, ¿cierto?

–Supongo que ya lo sé ahora –dejó de caminar y la tomó del brazo hasta colocarla debajo de la luz de la lámpara en la calle. Le acarició la mejilla con el pulgar y luego el borde de su boca, esperando que dijera algo más–. Meri, ¿qué quieres decir con todo esto? ¿Es que has visto algo que te haya perturbado?

Meri le corrió la mirada.

–No, no. No es nada.

–No suena a nada. Dime qué te preocupa.

Por favor, di que viste la luz. Quiero que seas una de nosotros.

–No me preocupa nada. Solo quiero saber que tú estás a salvo, que sabes que tienes alternativas –dirigió la mirada a la casa de Ade. Había un hilo de amargura en el tono de su voz que parecía injustificado.

–Entonces… ¿Dices que no viste absolutamente nada que

te incomodara esta noche? –la sujetó fuerte de ambos brazos, esperando a que ella volviera a mirarlo a los ojos.

–No me gustó ver el ir y venir de tantos puños en el concierto –sus ojos verdes se encontraron con los de él y luego apartó la mirada una vez más, llevándose sus secretos con ella.

–Si algo que hayas visto te preocupa, aunque llegara a sonar como una locura, puedes decírmelo –le levantó suavemente el mentón con su dedo índice–. Te lo prometo, no te juzgaré ni le diré a nadie si eso es lo que quieres –esa última promesa era algo cuestionable, pero creyó que podría convencerla de que le permitiera contárselo a los demás si es que había visto las marcas.

–No entiendo a qué te refieres.

Le estaba mintiendo, claro. Él lo sabía porque ya estaba aprendiendo a reconocer sus expresiones. No era buena escondiendo sus reacciones. Pero, ¿cómo iba ella a poder decirle la verdad?

Un coche pasó a toda velocidad y tocó el claxon, haciéndolos dar un salto del susto.

–¿Podríamos ir a mi casa ahora? –pregunto ella.

Él la soltó, sabiendo que había perdido la oportunidad y que nada era seguro entre ellos. Algo la había asustado, pero no sabía qué había sido.

–Claro que sí. Qué tonto en insistir en quedarnos aquí para hablar. Es muy tarde.

Luego de haberla dejado en la puerta de su casa y de haberle dado el beso de las buenas noches, que esperó que hubiera asentado un poco las cosas entre ambos, Kel caminó por las calles desiertas de regreso a su casa. Seguía repitiéndose las preguntas de Meri en la cabeza, su miedo evidente, y la amenaza encubierta que Ade le había hecho sobre no revelar demasiado. ¿Debería seguir por ese camino? El costo era demasiado alto. Si no iba a poder seguir siendo directo con ella, entonces Ade podría pensar que ella sabía demasiado. ¿Valía la pena el riesgo? Pero, si no lo hacía, entonces alguien como Lee podría quitarle el trabajo de tener que interrogarla. Existía la posibilidad de que ella comenzara de repente a irradiar su propia luz también y eso le diera el susto de su vida si nadie le advertía lo que eso significa.

–Estaré arruinado lo haga o no lo haga –murmuró Kel. Meri Marlowe estaba probando ser una bola de problemas por demás frustrante.

Capítulo 6

Meri no vio a Kel en la escuela los días siguientes. Alguien dijo que había sufrido una recaída y seguía con fiebre.

–¿Ha visto a un médico? La malaria puede ser muy cruel –se sentía algo enjaulada en la primera fila del autobús: Ade había decidido romper su hábito y se había sentado a su lado. Analizándolo para sus adentros, se recordó a sí misma que Ade jamás la amenazaría en un vehículo repleto de sus compañeros de escuela. Necesitaba mantener la calma. Miró del otro lado del pasillo y vio que su mala suerte había resultado la buena fortuna de alguien más. Al menos Sadie estaba teniendo la oportunidad de charlar con Lee. Esas tarjetas de memoria a manera de aretes que le colgaban de las orejas se balanceaban entusiastas mientras los dos mantenían una conversación sobre algún juego en línea que ambos habían estado jugando. El chico vampiro y una compu-punk… Aunque extraño, esa combinación parecía haber resultado para los dos.

Ade dejó de mirar por la ventanilla y le dedicó una extraña mirada.

–¿Malaria? Ah, claro… Malaria, sí. Lo examinó un experto.

Sonó una sirena y los teléfonos celulares sonaron con advertencias automáticas. El autobús aminoró la marcha en la avenida, deteniéndose justo debajo de un puente ferroviario.

–Parece que habrá otra tormenta –Ade revisó su teléfono–. Espero que esta no dure tanto.

Las sirenas continuaron sonando desde las torres del clima. Los peatones corrieron a sus casas, los dueños de las tiendas entraron todo lo que tenían exhibido fuera. Un vagabundo, probablemente un refugiado climático, se movió desde su esquina a la intemperie al refugio debajo del puente. Les sonrió sin dientes a los pasajeros que lo miraban desde arriba del autobús y sacudió su pote de helado vacío pidiendo limosna. Ade se estiró por encima de Meri, abrió la ventanilla y le arrojó unas monedas. Algunas rebotaron y se fueron por la alcantarilla, y el vagabundo se apresuró a rescatarlas antes de que la lluvia se las llevara para siempre.

–¿Crees que Kel estará de acuerdo si voy a verlo? –le preguntó Meri–. Yo también podría pasarle un trapo húmedo por la frente como cualquier otra persona.

–Será mejor que te mantengas al margen por ahora. Pero sí me pidió que te preguntara si te gustaría ir a verlo este jueves –Ade la codeó casi cariñosamente–. Creo que me he convertido en el mensajero entre los dos tórtolos.

Meri no respondió de inmediato. Se quedó perpleja al ver las marcas de Ade que se asomaban por debajo de su manga. Esta vez no irradiaban luz, pero sí emitían una especie de brillo tenue. Si no la asustaran tanto, probablemente podría haberlas visto como algo hermoso, como el más sutil de los tatuajes.

–¿No tienes nada para decir? No me digas que son malas noticias, Meredith. Él cree que tú estás interesada en él.

–Claro que lo estoy. Y sí, me encantaría ir a visitarlo este jueves. Lo siento, supongo que me distraje con la alerta de la tormenta –*Meri, cambia de tema ya mismo*–. ¿Alguna vez te ha sorprendido alguna de estas tormentas en la calle? –las nubes ya se habían asentado y una cortina de granizo golpeaba el asfalto.

–Sí, dos veces. Las de otoño y las de primavera parecen las peores, ¿no crees? En las dos ocasiones llegué a casa con hematomas en el cuerpo.

–Yo también. Fue el último abril. Me las arreglé para correr hasta un refugio, pero no sin antes recibir algunos golpes sobre los hombros.

Miraron el agua escurrirse por las alcantarillas, arrastrando también hojas y basura. El drenaje junto al autobús parecía estar bloqueado, y pronto las ruedas quedaron mitad bajo el agua.

–Sé que el granizo es doloroso, pero creo que la lluvia es incluso peor –Ade se echó hacia atrás, cruzó las piernas a la altura de los tobillos y se preparó para esperar–. Todavía hay muchas áreas que se siguen inundando. Tengo un primo en Ámsterdam. Allí han perdido más distritos el último invierno. La mitad de la ciudad ahora está sobre pontones flotantes y los ingenieros están considerando muy seriamente hacer lo mismo con lo que queda.

–Ah, guau… Un "guau" malo, por supuesto, pero suena bastante ingenioso.

–Kel y yo pasamos allí las últimas Pascuas. Tienen esta

fantástica red de vías flotantes que conecta el centro de la ciudad con las líneas principales… Estos holandeses siempre salen con algo brillante.

–¿Viajas mucho? –muy pocas personas podían darse el lujo de viajar en estas épocas, especialmente al extranjero, ahora que el costo por excederse de la ración de carbono que le correspondía a cada habitante era tan alto.

Ade se encogió de hombros.

–Sabes que se pueden comprar las millas de otros que desisten de su ración en el mercado negro, ¿verdad?

–Algo escuché, pero jamás he conocido a nadie que pudiera pagarlo.

–Pues vale la pena. Yo tengo una gran familia, y todos estamos desparramados por el mundo. Nos gusta juntarnos todos al menos una vez al año. ¿Y qué hay de ti?

–No, yo no tengo a nadie… Excepto Theo. Así que tampoco tengo otro lugar a donde ir –dio por cerrado el tema cuando tomó su teléfono–. Será mejor que le envíe un mensaje para hacerle saber que estoy bien. Espero que haya podido llegar al trabajo antes de la tormenta. Pero… ¡no hay señal!

–Supongo que eso significa que la tormenta ha vuelto a golpear el mástil local –Ade tomó su teléfono–. Mira, yo tengo Wi-Fi aquí. ¿Quieres usar el mío?

–Gracias –Meri tomó el teléfono último modelo y envió un mensaje veloz a Theo.

–¿Quieres también enviarle un mensaje a Kel y desearle una pronta recuperación?

–Sí, claro –dijo, aunque sentía extraño usar a quien sospechaba que podía ser su enemigo como su paloma mensajera.

Ade encontró el número de Kel en su lista de favoritos y ella tipeó su aceptación al plan del jueves y también expresó su deseo de que la malaria hubiera desaparecido para entonces. Ade se aseguró de leer todo el mensaje por encima de su hombro, y lo hizo sin un dejo de vergüenza. Cuando Meri terminó de escribir y envió el mensaje, el autobús ya había comenzado a moverse otra vez y la vida normal volvió a emerger en las calles de la ciudad. Había ambulancias rodeando a una víctima que había recibido el impacto de una roca de hielo sobre la cabeza; la sangre se esparcía sobre el pavimento mientras el pobre seguía boca abajo.

–Eso se ve muy mal –murmuró Meri.

–No mires, Ratoncita.

Ade intentó evitar que Meri mirara por la ventanilla, pero ya era demasiado tarde. Ya había visto a los paramédicos dar vuelta a la víctima para ponerla boca arriba. El granizo había golpeado al pobre viejo justo en el rostro, que ahora estaba cubierto de sangre. Seguramente no habría tenido tiempo para reaccionar y moverse tan rápido como resguardarse. Los otros estudiantes en el autobús hicieron silencio. Todos estaban impresionados por lo que estaban viendo. Incluso alguien dos hileras más atrás parecía haber sentido arcadas.

–Odio esto –se lamentó Meri–. Odio lo que sea que hayamos hecho para convertir lo que era un planeta amigable en uno que puede matarnos en una mañana de martes cualquiera. Lo que estamos haciendo para repararlo no es suficiente y, además, hemos llegado demasiado tarde.

–Amén, hermana –Ade colocó un brazo sobre sus

hombros. Al principio, se sintió incómoda, pero luego se obligó a relajarse. El chico solo estaba ofreciéndole algo de confort–. Seguramente no sea tan grave como parece. Las heridas en la cabeza sangran a lo loco. Los médicos hacen maravillas con la reconstrucción facial hoy en día.

–Y en estos tiempos llegan a practicar más que nunca.

–Es verdad, Ratoncita. Escucha, puedes recostarte en mí si quieres, ¿sabes?

Estaba dejando que el muchacho que le había dado tremendo susto apoyara su brazo sobre sus hombros. ¿Cuán extraño era eso?

–Puedes decirme Meri –y se apoyó contra su cuerpo.

–Ya me preguntaba cuánto tiempo tardarías en decir eso. Gracias, Meri. Y en lo que a nombres respecta, ¿alguna vez te has puesto a pensar qué significa el tuyo?

–No, debo decir que no.

–Deberías buscar su significado. Puede que lo que halles te resulte interesante.

–¿Y tú no irás a decirme?

–No, creo que no. Podrías buscar el significado de otros nombres también... Creo que valdrá la pena.

El autobús se detuvo frente a la escuela.

–Eres muy enigmático, Ade.

–Sí, eso es lo que soy. Un enigma –quitó su brazo de donde estaba y muy educadamente le alcanzó su mochila, que había estado en el suelo del autobús todo este tiempo–. Te veo por ahí, Meri.

Teniendo en consideración que Kel había estado enfermo, Meri seleccionó para su cita el nuevo cine holográfico en Leicester Square. Le pareció que sería lo más apropiado para un debilucho en recuperación porque allí dentro no tomaría frío y no estarían a la intemperie.

Mientras se preparaba para lo que iba a ser su segunda cita, le envió un mensaje para contarle que las opciones no eran muchas: películas sobre desastres naturales o invasión extraterrestre.

Elige la dama, respondió él.

Invasión extraterrestre. Ver otra ciudad de cualquier otra parte del mundo ser destruida por un incendio, una inundación o un huracán, aunque fuese ficción, ya no le atraía ahora que podía ver mucho de todo eso en los canales de noticias. La tecnología de holograma que habían logrado desarrollar no hacía mucho tiempo provocaba la sensación de estar sentada en el medio de toda la acción. ¿Cuál era el sentido de sentarse en una butaca a sufrir pensando que ibas a acabar frita o reducida a cenizas en cuestión de minutos? Extrañaba aquellos tiempos en los que la película se limitaba a quedarse en la pantalla en lugar de envolverte y hacerte partícipe.

—Compórtate, Meri —se dijo a sí misma mientras se aplicaba la máscara para pestañas—. Es tu visión tan especial la que hace que el impacto de todo esto sea aún más poderoso de lo que en verdad es. Nadie más se queja.

Adelantándose a las próximas horas, en las que seguramente iba a tener que sentarse con los ojos bien cerrados durante el tiempo que durase la película, Meri insistió en comprar las palomitas como una manera de agradecerle a Kel por haber comprado los boletos. Le pidió que no la esperara para entrar y se fue a la hilera de gente que esperaba para comprar refrescos. Cuando entró con una cubeta de palomitas a la sala oscura, vio que Kel había elegido asientos en el medio de la última fila. Se veía tan bien, con los brazos estirados ocupando los asientos a ambos lados, desparramado como un león que acababa de comerse un manjar, satisfecho aunque no del todo. Eso nunca. Tenía algo de la misma energía reprimida de un gato grandote, que sabía que en cualquier momento podría saltarle encima, y la sola idea de que eso sucediera la ilusionó sobremanera.

–¿Última fila? ¿De verdad? Creí que solo éramos, ya sabes, amigos –le dijo mientras se sentaba a su lado. El resto de los espectadores estaban muy lejos de ellos. Después de todo, la película no era ningún gran suceso y la que ya había comenzado en la otra sala prometía ser mucho más interesante.

–Aun así, es una cita. Cliché, ¿no crees? –Kel parecía contento con la confesión.

–Solo un poco –le pasó las palomitas para poder quitarse el abrigo. El asiento era gigante, más grande que un sillón.

–Al menos estás al tanto de que mis intenciones serán completamente deshonorables –daba la impresión de que había vuelto a tener fiebre. Meri notó un brillo en sus ojos que no había visto antes.

Decidió ignorarlo y tomárselo como parte de su usual coqueteo.

–¿Cómo sabes que no quiero prestarle total atención a… –por un momento, ni siquiera pudo recordar el título de la película.

–¿"Golpe de estrellas"?

–Sí, eso.

–Soy bueno adivinando.

–Cállate la boca y come las palomitas –y ella también tomó un puñado.

Había decidido que no quería ser la Ratoncita Meri, sino la persona en la que quería convertirse; más audaz, más graciosa… y estaba disfrutando cada instante de ese cambio.

–Espero que las hayas comprado saladas –tomó un puñado–. Puaj… ¡Mantequilla!

–Son más ricas así. Si no te gustan, te aseguro que yo sola puedo con esa cubeta –intentó llevarse las palomitas sobre la falda.

–Claro que no. Haré el esfuerzo.

Una propaganda del gobierno muy poco convincente sobre lo divertido de cursar el servicio ecológico se mostraba en la pantalla antes del comienzo de la película: adolescentes felices y con botas de goma trabajando en las orillas de ríos y mostrando sus pulgares arriba para las cámaras.

–Lo recordaré la próxima vez… Recordaré comprarte una cubeta aparte, porque yo no voy a contaminarme con toda esa sal.

–Me gusta la idea de que vaya a haber una próxima vez –le dijo mientras jugaba con el lóbulo de su oreja. Meri se estremeció. Se veía definitivamente más toquetón de lo normal–. Tal vez. Queda eso sujeto a los típicos términos y condiciones.

–Naturalmente. ¿Y esos términos y condiciones son…?

–No te comerás todas mis palomitas.

–¿*Tus* palomitas? –tomó otro puñado.

Lo sujetó de la muñeca y le robó unas cuantas palomitas con los dientes.

–Por supuesto.

Comenzó la película. La tecnología de holograma se encendió y un planeta apareció por encima de sus cabezas mientras que la pantalla de siempre se convertía en una pantalla de 360 grados. La música comenzó; sonaba a orquesta.

Kel abrió su puño cuando comenzó a caer una especie de polvo de estrellas a su alrededor.

–Sigue así. Creo que me gusta alimentarte de esta manera. Ya te tengo comiendo de mi mano.

Ella clavó sus ojos en los suyos, tomó otro puñado de palomitas con su propia mano y la levantó en el aire.

–Solo si yo puedo hacer lo mismo.

–También puedo acostumbrarme a eso –la tomó de la muñeca con cuidado y se devoró sus palomitas.

–Creo… Creo que te lo has comido todo –quizás no era tan audaz como ella creía.

Los labios de Kel jugaban contra la palma de su mano.

–Quiero hasta la última gota de mantequilla.

Dejó las palomitas que aún tenía en la mano dentro de la cubeta para poder acercase a ella.

–¡Kel!

–¿Sabes qué es lo mejor de este cine? –dijo en voz baja mientras los extraterrestres comenzaban a descender sobre la Tierra.

–No.

–Los apoyabrazos se levantan –Kel corrió la barrera que los separaba y ahora estaban sentados en una especie de sofá–. Debo reconocer que fue una movida muy inteligente por parte de los diseñadores. Así podremos protegernos juntos de esos enanos verdes.

–De hecho, son gigantes, y grises, y tienen colmillos –había algo extraño en Kel. Meri cedió ante su abrazo y con su mano libre le tocó una mejilla. Su piel se sentía caliente–. Kel, ¿te sientes bien?

–Cielo, jamás me he sentido mejor. Ahora cállate y bésame.

Inténtalo, Meri. Te arrepentirás si no lo haces ahora. Cerró los ojos y se permitió hundirse en la sensación de sus labios contra los suyos, la dulzura mantecosa de su boca, el juego de su lengua. La besaba como si no existiera nadie más en el mundo, como si no hubiese otra cosa que hacer. No era algo superficial. De hecho, no hubo una pausa para ir pasando a las siguientes bases. Le tomó toda su atención... y sí que era bueno en los detalles. Se olvidó de que era ella la que se suponía que debía calmarlo. Algo nuevo le corría por las venas. Algo imparable. Instintivo. Estaba a punto de prenderse fuego junto con ese ejército terrícola en el espacio.

Con los ojos cerrados, pudo ver los flashes de luz que la distrajeron. Supuso que los extraterrestres ya habían invadido el planeta. La luz era tan intensa que seguramente aquel beso había quedado expuesto ante el resto de los espectadores.

–Kel...

–No. No te detengas.

Pero la luz era cada vez más intensa. Su falda corrida y

los dos cuerpos prácticamente entrelazados quedarían a la vista de todos.

–Kel –lo empujó dulcemente desde el pecho, creando espacio entre ambos. Abrió los ojos y se dio cuenta de que tenía la nariz pegada al cuello de su camisa. De allí salía una luz brillante y de color peril–. ¡Dios mío! –se levantó de un respingo y las palomitas volaron por los aires y cayeron a modo de lluvia sobre los asientos de adelante, atravesando a uno de los extraterrestres holográficos. Kel estaba cubierto de esas marcas brillantes en la piel, al igual que lo había visto en Ade y en Lee. No podía ser... No quería creerlo–. No... Dios... ¡No!

–¡Maldición! –Kel observaba su propio pecho con un dejo de diversión y de horror al mismo tiempo.

Meri tomó su abrigo y su bolso y corrió hacia la salida.

–¡Meri, no pasa nada!

Meredith desoyó sus gritos. ¿Nada? Debía salir de ahí. Debía correr. Salió a la calle, buscó en vano un taxi. No había nadie allí. No podía quedarse. Cruzó la plaza y se apresuró a meterse en la estación. Si lograba subirse al tren antes que él, estaría en casa y empacaría sus cosas antes de que él pudiese alcanzarla. Pasó su tarjeta por el sensor para pagar el boleto y atravesó la barrera. A la carrera, y luego de un par de tropezones, llegó a las escaleras mecánicas.

–¡Tenga cuidado, señorita! –gritó uno de los oficiales en la estación.

–Vamos, vamos, vamos –rezaba frenéticamente para que hubiese un tren en el andén a punto de salir. Echó un vistazo al tablero de horarios. Un tren saldría en menos de un minuto. Corrió por el andén, esperando desaparecer antes de que Kel llegara a verla.

Se escondió detrás de una máquina expendedora y observó, aliviada, el frente del vagón que se acercaba desde el interior del túnel. El conductor hasta le sonrió cuando cruzaron miradas, y eso la ayudó a calmar sus nervios. La gente normal sí existía. Esta era solo una pequeña pesadilla de la cual iba a lograr escapar. Las puertas se abrieron y Meredith se lanzó dentro de uno de los vagones. Se sentó junto a la persona más alta que pudo encontrar, una mujer robusta que llevaba puesto un abrigo de piel falsa. Las puertas se cerraron y el tren partió. Primera etapa de su escape: completada.

Todavía escondiéndose detrás de la humanidad de aquella señora, Meri recorrió todo el pasillo del vagón con la mirada. Podía ver la primera curva del túnel; los pasajeros balanceándose en sus asientos o colgados de los barrales sobre sus cabezas, que también servían para sostener bolsos y bicicletas plegables. Le pareció ver una cabellera rubia moverse por entre la multitud, avanzando en su dirección, atravesando los vagones.

Maldición.

Meri se puso de pie y debió pensar en cómo esconderse entre toda esa gente. Un grupo de turistas bloqueaba el pasillo con lo que se veía como una mini-Manhattan hecha de maletas con rueditas de diferentes tamaños.

–¿Puedo pasar, por favor?

Las mujeres la miraron sin comprender.

–Meri, ¡espera! –Kel se estaba acercando.

Meri trepó por sobre las maletas, haciendo caso omiso a las

protestas de sus dueñas. Comenzó a correr, incluso cuando vio que ya se habían terminado los vagones y no tenía a dónde ir. Ahora solo quedaba desear llegar a la siguiente estación antes de que él la encontrara. Si lo estaba calculando bien, podría bajarse del vagón y atravesar la multitud incluso antes de que él se enterara de lo que estaba haciendo.

El tren comenzó a aminorar la marcha a la altura de Piccadilly Circus. Ya casi.

–¡Meri! ¡Espera un maldito momento! ¡Puedo explicarlo! –Kel alcanzó a tomarla del brazo justo cuando las puertas se abrieron. Antes de tener que hacerlo frente a un vagón lleno de espectadores, se apresuró a arrastrar a Meri hasta el andén y la sentó en un banco que estaba vacío.

–Déjame, déjame ir –le golpeaba la mano como si estuviese ahuyentando una avispa.

–Te soltaré si prometes escucharme.

El pecho le pesaba, el corazón le latía fuerte. Meri asintió con la cabeza. Solo debía lograr que Kel le quitara las manos de encima.

Las puertas se cerraron y el tren comenzó a andar. Kel levantó la mano ahora que Meredith no tenía forma de escapar tan fácilmente. El destello en su cuello comenzaba a desaparecer, convirtiéndose en aquellas sutiles líneas que Meri ya había visto en Ade y en Lee. Hundió los dientes sobre el labio inferior para retener el llanto. Jamás debería haber reaccionado como lo había hecho. Él sabía lo que ella había visto. Ahora no habría posibilidad de negarlo. Pero ¿por qué él se veía tan contento?

Kel levantó la mano para apoyarla sobre su mejilla, pero la bajó en el instante en que ella lo rechazó con un gesto.

–Está bien, está bien. Mira, sé lo que viste en el cine, además de esos terroríficos extraterrestres, claro. Probablemente pienses que yo también soy un extraterrestre de temer, ahora que lo pienso. Para mí también fue inesperado –se rio, claramente incómodo–. Solo que… Créeme cuando te digo que es completamente normal y completamente humano. Estoy atravesando una especie de pubertad; es por eso que he levantado fiebre estos últimos días. Nosotros… Tú… Desarrollamos estas marcas cuando alcanzamos la madurez –se levantó la manga de la camisa–. ¿Lo ves? Ya ha desaparecido. Solo destellan cuando… –intentó encontrar las palabras adecuadas–. Cuando estás bajo cierto estrés o esfuerzo excesivo. Ese beso encendió la mecha.

Las marcas no habían desaparecido para los ojos de Meri. Las marcas seguían allí, espirales de líneas intrincadas como patrones sobre una caracola. *Reconoce a tu enemigo, Meri.*

–Sospechamos que podrías ser una de nosotros el día que hiciste aquella pintura en la clase de Arte. Ade me pidió que intentara conocerte un poco más y ver si podíamos establecer qué eras.

–¿Qué? –se puso de pie de un salto–. ¿Tú…? ¿Has estado saliendo conmigo solo para complacer a Ade? ¡Bien hecho, idiota!

Maldición, maldición, maldición. Si eso no la hacía sentir una tonta, nada lo haría.

–¡No, no! Uff, eso no sonó bien para nada. Te invité a salir porque así lo sentí, pero también necesitaba saber si eras una de nosotros –sonrió, esperanzado–. Y lo eres.

–No soy uno de ustedes, ¿está bien? No tengo marcas. No tengo nada de eso –se arremangó la camisa para mostrarle su brazo–. Me voy a casa.

–No tienes las marcas aún, pero las tendrás. Una visión como la tuya, la habilidad de ver colores dentro del espectro UV… Eso es lo que las personas como nosotros podemos hacer.

Meri decidió que una negación rotunda era la mejor de las horribles opciones que tenía, incluso si él sabía que le estaba mintiendo.

–No puedo ver nada de eso que dices. Ahora me duele la cabeza. Necesito recostarme.

El siguiente tren ingresó en la estación. Kel le tomó la mano.

–Sé que impresiona, pero no huyas de mí. Por favor… Confía en mí. Puedo arreglar esto.

¿Confiar en las personas que le habían arrebatado a sus propios padres? Jamás. Se llamó al silencio e intentó acomodar las ideas en su cabeza. Mientras, lo siguió hasta el tren y no dijo una sola palabra mientras él seguía hablando de lo genial que había sido encontrarse y cuánto había deseado que ella resultara ser una de ellos, aunque lamentaba las circunstancias en que todo había sido revelado.

–Los chicos se burlarán de mí por esto durante años –admitió, mientras se rascaba la nuca–. La primera vez suele suceder mientras estamos ejercitándonos; solo unos pocos tienen el dudoso honor de hacerlo cuando… bueno, ya me entiendes. Ade se pondrá como loco. No hay demasiadas muchachas en nuestra población.

Meri no quería escuchar más hablar de Ade. Todo daba vueltas sobre él como si fuese un dictador y ellos sus fieles soldados.

Llegaron a Wimbledon y salieron de la estación. Las luces ya se habían encendido en los restaurantes y bares de la zona, y en sus ventanas se podía ver gente común teniendo citas comunes donde comían y charlaban y ninguno de los dos se convertía en una pesadilla incandescente. Meri retorció el brazo para liberarse de su mano.

–Está bien. Lamento que no hayas visto el final de la película. Nos vemos.

Su intento de escaparse fue frustrado cuando él la tomó del codo y la metió dentro de un taxi.

–Te llevaré a casa.

–No tengo crédito de carbono para esto.

–No me hagas reír. Lo pondremos en mi cuenta –Kel le alcanzó al conductor del taxi su tarjeta de ración de carbono y le proporcionó la dirección de la mansión de Ade.

–Sí, conozco el lugar. Mis mejores clientes –dijo el conductor con la boca torcida mientras masticaba un palillo de nicotina. El vehículo eléctrico subió la colina con el más suave de los ruidos.

–Esa no es mi dirección –el resentimiento estaba escalando en el pecho de Meri. Tenía todo su derecho de ir a casa si así lo quería. Tal vez Kel sí debía reportarse ante Ade, pero ella no. El ambiente en la mansión era absurdo, como una especie de culto entre los ciudadanos normales de Wimbledon.

–Iremos allí primero. Y luego podemos hablar el resto del camino hasta tu casa, como la otra noche.

–Puede detenerse en la próxima esquina. Voy a bajarme –le dijo al conductor.

–Todo está bien, amigo. Sigue andando –contraatacó Kel–.

Meri, solo dame cinco minutos. Es lo último que te pediré que hagas por mí.

Sí, claro. Meri no quería atravesar ese portón ni quedarse en esa mansión, ni siquiera por cinco minutos.

–¿Por qué tengo que ir yo allí?

–Porque hay cosas que necesitas saber y será mejor si las escuchas allí. No es una conversación que uno quiera tener en el asiento trasero de un taxi.

–Entonces, después de esos cinco minutos, ¿puedo volver a salir?

Kel se llevó una mano al pecho. Sus ojos azules, sinceros.

–Lo prometo. Ya lo has hecho, ¿recuerdas?

–Sí. Como sea. Terminemos con esto.

El taxi los dejó justo frente al portón y Kel ingresó el código en la pantalla, sin quitarle jamás los ojos de encima a Meredith.

–Necesitamos esta seguridad porque Ade está en peligro –le explicó–. No es una trampa para mantenerte dentro.

–Te lo ruego, no quiero saber –Meri cerró sus manos en puños dentro de los bolsillos.

–Tienes que entender. No somos los malos aquí.

Que fueran a decir eso a sus padres.

–Cinco minutos. Y la cuenta regresiva comienza ahora.

Kel le sonrió.

–Es todo el tiempo que necesitamos, cielo.

–Deja de llamarme así –al entrar en la casa, Meri quería gritar, quería derribar la escultura sobre la mesa en el pasillo y correr hacia la calle, rompiendo el vidrio de color peril de las ventanas a su paso.

–Bien, haremos una pausa aquí para que te calmes.

–¡Estoy calmada!

–Sí, claro –dijo Kel entre dientes, y la condujo a lo que parecía una sala de recreación: sillones, una pantalla gigante, un bar, una mesa de ping-pong en la otra punta. La mayoría de los habitantes de la casa se habían reunido allí; algunos leían, otros hacían los deberes de la escuela mientras se conectaban a su propia música; algunos jugaban con pantallas del tamaño de una mano, y otros miraban fútbol en un televisor enorme que ocupaba toda la pared. Kel sonrió, sintiéndose seguro; pero para Meri era como estar en la escena del clásico Indiana Jones cuando la heroína es lanzada en su vestido blanco a un pozo con serpientes.

–Cuatro minutos –murmuró.

–Mejor me apuro con esto entonces –silbó fuerte para llamar la atención de todos–. ¡Ey, muchachos!

Alguien apagó el sonido de la pantalla, todos se quitaron sus audífonos. Entendieron que Kel había traído una invitada. Lee se paró entre de Meri y el resto de las personas en la sala.

–¿Qué está haciendo ella aquí? –le preguntó a Kel.

Ade se levantó de donde estaba sentado. Él era uno de los que estaban mirando el partido de fútbol.

–Meri, no esperaba verte aquí esta noche. Creí que ustedes dos iban a estar en el cine.

–No funcionó. En lugar de los extraterrestres, fui yo el que se prendió fuego –admitió Kel, sonrojándose un poco mientras sus amigos vitoreaban y aplaudían.

–Amigo, ¡eso debe de haber sido muy incómodo! –se rio

uno de los muchachos, sacudiendo la cabeza como disculpándose con Meri.

–¡Casi la mato de un susto! Pero no hay duda de que lo vio.

Ade palmeó a Kel en la espalda.

–No es sencillo no verlo la primera vez. ¿Entonces? ¿Espirales como tu padre?

–Sí. Siendo fiel al ADN de los Douglas –dijo Kel algo tímido, mientras se pasaba la mano por el antebrazo.

Meri se cruzó de brazos, con las manos tomándose los codos, deseando poder desaparecer en aquel instante. Si ellos sabían de las marcas, entonces ¿por qué no podían percibirlas ahora, que aún estaban allí? Meri podía ver cada uno de los patrones de todos los muchachos en la sala. Ade tenía un diseño entrelazado, como el del caparazón de una tortuga; Lee, las manchas de un leopardo; y las de Swanny parecían hojas secas.

–Felicitaciones –Ade se dirigió a Swanny–. Me debes cincuenta libras.

–¿Qué? Swanny, no creíste que iba a tener hojas como mi madre, ¿verdad? –le preguntó Kel.

Swanny suspiró, pero su acto fue socavado por su amplia sonrisa.

–Vivía en esperanza, hermano; ahora la esperanza se ha ido, como también lo harán mis ahorros.

Meri sintió como si su mente estuviese experimentando una evacuación de emergencia, con todos sus pensamientos apresurándose hacia la salida más cercana.

–De hecho, solo quiero irme a casa. No quiero escuchar más nada de todo esto. No soy una de ustedes. Ya se lo dije a

Kel. No le diré nada a nadie, así que no tendrán que preocuparse por eso.

–Cariño, me temo que no es tan simple –Ade señaló la pintura que había estado colgada en la pared detrás de la mesa de ping-pong–. Tú hiciste eso... ¿Puedes verlo?

–No puedo ver nada ahora mismo. Solo pilas de basura. Deberían hacer limpieza. Miren, debo irme. Kel, me lo prometiste.

–¿Qué le prometiste? –quiso saber Ade.

Kel estiró el brazo para tocarla, pero ella lo esquivó.

–Le prometí que solo tenía que quedarse cinco minutos. Está asustada.

Lee se paró junto a Ade.

–Ya sabe demasiado, señor. No deberíamos liberarla hasta que las aguas se calmen y la muchacha comprenda qué se espera de ella.

Los niveles de pánico volvieron a subir. Jamás debería haber confiado en Kel.

–¡No pueden obligarme!

–Sí podemos. Ade es tu príncipe ahora. Tú estás bajo su autoridad.

–¡No sabes lo que dices! Esto está mal.

Ade chasqueó la lengua, enojado.

–Estás yendo demasiado rápido con ella, Lee. Esto le ha sido arrojado encima prácticamente sin preparación alguna. Cállate la boca, ¿quieres? De hecho, no te necesitaré más esta noche. Puedes retirarte. ¿Entendido?

Lee abandonó la sala, no sin antes dedicarle una mirada llena de veneno a Meredith.

—Cariño, lo que viste en la piel de Kel en el cine es algo completamente natural. Somos un reducido grupo de humanos que hemos desarrollado algunas características específicas, y esto comenzó hace muchísimo tiempo. Sería algo así como una distinción evolucionaria, como el cabello rojo de los celtas o los ojos almendrados de algunos pueblos asiáticos. La diferencia es que solo unos pocos pueden verlo, así que resulta bastante sencillo ocultarlo... Somos una sociedad dentro de otra sociedad. Tenemos una visión con gran definición y algunas otras ventajas que no voy a abordar en este instante. No hay nada que temer.

—Entonces, ¿por qué se encierran en este fuerte? —aunque en realidad no quería saber la respuesta—. Tus cinco minutos se han terminado, Kel.

Ade levantó la mano para detenerla.

—Buena pregunta. Porque, aunque solo unos pocos saben de nuestra existencia, sí tenemos un enemigo poderoso. Una especie de predador natural, supongo que le llamaría Darwin; y debemos protegernos de ese enemigo.

—Ya les dije que no se lo contaré a nadie. Ahora bien, insisto, quiero irme a casa. No pueden retenerme. No me importa si ese tonto leopardo de Lee cree que sí.

Ade se quedó pensativo por un instante.

—Ah, entonces también viste las marcas de Lee en el recital de Tee Park. Ya me lo preguntaba... Supuse que tal vez estabas demasiado lejos...

Era verdad, había estado demasiado lejos para ver bien, pero no ahora, no ahora que las marcas de todos estaban allí mismo delante de sus ojos, debajo de sus camisetas y dejándose ver con las camisas arremangadas. Debía tener mucho cuidado.

–Creí que era un efecto especial de las luces.

Ade se balanceó sobre sus talones por un momento; se había metido las manos en los bolsillos.

–Mira, está bien, entiendo que estés asustada. Tienes razón: no podemos retenerte aquí, no sin que tu tutor luego llame a la policía y nos meta en tremendo aprieto. Ve a casa esta noche; y un día de estos, tú también tendrás tus propias marcas. No creo que recuerdes qué eran tus padres.

–Mis padres eran buena gente.

–Me refería al tipo de marcas que ellos tenían.

Meri apretó los labios y sacudió la cabeza.

–No importa. Pronto todo cobrará sentido, lo prometo. Kel, asegúrate de que llegue a casa a salvo.

Kel la abrazó, moviéndose rápido para que ella no pudiera escapársele otra vez.

–Vamos, cielo. Ya puedes irte, tal como te lo prometí.

–Habrá fiesta cuando vuelvas, Kel. ¿Me has oído? Y, Meri, una cosa más –el tono de Ade sonó a orden, y Meri se dispuso a escucharlo.

Hizo una pausa justo antes de la puerta y miró a su compañero de escuela, que había quedado rodeado de todos sus súbditos.

–Dime.

–Espero que cumplas tu promesa de no contarle nada de esto a nadie.

Lee los estaba esperando en el pasillo para acompañarlos hasta la salida.

–¿Dejarás que se vaya? –le preguntó a Kel.

–Sí, claro –dijo Kel, y le dedicó una sonrisa tranquilizadora a Meri.

–No es así cómo funciona.

–Es lo que necesitamos que suceda ahora para que esto funcione para ella.

–¿Y cuándo fue nuestro trabajo asegurarnos de que las cosas funcionen para ella y no para Ade?

–Lee, por favor.

–Está bien. No diré más nada por ahora porque fue orden directa de Ade, pero estaré vigilándola. Nos vemos en la escuela, Meredith Marlowe –Lee destrabó la puerta de entrada.

No si ella podía evitarlo, pensó Meri, alejándose de él.

Kel no sabía si dejar a Meri sola cuando estaba tan consternada era o no una buena idea, pero también era obvio que su presencia allí lo estaba empeorando todo. En el umbral de su casa, Meri se escabulló del beso de las buenas noches que él había querido darle; su cuerpo gritaba que prefería tenerlo lejos... al menos a un millón de millas de distancia. Todo lo que podía hacer ahora era darle lo que quería.

–Tienes que relajarte, ¿está bien? Meri, no hay nada de qué preocuparse –le prometió al tiempo que ella cerraba la puerta. Pudo oír el sonido de sus pasos subiendo las escaleras a gran velocidad. Metió las manos en sus bolsillos, un poco deprimido con la situación, anticipando cuánto trabajo le llevaría reparar todo esto si es que quería que la relación volviera a funcionar–. Buenas noches a ti también.

¿Quedarse a patrullar o irse? Conociendo a Swanny, sabía que enviaría a un equipo para controlar a la muchacha: un miembro nuevo y asustado era un riesgo para la seguridad de todos. Además, Kel debía regresar a la casa y Ade había prometido una fiesta en su honor: se organizaba una cada vez que uno de los muchachos de la casa experimentaba la aparición de sus marcas por primera vez. Kel ya había estado en estas celebraciones, pero nunca había tenido la oportunidad de participar activamente en ellas. No iba a quedarse a esperar en aquel umbral cual gato callejero al que ella jamás iba a dejar entrar.

Luego de echarle una última mirada a las ventanas encendidas del apartamento de Meri, Kel corrió a su casa. Vio pasar a Tiber y Jiang en uno de los coches, en dirección a la casa de Meredith, tal como él mismo lo acababa de anticipar. Le tocaron el claxon, y el los saludó con la mano. Como eran los únicos dos que aún no habían tenido su despertar incandescente, se habían hecho acreedores de la varilla más corta y ahora se iban a perder la fiesta.

–¡Ya estoy aquí! –gritó al llegar, y colgó su chaqueta en el perchero del recibidor, demasiado apurado para llevarla al primer piso, tal como lo solicitaban las reglas de la casa.

–¡Kel, aquí estoy! –respondió Ade. Habían preparado todo para la fiesta. Los muebles del salón de reuniones habían sido echados contra la pared, la música ya estaba sonando, y hasta ya tenían la comida y la bebida listas. Apenas Kel entró en el salón, todos aplaudieron.

–Amigos, ¡un aplauso para el patrón de espirales! –alentó Swanny, que solía actuar como el Maestro de Ceremonias en estas ocasiones.

Ade saltó a uno de los sofás y se puso en el papel de animador.

–Pero antes... ¿Deberíamos creerle?

–¡No! –gritaron los otros–. ¡Que se encienda, que se encienda, que se encienda! –todos se arrancaron sus camisetas y empezaron a golpearse entre ellos.

–¡Necesitamos evidencia! –siguió Ade, golpeándose el pecho, donde las marcas comenzaban a encenderse.

–Dios mío, creo que necesitaré otro trago si vamos a hacer esto –dijo Kel.

–¡Y ese trago será champagne! –Lee descorchó la botella que había sido reservada para el festejo y vació su contenido sobre Kel, como si su compañero fuese un ganador de la Fórmula 1. Swanny y un par más le quitaron la camiseta a la fuerza.

Kel tomó un trago de champagne de la botella, y luego la pasó para que el resto también bebiera. La música subió el nivel; ahora sonaba *trask rock* a todo volumen. Lee apagó las luces principales y encendió las lámparas UV que estaban escondidas en el techo. De inmediato, pudieron verse los destellos de algunos que, como Ade, ya estaban extasiados con tanto baile y tanto golpe. Mientras que Kel se metía en el medio de la multitud, una pequeñísima parte de él observaba esta escena caótica con un desapego bastante irónico. Parecían un grupo de hombres primitivos golpeándose unos a otros en la cabeza con un bate como si fuesen parte de algún tipo de ritual masculino; pero estaba feliz de poder estar allí celebrando con sus mejores amigos. Esta vez sería uno de ellos cuando todos comenzaran a irradiar luz.

Ade se abrió paso entre tantos cuerpos eufóricos y tomó a Kel del cuello.

—¿Dónde están esas marcas entonces? ¿O acaso necesitan un beso para encenderte?

—Puede ser, pero no tuyo, amigo —Kel empujó a Ade para alejarse, riendo a carcajadas.

—Sin una muchachita de ojos verdes para encenderte, tendrá que ser a la antigua, ¡con una PELEAAA! —y los otros tomaron ese grito como una señal para ir a atacar a Kel. Aun bien al tanto de sus habilidades, ninguno se echó atrás. Hizo volar por los aires a la mayoría, hasta que Lee y Swanny lograron sujetarlo.

—Ve a lo más profundo, Kel. ¡Encuentra esas llamas de lucha! —gritó Ade—. ¿O es que fue una cosa de una sola noche?

De repente, con el temor de estar a punto de hacer el ridículo, con el temor de que solo hubiera sido el beso de Meri lo que había originado la reacción, Kel comenzó a luchar de verdad. No soportaba estar siendo agredido y humillado frente a sus amigos, y los ataques le resultaban sofocantes.

—¡Suéltenme! —con una patada, se deshizo de Lee y de Swanny, e inmediatamente se alzó de nuevo para seguir dando pelea.

—Ajá, amigos, ¡ahí lo tienen! —gritó Ade.

Los muchachos vitorearon, gritaron y alentaron al tiempo que las marcas en la piel de Kel brotaban y se convertían en un resplandor masivo, enfatizado por la luz ultravioleta que bañaba todo el salón.

–¡Saquen sus gafas de sol, amigos! ¡Ese patrón es alucinante! –Ade lo palmeó en el hombro–. Bienvenido al mundo de los chicos grandes, Kel.

Su pánico fue descendiendo, y también lo hizo la intensidad del brillo en su piel. Kel observó sus brazos y su torso, intrigado al haber visto por primera vez lo que había estado escondido por tanto tiempo. El patrón giraba y se repetía una y otra vez en sus brazos y sobre el pecho también, y se detenía justo en los huesos de la cadera. Bucles y curvas como el patrón en un fósil ammonoideo. *Cool*.

Les sonrió.

–Un honor estar aquí.

Capítulo 7

Meri esperó hasta que estuvo absolutamente segura de que Kel se había marchado antes de ingresar en la habitación de Theo. Su tutor aún se encontraba despierto; estaba sentado en la cama, con su taza de té de tilo y un libro. Aquella imagen de placer le provocó un nudo en la garganta. Estaba a punto de ponerle fin a todo aquello.

–Debemos marcharnos… Debo marcharme –se estrujó las manos nerviosa–. Ahora. Esta noche.

Theo hizo a un lado la novela que estaba leyendo y corrió el edredón.

–¡Calma, Meri!

Pero Meredith se dio la media vuelta y salió disparada hacia su habitación. Comenzó a sacar ropa de los cajones y fue depositándola sobre la cama.

–No puedo calmarme. Solo tengo unas horas para escapar.

–¿De qué hablas? –la siguió y se paró junto a la puerta. Luego, se le acercó y pasó la mano por sus cabellos, haciendo pequeños bucles entre sus dedos para calmarla.

–Kel… y sus amigos… Todos en esa casa. Son como ellos.

–¿Quiénes?

–Mis enemigos. Theo, no tengo tiempo para responder preguntas. Son las mismas personas que me arrebataron a mis padres.

Una maleta no iba a funcionar. Demasiado bulto. Iba a tener que llevarse una mochila.

–No me gusta la manera en que me estás hablando en este instante, Meredith –Theo le quitó la mochila de las manos y la arrojó al pasillo para que ella no pudiera alcanzarla–. Ahora debes detenerte. Siéntate, por favor. Más allá de lo que digas, te prometo que sí tienes tiempo para contarme qué está sucediendo aquí.

Meri estuvo a punto de recriminarle que ya era una persona adulta y que no necesitaba darle explicaciones a nadie, pero su lado más racional admitió que Theo merecía la cortesía de una explicación. Como el robot que había recibido una patada en el estómago, se arrojó a la cama.

–Okey, okey. Estábamos en el cine cuando me di cuenta de que Kel es parte de todo esto.

–¿Parte de qué? Meri, no creo que pudieras ser más misteriosa si lo intentaras.

Le había prometido a Ade que guardaría el secreto, y su resolución en la oficina de los abogados volvió a su mente. Si le contaba todo, Theo quedaría expuesto al peligro. Debía medir sus palabras e ir contándole la verdad en pequeñas dosis.

–Es algo relacionado con la visión UV que yo tengo.

–¿Ellos ven como tú lo haces? Pero eso sería una buena noticia… ¿o no?

–No, porque no soy exactamente como ellos. Mi visión es diferente… Aparentemente, más poderosa. Veo más allá de lo que ellos pueden ver.

Theo seguía confundido.

–Pero ellos lo entenderán. No estarás tan sola ahora.

–No, Theo, van a cazarme. Son como las personas que se llevaron a mis padres… No tienen piedad. No puedo explicarte cómo lo sé. Solo créeme cuando te digo que no lo estoy inventando.

–No estamos hablando de crimen organizado, ¿o sí? ¿Mafia, vendettas y esas cosas?

Meri dijo que no con la cabeza.

–Entonces, ¿de qué estamos hablando?

Tomó una camiseta y la retorció con ambas manos para formar una especie de cuerda.

–Esto es mucho más antiguo… y más profundo. Yo estoy de un lado, y ellos están del otro, y no les agrado.

–¿Te han amenazado? Eso no lo creo. Podría jurar que parecías gustarle mucho a Kel.

–Y tal vez sea así, porque todavía no se han dado cuenta… Pero lo harán. Se me escapará, o me someterán a algún tipo de prueba sobre la que yo no sabré nada –de repente, se dio cuenta de que estaba arruinando su camiseta, así que se detuvo y la dejó reposar sobre la cama.

–Esto es demasiado para asimilar –la expresión en el rostro de Theo le dio ganas de retirar lo dicho, de desdecir lo que acababa de decir. Su vida tranquila y sencilla estaba a punto de estallar–. ¿Cómo puedes estar tan segura?

–Los vi perseguirnos a mis padres y a mí ese día. Theo, yo

los vi.

–Tenías cuatro años.

–Suficientes. No es algo que alguna vez vaya a quitarme de la mente.

–Entonces, si tienes razón, ¿qué quieres que hagamos? –Theo se acercó a su cama–. No estoy seguro de que vaya a ser sencillo desaparecer. Las veces anteriores tuvimos tiempo de prepararnos.

Meri tragó saliva.

–Supongo que debemos empezar cuanto antes. Tú puedes unirte a mí cuando puedas.

–No harás esto sola.

Ya lo había pensado, y sabía que este sería un problema para él.

–Será solo temporal. Cometeremos errores si intentamos escapar demasiado rápido. Necesitaré una nueva tarjeta de identificación y esas cosas. ¿Crees que podrías conseguirme todo eso?

Theo se pasó la mano por la frente, abrumado.

–No lo sé, Meri. Preguntaré… Saddiq tiene familiares que podrían llegar a tener algunas conexiones, pero no creo estar muy al corriente de los asuntos clandestinos. Esperaba no tener que recurrir a eso otra vez. ¿A dónde piensas ir?

–No estoy segura, pero cualquier idea será bienvenida.

–¿Y si te quedas con Saddiq? ¿O con Valerie?

–Kel ya los conoce. Tus amigos serán los primeros a los que recurran. No puedo meterlos en esto.

Theo asintió con la cabeza. Estaba de acuerdo.

–Entonces podrías quedarte un par de noches en algún

hostal, pagar en efectivo, mientras pensamos en algo mejor. Te mezclarás con personas de tu misma edad –hizo una pausa–. ¿Estás absolutamente segura de que no estás exagerando?

–Theo, estoy segura.

–Dios mío, Meri, ¿qué es esta locura? Te escucho hablar y temo por tu vida.

–Yo también. Y por la tuya. No dejes que te presionen, ¿me oyes? Tú no sabes nada.

–¿Y cómo piensas contactarme? Si estos muchachos son tan peligrosos como dices, no podemos confiar en los métodos convencionales de comunicación y tú no podrás venir aquí o a mi trabajo.

–¿Y la oficina del abogado? Nadie más que tú y yo sabemos de eso.

–Es muy buena idea –Theo comenzó a recoger la ropa de Meri y la ayudó a empacar–. Te veré allí mañana a las tres de la tarde, ¿te parece bien?

–Asegúrate de que nadie te esté siguiendo.

–Meri, no nací ayer.

–Lo siento, es solo que…

–Estás asustada, y estresada, y sientes que tu vida hoy está fuera de tu control –tomó la cabeza de la muchacha con ambas manos y la acercó a su pecho–. Te entiendo.

Meredith sollozó por unos segundos por primera vez.

–En verdad me gustaba.

–Lo sé, cariño.

–Y ahora resulta que soy igual que ellos.

–Sin saber exactamente qué significa eso, voy a tener que

creerte. Ahora, Meri, hemos estado huyendo durante cator-ce años. ¿Cuándo vas a tomar cartas en el asunto? Deberías contactar a la policía o buscar algún tipo de protección oficial.

–No creo que eso funcione. Tienen demasiado dinero, de-masiados contactos, demasiado que perder.

–Solo piénsalo, ¿está bien? No puedes seguir escapando por el resto de tu vida.

–Tal vez no. Pero, si dejo de correr ahora, estaré muerta, Theo. Lo digo en serio.

Meri decidió irse de la casa a las cinco de la mañana. Pen-saba tomar el primer tren que partiera al centro de Londres y perderse allí entre el mar de pasajeros. Colocó las últimas cosas en su bolso: una foto suya con sus padres, su copia de *Jane Eyre* y el pequeño cuaderno de bosquejos que Theo le había dado. Se colgó el bolso en los hombros. Theo le dio una hoja impresa con la dirección de un hostal en Wapping no muy lejos de la oficina del abogado en caso de que decidiera ir caminando.

–Según las reseñas que leí en línea, pareciera ser un buen lugar, pero no dejes el bolso solo por ahí –le dijo mientras le subía la cremallera de la chaqueta y le colocaba una boina sobre la cabeza, un último gesto paternal antes de dejarla partir.

–¿Recuerdas cuando me dijiste que no naciste ayer? –le comentó, irónica.

–Estaba protegiéndote, Meri; no importa lo que pienses

ahora. Esta vez no puedo estar allí para ponerme entre medio de ti y de toda esa basura que hay allí fuera. ¿Qué quieres que le diga a la gente en la escuela?

–Mis exámenes… Todo ese esfuerzo y ahora voy a desperdiciarlo –fue en lo único que pensó. Pero ¿y qué iba a pensar Sadie cuando no la viera? Iba a tener que poder hablar con su amiga para que no creyera que la iba a abandonar así sin más.

Theo se veía tan demacrado como Meri.

–Supongo que ese es el precio que deberás pagar. Cariño, tu vida vale mucho más que un par de exámenes.

Meredith hizo un bollo con todos esos arrepentimientos, los guardó en un rincón de su corazón y cerró la puerta.

–Diles en la escuela que me he ido a vivir con otros familiares.

–Bien, eso será genial. Señal de que no podías esperar a cumplir los dieciocho años para zafarte de mi lado.

–Tú sabes que eso no es verdad –se puso de puntillas para alcanzar a darle un beso en la mejilla–. ¿Podrías ir a ver que no haya nadie espiando?

Theo revoleó los ojos, pero hizo lo que la niña le había pedido. Espió por detrás de las cortinas de la sala de estar. De repente, todo su cuerpo se puso tenso.

–De hecho, Meri, creo que sí hay alguien. Esperaba que fuera solo tu imaginación.

Meri se paró junto a Theo. Un coche estaba estacionado en la esquina. Los vidrios estaban empañados, señal de que había alguien dentro. En ningún momento pensó que podía ser una pareja de adolescentes besándose a escondidas. Era demasiado público. Había muchas otras calles mejores en los alrededores.

–Ninguno de los dos se está imaginando esto. Me iré por atrás. Treparé la pared y saltaré a Parkside Avenue.

–¿No quieres que llame a la policía? Podría decir que sospecho que son ladrones esperando para irrumpir en mi casa. Eso los mantendrá ocupados. Lo haré de manera anónima.

–Me gusta cómo piensas.

Meri esperó a que llegara el patrullero y el equipo de vigilancia antes de atravesar el jardín que compartían con el señor Kingsley en la planta baja. Usó un viejo bebedero para pájaros hecho de piedra para darse el impulso a la hora del salto, intentando no cortarse con los trozos de vidrio de botella tan cuidadosamente colocados sobre la pared y escondidos debajo de plantas que habían dejado crecer a propósito. Se sentía mejor ahora que había tomado la acción evasiva necesaria; sus emociones revueltas se resumieron en una sensación de determinación por salir de todo ese enjambre de problemas. Si tan solo Kel no hubiese resultado ser su enemigo; si tan solo ella no hubiera intentando aventurarse a romper sus propias reglas y hablarle a quienes consideraba sus no-amigos…

Ahí tienes, Meri. No tenía sentido arrepentirse ahora. Él no era quien ella había pensado, así que cuanto antes dejara esa relación atrás, mejor. Debía poder deshacerse de ese estúpido sueño de llegar a ser alguien especial para él. Lección aprendida.

Al día siguiente, Kel buscó a Meri en el autobús y se sintió muy decepcionado cuando no la vio. Al principio, no pensó en nada en particular. Meri necesitaría tiempo para recuperarse del shock, así que tomarse un día era más que entendible. Pero luego la profesora de Arte no dijo su nombre cuando tomó lista.

–¿Y qué hay de Meri? –le preguntó a la señorita Hardcastle cuando esta se dispuso a enviar la información a la oficina del director.

–¿Quién, Kel?

–¿Meredith Marlowe?

–Ah, sí. La puntillista. Había una nota en el registro de hoy. Aparentemente, ha tenido que cambiar de escuela de improviso. Alegaron crisis familiar.

–¿A dónde se fue?

–No decía nada. Si eres su amigo, estoy segura de que pronto se pondrá en contacto contigo.

Kel volvió a concentrarse en su torno, usando la moción circular y las manos presionadas suavemente contra la arcilla fría para calmar sus pensamientos. En el desayuno, Swanny había reportado que Tiber y Jiang habían sido descubiertos por la policía y habían tenido que cancelar la vigilancia en la casa de Meredith. ¿Sería que la muchacha había tomado esa oportunidad para huir?

Ni siquiera considerado la sugerencia de Ade de tomarse un tiempo para asimilar el impacto.

Maldijo por lo bajo. Iba a tener que reportarla.

Vio a la amiga compu-punk de Meri observar con

preocupación una escultura de cables en el otro lado del salón. Kel apagó el torno y se limpió las manos. Se le acercó se sentó en el banco junto a ella.

—Hola, Sadie.

—Hola para ti, Kel.

—Se ve bien. ¿Abstracto?

—Ah, no. Ahí te equivocas, y es exactamente lo que quiero que pienses —se recogió el cabello con un trozo de cable flexible, y el resultado fue un rodete bastante desmarañado. La acción reveló una hilera de pequeños aretes en forma de hombrecillos que trepaban el borde superior de su oreja derecha—. Es un modelo a escala del interior de un chip cuántico.

—A gran escala entonces. Qué lista. Bueno... ¿Oíste lo que la señorita Hardcastle dijo sobre Meri?

—Sí, me llegó su mensaje. Parece que ella y Theo discutieron muy fuerte anoche y ella debió mudarse a la casa de otros familiares. Hacía años que la estaban esperando, así que solo aceleró los pasos. Realmente apesta tener que cambiar de escuela en el último año, pero creo que sonaba bastante decidida.

Y eso era una enorme mentira. Meri no había discutido con Theo y no tenía otros familiares.

—¿A dónde se ha ido?

—Dijo que me enviaría la dirección apenas todo se asentara un poco. Por el momento, solo nos manejaremos por mensaje.

—Eso es lo que haré yo también entonces.

Sadie desvió la mirada, algo incómoda, mientras se enredaba el dedo índice con un trozo de alambre.

–No quiero sonar maleducada, Kel, pero tal vez no quiera hablar contigo, ¿sabes? El sábado me dijo que su primera cita había sido digna de una papelera de reciclaje.

La humillación lo quemó como el fuego. ¿Y si Sadie tenía razón?

–Salimos otra vez anoche, así que no puede haber sido tan mala.

–¿Y no te contó que iba a mudarse? Eso no suena a algo que alguien haría si quisiera seguir viéndote. ¿Tal vez no quería lastimar tus sentimientos?

No podía pensar en eso ahora, no con alguien que no tenía la más mínima idea de lo que realmente estaba en juego ahora.

–Solo dile que estoy preocupado por ella. Dile que necesito que se ponga en contacto conmigo cuanto antes.

–Claro... Siempre y cuando tú entiendas que primero soy *su* amiga.

–No tengo problema con eso. Ella necesita a sus amigos.

Kel abandonó el salón de clases para mezclarse con todos los otros alumnos que estaban cambiando de salón. Decidió que no iba a mencionar nada de esto a Ade hasta que llegaran a la casa, esperando que en ese tiempo Meri recapacitara y respondiera sus mensajes. Siguió pensando una y otra vez en todo lo que había dicho la noche anterior, qué podría haber hecho diferente para que todo lo sucedido no le hubiese caído como una bomba nuclear.

Las dudas lo invadieron como nubes cargadas de lluvia en un partido de críquet. Entendía que las marcas eran inusuales, y no había sumado el hecho de que se hubiese escapado disparada como un cohete. La mayoría de las personas se habrían sentido intrigadas, incluso pedirían verlo más de cerca una vez que el shock inicial hubiera pasado. Las marcas eran hermosas, algo de lo que estar orgulloso y mostrarlas cada vez que se hicieran visibles. De hecho, esa había sido su función original: una señal de apareo y de batalla como la cola de un pavo real; un poco vergonzoso admitirlo ahora, pero seguramente no diferente en esencia a dejarse crecer el cabello largo y sexy o una barba incipiente y desprolija.

¿Sería que ella se había detenido a pensar en todo eso? No. Meri había perdido la cabeza, eso era seguro. Y no había ayudado en nada que Lee se hubiera vuelto tan hostil. *Tonto leopardo*, como Meri tan bien había acertado en llamarlo.

Kel desaceleró la marcha. Pensó que no quería ir a la próxima clase. Pero… ¿cuándo había estado tan cerca para ver las marcas de jaguar de Lee? No había sido en el recital, como Ade había supuesto. En todo ese caos, lo único que ella podría haber visto desde el palco era el brillo, el destello, pero no la definición. Y estaba seguro de que él no había mencionado ninguna característica específica tampoco. Y si no había sido esa noche, ¿cuándo entonces había tenido la oportunidad? Lee no se había encendido la noche anterior. De haberlo hecho, todos lo habrían notado.

Diablos.

Eso era imposible.

Kel se detuvo de repente en el medio del pasillo que llevaba al salón de Química, sin importarle cuando una alumna de un grado inferior se lo chocó de frente. La muchacha se disculpó a pesar de que no había sido su culpa. Pero él simplemente la ignoró, giró sobre sus talones y abandonó el edificio. Las chances de que esto fuera lo que él creía que era eran microscópicas. Debía corroborarlo, pero solo podía hacer eso en la biblioteca de la casa.

Swanny se encontró con Kel en la puerta, sorprendido de verlo allí antes del final de la jornada escolar y sin Ade.

–¿Está todo bien, Kel? ¿Enfermo otra vez?

–No –Kel siguió de largo y se metió en la biblioteca.

–¿Quién está cuidando de Ade?

–Lee, espero. Si no, Ade tendrá que arreglárselas. Es un muchacho grande. Tengo algo más importante que hacer.

–Ese no es el pacto y tú lo sabes.

–Sal de mi vista, Swanny –Kel cerró la puerta de un portazo, sabiendo que luego iba a ser reprimido por insubordinación; pero en este instante solo podía pensar en una sola cosa. Tomó el primer volumen del archivo histórico de su pueblo del estante y se fue directo al índice. *Atlantes: marcas distintivas, página 82*.

Leyó la misma entrada que había leído tantas veces pero que jamás creyó que iba a tener que tomarse tan en serio.

Corroboró sus sospechas.

En la ciudad, en la oficina del abogado, Meri tomó asiento en la misma sala en la que había estado durante su primera visita. Afuera se oían los mismos ruidos: el murmullo de voces y las teclas de las máquinas. Lo único diferente hoy era ella. Ella era la que había vivido una experiencia que le había cambiado la existencia, que la había sacado de su nido y forzado a volar libre antes de sentirse lista para ello.

Intentando romper con esa parálisis mental, se ocupó de colocar la pequeña llave en la hendija. Según el señor Rivers, Meri había venido en el momento exacto, ya que la caja había llegado desde Nueva York esa mañana a través de un correo especial. Theo había arreglado todo para que Meri tuviese su taza de café mientras leía el contenido del nuevo mensaje, mientras que él intentaba su acto de seductor con la sensual Sophia. Meri olió su café y deseó con todas sus fuerzas que la cafeína de verdad le quitara el sueño que llevaba encima. Cuando reservó su cama en el hostal de Wapping, se había visto tentada de caer boca abajo sobre el colchón y dormir para siempre, pero sabía que Theo habría perdido la cabeza de preocupación si no se presentaba esa tarde para su cita. Bebió un sorbo de café. Aj, ¿así es que sabe el café de verdad? Lo diluyó con bastante leche, y lo volvió a probar. Mejor, pero no iba a convertirse en su bebida favorita. No entendió la fascinación de Theo por esa bebida. Otro trago y ya pudo sentir que su corazón comenzaba a reaccionar. ¿Aquella cosa sería legal?

Okey, basta de postergarlo, Meri.

Dio vuelta la llave y levantó la tapa de la caja. Además de la carta, había allí unas cuantas fotografías viejas, casi victorianas a juzgar por su apariencia. Miró todas por encima, y ninguna le gustó. Siempre la misma vista detrás y un hombre y una mujer, desnudos de la cintura para arriba. Tenían los torsos cubiertos de marcas, algo que los de su especie podían ver a simple vista. Pero alguien había pintado aquellas marcas en la piel con tinta negra para que pudieran ser visibles frente al lente de la cámara. Observó las diminutas anotaciones al reverso de las que había reconocido. Caparazón de tortuga: guerrero; hojas de árbol: cultivador; copo de nieve: servidor doméstico; pantera: luchador; espiral: poeta. Pero algo sobre todo esto estaba muy mal. Las personas no parecían estar participando a voluntad en esta categorización. Meri pudo notar los músculos tensos en sus brazos mientras que forcejeaban por escaparse de ataduras que no estaban a la vista pero que deberían de estar muy bien ajustadas porque no tenían oportunidad ni siquiera de moverse.

Dejó las fotos a un lado y se concentró en la carta, deseando que eso le diera las respuestas que estaba esperando. Una vez más, se encontró cara a cara con la letra que pertenecía a uno de sus padres. Pasó su dedo por el papel, sintiendo la conexión con lo que alguna vez ellos habían tocado antes que ella. Su padre, supuso Meredith, porque le daba la impresión de que esa debía de ser la escritura de un hombre. Tal como lo recordaba, él había sido el que llevaba la voz en la casa cuando se trataba de asuntos relacionados con su seguridad.

Querida hija:

Como mencionamos en nuestra primera carta, no podemos explicar en palabras cuánto lamentamos no poder estar allí a tu lado cuando enfrentes a tus enemigos. Estoy escribiendo esto en nuestra casa de California, y el problema se ve muy lejano desde aquí. Hoy te veía jugar en el patio con tu madre, te oí reír, y es difícil imaginarme semejante futuro para ti, imaginarme que alguien quiera lastimar a una niña tan brillante y tan hermosa como tú. Aun así, escribo esto sabiendo por experiencia que esa gente sí existe. Tú no serás la primera alma inocente que ellos intenten eliminar, sino que serás la última de una larga línea de atlantes que han perdido su vida en manos de los perilos.

Meri se tomó un momento para estudiar el primer párrafo. Notó cómo su padre había evitado mencionar su nombre o dar cualquier tipo de detalles que pudieran luego orientar a cualquiera que pudiera encontrar esta carta. Se adelantó un poco al párrafo siguiente y también notó que el hombre no había mencionado a Theo esta vez. Si un enemigo hubiera irrumpido y robado una de las cajas, solo tendría la mitad de la información y nada concreto para saber dónde ubicarla. Una movida muy inteligente considerando lo que ahora sabía.

No escribo esto para asustarte sin necesidad, pero para infundir un sentido proporcionado de peligro en ti. El hecho de que estés leyendo esto me dice que han logrado lo que buscan y nos han quitado de tu vida. Estoy seguro de que tu madre y yo nos resistimos cuanto pudimos, pero no hay dudas de que han logrado su objetivo.

Así que permítenos que te contemos sobre los perilos. Hemos luchado muchas batallas con ellos durante siglos, pero debemos admitir que hemos perdido la guerra. Han ganado el poder, y nuestra gente se ha reducido a un puñado de personas... tal vez a una sola persona: tú.

Originalmente, los perilos eran nuestros vecinos y

compartían la isla con nosotros. Nuestros relatos dicen que los llamamos así porque incluso en aquella época, mucho antes de que comenzáramos a escribir sobre ello, nuestra percepción superior del espectro UV hacía que pudiéramos ver su piel brillando en un color al que nosotros habíamos comenzado a llamar "peril". Nuestra visión continuó desarrollándose durante generaciones, a medida que íbamos eligiendo parejas con esta misma habilidad para aparearnos. Descubrimos que esta visión característica la compartimos con los perilos también, pero hasta cierto punto. Comenzamos a notar que no se trataba de una especie de sonrojado, sino que eran marcas extrañas sobre la piel que absorbían los rayos UV de la luz del sol y luego los eliminaban en situaciones de lucha o de apareamiento; algo que los perilos llaman "alumbramiento" o "encenderse". Estas marcas atraían a ambos pueblos a un nivel estético y, durante muchos siglos, los perilos elegían sus parejas entre ellos para lograr definir y refinar estas características.

La sociedad de la isla estaba muy estratificada. Nuestra especie, los atlantes, era la clase gobernante. Lamentablemente, a algunos de nuestros líderes no tan iluminados les resultaba divertido usar las marcas en los cuerpos de los perilos para decidir qué profesión debería tener cada uno, incluso si no eran aptos para ese rol. Eventualmente, lo que comenzó como una pieza atolondrada de estructuración social se convirtió en tradición. Entonces, nuestras dos naciones, los atlantes y los perilos, coexistieron durante siglos. Unos gobernando, y los otros sirviendo.

Como podrás imaginarte, en una sociedad injusta como la

vieja Atlántida, hubo intentos de rebelión por parte de los perilos, pero en aquellos días nosotros éramos mucho más fuertes y poderosos que ellos. Nuestra visión más desarrollada significaba que siempre sabíamos con anticipación si quien nos confrontaba era un perilo o un atlante. Así teníamos un arma de la que ellos no podían protegerse, no mientras hubiera suficientes de nosotros. Como los perilos, absorbemos la luz ultravioleta, pero lo hacemos con una intensidad mucho más alta. Cuando esta se dirige a un perilo, se puede hacer que sus marcas se enciendan. Esto puede llevar hasta a quemaduras de tercer grado y que podrían hasta causarles la muerte. Una o dos ejecuciones por este método en cada generación rebelde bastaron para mantener tranquilos a los perilos. Estos episodios son una parte vergonzosa en nuestra historia, pero demuestran que no eres tan falta de poder como tal vez creas. Una habilidad que fue utilizada para oprimir a un pueblo bien podría ser usada como último recurso como defensa personal.

Meri se miró las manos. No, eso no sería algo que intentaría, ni siquiera para salvarse a sí misma. Sonaba por demás cruel.

Y luego pasó lo inevitable. Como resultado de un desastre natural que destruyó nuestra tierra y resultó en el exilio de quienes sobrevivieron, se llevó a cabo una rebelión. Más que demandar paz, los dos bandos eligieron la guerra y así hemos vivido desde entonces. De ser los oprimidos, los perilos pasaron a convertirse en nuestros opresores, matando en el mismo instante en que te capturan. Jamás nos dan la oportunidad de hablar, jamás eligen tener misericordia cuando nosotros somos vulnerables. Creen que, para que ellos puedan vivir felices para siempre, nosotros debemos ser erradicados. No hay manera de convencerlos, a pesar de los valientes intentos de nuestros diplomáticos en los últimos tiempos. Mis padres fueron dos de esos pacifistas mediadores y ambos perdieron la vida cuando fueron a negociar un trato.

Es así que nuestro consejo para ti es que evites todo contacto con los perilos. Corre si es necesario. Elige una vida tranquila. La fuerza de la cultura atlante solo vive en tu existencia. Únete a la población normal y consigue una victoria final pasando alguno de tus dones a una nueva generación.

Sé feliz. Mantente alejada de las crueles disputas del pasado. Recuerda que eres amada.

Papá y mamá

PD: Encontré estas fotografías en el archivo de mi padre. Preferiría destruirlas, pero tal vez a ti te ayuden a identificar a tus enemigos.

Meri puso las fotos boca abajo. Se sentía mal. No era tinta negra lo que veía en las fotos; eran quemaduras que marcaban la piel de aquellos sujetos. Alguien había lanzado su poder sobre los prisioneros a un nivel absurdo para traer a la superficie aquello que solo los atlantes podían ver. Increíble. Podría haberle provocado lo mismo sin querer a Kel. No quería seguir viendo, pero se obligó a repasar el resto de las fotos.

Eran tantos. Era como una colección perversa de mariposas: el fotógrafo no se había detenido hasta obtener un espécimen de cada tipo. Esta vez, Meri no quiso una copia, ni siquiera una copia de la carta. Cerró la caja, como si estuviese encarcelando en ella a una bestia salvaje.

Su padre no lo había escupido todo así nomás, pero ella había entendido su mensaje. Los perilos habían sido los esclavos de los atlantes y habían permanecido sumisos porque los amos tenían una fuerza mortal a su servicio. Meri siempre se había sentido intrigada y hasta orgullosa de su herencia atlante, pero ahora solo podía sentirse asqueada. Algún desastre los había borrado del mapa. Y se lo tenían merecido.

Meri se puso de pie y se acercó a la ventana con la cabeza gacha. Una madre columpiaba a su hijo en el área de juegos en el centro de la plaza. La criatura reía, tenía las mejillas rojas y su abrigo de lana abotonado hasta el cuello. Algo en ella se ablandó. Pensar que los atlantes merecían lo que les había pasado no era justo. No todos eran culpables. Siempre había inocentes afectados en cualquier guerra, en cualquier desastre: niños, civiles, refugiados. ¿Un lazo de sangre significaba que Meredith merecía ser cazada? Claro que no. Pero ¿qué responsabilidad tenía ella por lo que había sucedido mucho antes de su nacimiento en un mundo tan antiguo que ahora ya no era más que un puñado de ruinas? ¿Hasta cuándo había que disculparse por los crímenes de ancestros tan lejanos? Agotada de tantos pensamientos invadiendo al mismo tiempo, Meri apoyó la cabeza contra el cristal de la ventana y deseó que este mundo loco se detuviera un instante y poder bajarse.

Capítulo 8

Sonó un reloj en el silencio de la biblioteca mientras Kel luchaba contra su conciencia, intentando decidir qué hacer con Meri. Había escapado, muy probablemente porque sabía exactamente qué podía esperar de una casa repleta de perilos una vez que descubrieran quién era ella. Tal vez lo mejor fuera dejarla escapar. El problema era que, ahora que Ade pensaba que ella era una de ellos, no iba a querer dar por cerrado el asunto. Como atlante, si en verdad era atlante, Meri era peligrosa; y si Ade y los muchachos iban tras ella sin estar advertidos, podrían resultar gravemente heridos o incluso podrían perder la vida. Kel había perdido a su madre a manos de los atlantes, así que sabía que no exageraba. Sus amigos debían saber la verdad.

Pero… ¿y entonces qué? Aunque el reglamento histórico era matar al instante, la amenaza de los atlantes se había reducido prácticamente a cero en los últimos años. No había necesidad de meter a Meri en problemas todavía. Primero, probaría su teoría; y luego lograría un acuerdo especial para ella: esa era la mejor manera de manejar el asunto. ¿Los otros irían a estar de acuerdo? ¿Harían una excepción por Meredith? Imaginarse matando a otra persona aunque fuera en defensa propia parecía irreal; y tampoco podía imaginarse a ninguno de sus amigos dando ese paso.

Enterró el rostro entre ambas manos. Pensó con mucho cuidado en lo que les iba a decir y el tono que emplearía. Estaban hablando de una niña de dieciocho años, no un atlante violento como los de aquella patrulla que habían asesinado a su madre. No había necesidad de lanzar una cacería de brujas. Debían ser cuidadosos y asegurarse de que no fuera una amenaza.

Bien. Muy bien. Había que hacer algo.

Kel encontró a Ade en la cocina hablando con Swanny, justo al lado de la tostadora, que se había convertido en la primera parada al volver de la escuela.

–Uh-uh, alguien está en problemas –dijo Ade–. Swanny me estaba comentando que debería enviarte a la cama sin postre por haberle faltado el respeto –la tostada saltó y Ade se movió rápidamente para atraparla y pasarle la margarina cuando todavía estaba caliente–. Le dije que seguramente había sido el brote hormonal que todavía estaba en tu sistema. ¿No es así? –se inclinó contra la mesada y le dio un mordisco a su tostada.

–Escucha, Ade. ¿Podemos hablar? –Kel hizo un gesto señalando el jardín terraza que estaba justo detrás de las puertas vidriadas. El jardín ofrecía un desorden otoñal muy poco atractivo; hasta la red de tenis se había caído al suelo, triste y abandonada. Las hojas que cubrían las botellas rotas habían caído y se iban desarmando sobre las baldosas. Uvas que nadie había recogido se habían podrido en la planta y todo comenzaba a quedar tapado por el moho.

–¿Es broma? Llueve. Además, no hay nada que puedas decirme a mí que Swanny no pueda oír. Así es como trabajamos, ¿recuerdas? Algo me dice que no son las hormonas. ¿Qué sucede entonces?

Kel supuso que Ade le tendría que contar luego a Swanny de todos modos, así que tal vez era mejor terminar con todo esto de una sola vez.

–Se trata de Meri.

Ade le guiñó un ojo a Swanny.

–Lo supuse.

–Se ha ido.

–¿A dónde? –se deshizo de la costra del pan.

–Quiero decir que ha escapado.

–¿Tanto la hemos asustado? Supuse que estaría algo alterada y que iría a necesitar algo de tiempo.

–No volverá. No es una de nosotros.

–Todavía no, pero su visión…

No había manera de endulzar el asunto.

–Ade, creo que existe la posibilidad de que sea una atlante. De hecho, estoy bastante seguro.

La tostada cayó sobre la mesada. Ade se desesperó.

–¿Cómo lo sabes?

–Podía ver nuestras marcas incluso cuando no estaban encendidas.

Swanny quitó su teléfono de la terminal de descarga y encendió el radio.

–¿Dónde crees que pueda estar? Enviaré un equipo a recogerla.

–No lo sé. Y no creo que enviar una patrulla sea apropiado. Debe de estar asustada.

–¿Asustada, *ella*? Despiértate, Kel. Tenemos una atlante a la fuga en Londres. ¡Podría matar a cualquiera de nosotros! –Ade comenzó a caminar de una punta a la otra de la cocina.

–¿En serio? ¿Mostró alguna señal de eso ayer cuando nos tenía a todos servidos en bandeja? Por lo que vi, ella solo quería largarse de aquí.

Ade desestimó ese argumento.

–Sabía que éramos demasiados para ella sola. Swanny, haz lo que tienes que hacer. Esta atlante debe ser capturada a toda costa. Maldición… Maldición.

–Su nombre es Meri –dijo Kel–. Meri, y tú le llamabas Ratoncita. Y es una muchacha con la que supiste ser muy amable hasta anoche.

Ade apunto a Kel con un dedo.

–Será mejor que dejes atrás tus sentimientos personales ahora. Meredith Marlowe es un peligro presente y claro para nuestra existencia, Kel. Deberías saberlo mejor que todos nosotros.

–¿Por qué? Es solo una muchacha.

–Es una atlante, miembro de la raza que nos esclavizó para su diversión, la razón por la que tenemos estas cosas –Ade puso su antebrazo frente a la cara de Kel, y las marcas comenzaron a encenderse al tiempo que su instinto de lucha se disparaba–. Programas de reproducción, selección artificial para criar una población esclava que pudiera complacerlos.

–Pasaron mil años de eso.

–Pero jamás lo hemos olvidado ni perdonado. Y tampoco se trata de una historia tan antigua. Tu propia madre, unos años atrás, fue quemada junto a otros cuatro por los últimos atlantes en América.

–Ya sé eso –Kel sintió que Ade estaba clavándole una espina en el cerebro.

–Entonces también sabrás que tu padre debió arrojar su cuerpo junto con los de las otras víctimas en un río para esconder la evidencia. Ni siquiera pudo darles a su mujer y nuestros hermanos y hermanas un entierro decente. Pero la amenaza jamás termina, ¿o sí? Meri podría hacerte algo a ti ahora mismo, podría esterilizarte, destrozar tus órganos desde adentro con solo unas gotas de su poder. ¿Alguna vez has visto nuestros cuerpos cuando un atlante acaba con nosotros?

Kel sacudió la cabeza.

–He visto las fotos… y no es algo agradable de ver. No creerías que estoy exagerando si tú también las hubieras visto.

–Solo porque puede, no quiere decir que vaya a hacerlo.

–Ha sido expuesta; y ahora iremos tras ella. No tendrá opción –Ade se dio vuelta para hablarle a Swanny–. Tráeme a su tutor, Theo Woolf. Lleva a Lee contigo. Debemos averiguar qué sabe ese hombre.

Esto era terrible, era como mirar un accidente múltiple sin manera de poder detenerlo.

–No puedes capturar a un civil de la calle –protestó Kel.

–¿Por qué no? Woolf no llamará a la policía si eso significa que habrá más personas buscando a la atlante. Responderá nuestras preguntas, te lo prometo.

—Ade, no hagas esto.

—Es para lo que todos nosotros hemos sido entrenados. ¿Dejarás que tus sentimientos por esa chica sobrepasen una vida de entrenamiento?

—Entonces permíteme que sea yo el que traiga a Meri hasta aquí.

—¿Puedes hacer eso? Nadie te culpará si decides hacerte a un lado. La única manera de que estemos a salvo es si la sacamos de carrera... de manera permanente.

¿Qué acababa de provocar?

—No es aceptable. Este es el siglo veintiuno. No puedes ir por ahí ejecutando a nuestros enemigos sin un proceso justo, especialmente cuando no ha hecho nada más que nacer así.

—Está bien. Como un favor hacia ti y para poder probar nuestros hechos, tendrá un juicio. Con un poco de suerte, será la última de su especie y podremos olvidarnos de este tema para siempre y de una vez por todas.

—Una sentencia a muerte no es una opción aquí, Ade.

—La muerte nos llega a todos, y eso bien lo sabes tú. Estoy intentando evitar que nosotros encontremos la nuestra demasiado pronto.

—¿Y ella será a quien sacrifiquemos para eso?

—¡Ya lo creo! Preferible que sea un atlante y no uno de nosotros.

La ira brotó y las marcas en la piel de Kel se encendieron.

—¿Y podrás vivir con eso, maldito asesino?

—¡Pertenezco a la casa gobernante, irrespetuoso! Es nuestra responsabilidad proteger a nuestra gente y tomar decisiones difíciles.

—Así que ya la has condenado en tu mente. Traerla hasta aquí será solo el primer paso hacia la horca. Dios mío, Ade, apenas te reconozco.

—No comiences ahora a lamentarte por los derechos humanos, Kel.

—¿Por qué? ¿Porque sé que tú estás actuando como un fascista? Matar lo indeseable. Enviarla a la cámara de gas por ser quien es, no por lo que ha hecho. ¿Cierto? Por Dios, Ade, me das asco.

Ade le dio la espalda en un esfuerzo por calmarse antes de que alguno de los dos decidiera sellar la discusión con un golpe de puño.

—Swanny, asegúrate de que Kel no abandone los cuarteles mientras tiene su oportunidad de calmarse. Repasaremos su conducta mañana.

—Al diablo con eso. ¡Renuncio!

—Renuncia rechazada. Swanny, por favor.

—Vamos, Kel. No hagas esto más difícil de que ya es —al juzgar por el ánimo de Kel, Swanny tomó una pistola taser de su cinturón.

Kel se acercó a las puertas del patio.

—Si piensas que me quedaré aquí encerrado y sin hacer ruido, Swanny, mientras tú apoyas al maníaco homicida, entonces no me conoces.

Swanny no se inmutó. Se aseguró de que el área fuera segura y tomó acción.

—Lo siento, pero Ade tiene razón. Los atlantes son muy peligrosos.

—Entonces tú también púdrete —sabía que era una movida

difícil, pero se arriesgó y cruzó las puertas. El dardo le dio en la espalda y la descarga eléctrica lo recorrió de pies a cabeza. Cayó al suelo. Su cuerpo se retorcía de dolor para coincidir con su angustia mental.

Todo se puso negro.

Cuando Kel recuperó la conciencia, estaba en su propia habitación, sobre su cama, las cortinas metálicas estaban bajas para evitar que escapara por allí. La puerta también estaba cerrada, probablemente con llave. Le dolía el cuerpo entero, y todavía sufría ciertos sacudones, pequeños calambres que le subían por las pantorrillas como si alguien estuviera clavándole agujas. Podía escuchar la conmoción del otro lado de la puerta, voces elevadas, el sonido de cosas que se movían, como si estuvieran preparándose para sitiar el lugar.

Una pequeña atlante y todos habían perdido la cabeza. Los instintos de lucha o huida empezaban a hacer efecto y los perilos se preparaban para la batalla.

Y todo era su culpa. No debería haber dicho nada. Debería haber salido a buscar a Meri él mismo, decirle que debía esconderse y jamás volver a contactar a los perilos. Debería haberla ayudado a desaparecer. Ahora rezaba por que Meri hubiera hecho muy bien su trabajo, porque él lo había arruinado todo de manera monumental. ¿Cómo es que no lo había entendido? Había presionado el gran botón rojo sin darse cuenta de las consecuencias, creyendo que todos lo verían de la misma manera que él lo hacía.

De estar orgulloso de su herencia como parte de una raza oprimida que había cambiado su suerte y derrotado a sus amos, pasó a sentirse por demás enojado con Ade y con los que se hacían llamar sus amigos. ¿Nadie más podía ver en lo que se estaban convirtiendo al ir tras una muchacha como Meredith? Estaban siendo peores que aquellos que los habían perseguido en un principio.

No le asombraba que la pobre hubiera salido corriendo aterrada.

Kel oyó el ruido de la puerta. Alguien había colocado una llave. El que entró fue Lee, que llevaba puesto su equipo negro de combate y una expresión extremadamente seria en su rostro.

—Ade te quiere ver abajo. ¿Te comportarás?

Lo que fuera por salir de esa habitación.

—Sí.

—Quiere tu palabra de honor.

—¿Honor? ¿Todavía tenemos eso?

Lee relajó su postura un poco y le extendió la mano para ayudarle a levantarse.

—Todos tenemos un poco, Kel. Te agrada la muchacha. A él también. Es difícil cuando los asuntos personales entran en conflicto con las reglas de nuestra gente.

Era fácil hablar para él. No había pasado la última semana con Meri. No la conocía como él la conocía.

—Nuestras reglas están mal.

—Entonces da tu palabra y ve a discutir eso con todos nosotros.

—Está bien. Me comportaré.

–¿Nada de intentar escaparse?

–¿Qué? ¿Soy un prisionero ahora?

–Estamos protegiéndote. Todos sabemos que quieres ir tras ella. Ade solo intenta protegerte.

–Renuncié.

–Eso no importa. Sigue siendo tu príncipe, y está intentando ser tu amigo.

Kel sintió que su corazón se hundía aún más.

–Hablaré con su tío. Él es nuestro rey y su decisión está por encima de la de Ade.

–¿Y tú crees que él tendrá más misericordia que Ade, que ya conoce a Meri?

Otra puerta se cerró en la mente de Kel, limitando sus ya mínimas opciones.

–Entonces tal vez él y su familia nos hayan gobernado por demasiado tiempo.

Lee miró por sobre su hombro.

–¡Cállate la boca ahora mismo, Kel! Ya tienes un problema bastante grande como para agregarle a eso traición.

–¿Yo? ¿En problemas? No soy yo el que está proponiendo asesinar a alguien.

–Tú trajiste una atlante dentro de la corte del príncipe heredero.

–Lo hice respondiendo a sus órdenes.

–Ya lo sabemos, pero no cambia lo que hiciste.

Kel sintió enojo y desesperanza.

–Lee, ¿cuándo cambiaremos? Después de tantos siglos, ¿cuándo será suficiente la sangre derramada?

–No es algo personal con Meredith.

–Apuesto lo que quieras que ella sí lo siente como algo personal. Si fuera a la selva y tuviera la desgracia de dar con uno de los pocos tigres que quedan aún con vida, el animal podría devorarme; pero no por eso pediría que fuéramos por ahí disparando a todos los tigres en los zoológicos. ¿Por qué esto es diferente?

Lee hundió las manos en los bolsillos y se hamacó sobre sus talones.

–Mira, tal vez encerrarla resulte suficiente. Si tú te calmas, entonces podrías conseguirle ese privilegio.

–No debería tener que hacerlo.

–No estoy discutiendo contigo. Sé que no estaremos de acuerdo –cruzó hacia el otro lado de la habitación, Lee tomó un trapo del lavabo y se lo arrojó a Kel–. Querrás lavarte la cara primero. Eres un lío. Te golpeaste la nariz cuando caíste al suelo.

Kel se restregó la sangre seca. Eso explicaba el dolor punzante de cabeza.

–¿Qué está sucediendo allí abajo?

–Swanny y yo capturamos al tutor cuando estaba regresando del trabajo. Parecía estar esperándonos y no hizo falta que aplicáramos la fuerza. Ahora está abajo, discutiendo con Ade; pero es a ti a quien quiere ver.

Así que por eso lo habían venido a buscar.

–Está bien. Yo también quiero ver a Theo.

–¿Lo prometes?

–Prometo que no intentaré escaparme esta noche.

Lee asintió y aceptó que eso era todo lo que iba a obtener por el momento.

–Ni intentes irte por el jardín. Tenemos orden de detenerte si lo haces.

–¿Y tú no tienes problemas con eso?

–Solo sigo órdenes, Kel.

–La excusa de los guardias de asalto en toda la historia. Mejor que comiences a leer un poco. Deberías comenzar con el Tercer Reich.

–Y tú deberías decidirte a quién vas a serle fiel.

En un silencio que podía cortarse con una navaja, bajaron las amplias escaleras y atravesaron el elegante hall de entrada.

Theo Woolf había sido llevado hasta la biblioteca. Estaba hablando con Ade; había levantado la voz y parecía estar gritándole. Mientras tanto, Swanny los observaba casi divertido, algo que molestó a Kel. Esto no era para nada gracioso, aunque había que admitir que Theo no parecía una gran amenaza como para acabar con Ade y Swanny al mismo tiempo.

–Esto ha llegado demasiado lejos. ¡Le dirán a mi hija que no hay nada que temer! ¡Dejarán que mi hija regrese a casa y termine la escuela sin temor, o yo mismo llamaré a la policía!

–Estaría más que encantado si Meredith regresara a casa –Ade actuó como el verdadero príncipe que era.

–No hables con ese tono, pedazo de porquería –Theo sacudió la cabeza; su cabello castaño ondeaba como una melena de león–. No soy estúpido. Sé que eso significa que todavía no has enviado a nadie a buscarla. ¿Qué es lo que ha hecho Meredith para merecer esta persecución? ¡Váyanse todos al diablo! Ya no es una niñita de cuatro años. Y yo no les tengo miedo. Tengo amigos… contactos en el gobierno.

–Señor Woolf, no importa cuántos amigos tenga: yo siempre tendré más –dijo Ade con mucha calma. Y tenía razón. Los perilos se habían asegurado de tener gente plantada en todo el gobierno y los departamentos de justicia en todos los países en donde se habían establecido como comunidad–. Solo dinos dónde está.

Theo se salvó de tener que responder a esa pregunta cuando Kel entró en la sala.

–¡Tú! –y, para sorpresa de todos, la propia inclusive, Theo cruzó la habitación y se lanzó encima de Kel para lanzarle un golpe de puño que aterrizó justo en la mandíbula del muchacho. Kel rebotó contra Lee. Los chicos no cayeron al suelo solo porque antes sus cuerpos dieron contra una biblioteca repleta de libros. Theo se paró frente a Kel, aún jadeando–. ¡Maldito mentiroso! Espero que estés avergonzado de lo que has hecho. Ella está escapando… y está asustada. Ahora no tiene nada y es gracias a ti. ¡Ni siquiera tiene un hogar!

Kel se pasó la mano por la boca y la nariz. Sangraba otra vez. No había sido un mal golpe para un tipo tan escuálido y debilucho con más aretes en las orejas que sentido común. Theo jamás debería haber venido hasta aquí.

–¿Qué? ¿No tienes nada para decir? –Theo parecía listo para golpearlo otra vez; pero no tenía excusa para hacerlo, dado que Kel no había devuelto el golpe.

–Señor Woolf, entendemos que esté enojado, pero en verdad no puedo permitir que ande golpeando a mis hombres así –dijo Ade–. Kel, ¿te encuentras bien?

–Vete al diablo –dijo Kel, y tomó un puñado de pañuelos descartables que le alcanzaba Lee.

–Kel está bien. Señor Woolf, como ya debe de haberlo notado, Kel tampoco está muy contento con nosotros. No fue su culpa. Él no quería que Meri tuviera que escapar. ¿Por qué no le cuenta dónde puede encontrarla para que pueda ir y convencerla de regresar?

–No me digas nada, Theo –se apresuró a decir Kel.

–¿Qué? ¿Por qué no? –los ojos de Theo pasaron de Ade a Kel–. ¿Qué está pasando aquí?

–¿Qué le ha dicho Meri? –preguntó Ade.

–No les digas nada –dijo Kel entre dientes.

–No me dijo absolutamente nada, solo que sabía que ustedes son sus enemigos –solo ahora Theo se había dado cuenta de que él también podría estar en peligro.

–¿Y por qué dijo eso?

–No me contó nada –Theo sacó su teléfono celular–. Llamaré a la policía. Esto ya ha llegado demasiado lejos.

–Hazlo –dijo Ade, cortésmente–. Pero ¿qué les dirás? Tenemos sistema de vigilancia en esta casa. Todo lo que tú puedas reportar será a ti mismo por haber golpeado a Kel tan deliberadamente.

–Reportaré que están aterrorizando a mi hija.

–¿Cómo? ¿Qué hemos hecho hasta ahora?

Theo luchó por manejar su enojo. Luego, volvió a colocar su teléfono en el bolsillo.

Kel sabía que Ade era más peligroso cuando usaba ese tono, el tono que dejaba en claro que era él quien estaba a cargo.

–Ade, deja que el señor Woolf se marche. Esto no lo concierne.

–Claro que sí. Él sabe dónde está Meredith.

–¡Y jamás te lo diré! –gritó Theo, furioso–. No hay amenaza que alcance para hacerme hablar, te lo juro.

–No voy a amenazarte. Solo voy a señalar que sería mucho mejor para Meri si pudiéramos saber dónde está sin tener que hacer tanto alboroto. No le gustará que la rastreemos, y no puedo asegurar que mis hombres reaccionen de buena manera en caso de sentirse en peligro cuando vayan a cazarla.

–Lo que quiere decir es que espera que tú conduzcas a Meri directo al matadero –dijo Kel–. No lo hagas.

–¡Cállate, Kel!

–No en esta vida. Y menos para obedecer a tus órdenes. La nuestra es una relación que ha dejado de existir.

La inquietud invadió el rostro de Ade antes de ser suprimida sin compasión.

–Señor Woolf, le recomiendo que nos diga la verdad. Es la mejor manera de manejar esto para todos los que estamos involucrados. Dígame algo.

–Dile que se vaya al diablo.

–Sí, creo que lo haré.

Ade se encogió de hombros.

–No esperaba que nos proporcionara información, pero sí sé que está en contacto con Meredith. Dígale que, si quiere que todas aquellas personas que quiere permanezcan seguras y a salvo –dijo desviando la mirada hacia Kel y luego de vuelta a Theo–, entonces será mejor que se entregue. La rastrearemos de todos modos. Pero, si lo hace por sus propios medios, evitará que todos los demás también sufran las consecuencias.

Theo puso la frente en alto.

—No le diré nada de eso.

Ade se inclinó hacia adelante, con las manos entre sus piernas abiertas.

—Sé que suena duro, pero supongo que usted no sabe qué está en riesgo aquí. No es su intención, pero es peligrosa; es casi como si fuese la portadora de un virus mortal. Siento mucha pena por ella, en verdad. Solo intento evitar que algo peor termine sucediendo.

Theo estudió la expresión en el rostro de Ade por un momento.

—Eso es lo que crees que estás haciendo, pero estás muy equivocado. Mírate: sentado allí como el mismísimo mini Padrino... Te has olvidado de que estás jugando con la vida de una persona real por una estúpida razón... ¡Es una niña inocente! No estaba convencido al principio de si estaba bien dejar que huyera, pero ahora sé que hizo bien. Todos ustedes son fanáticos... ¡son terroristas! Y déjame decirte algo: yo acabaré con ustedes.

Ade sacudió la cabeza.

—Swanny, por favor, lleven al señor Woolf a su casa.

—Por aquí, señor.

—Puedo irme solo —Theo se apresuró a llegar hasta la puerta.

—Entonces solo asegúrate de que se largue de aquí —se corrigió Ade.

Theo hizo una pausa cuando pasó junto a Kel.

—Lamento mucho el... Ya sabes... —hizo el gesto de su puño dando contra su rostro.

–No pasa nada. Lo merecía.

Theo asintió con la cabeza.

–¿Te encuentras bien? ¿Quieres venir a casa conmigo?

Lo deseaba más que nada en el mundo.

–No creo que me dejen marchar esta noche.

–Bueno, pero cuando lo hagas, ven a verme. Ahora hay una habitación disponible en mi casa –luego se fue, cerrando la puerta detrás de él. Uno de los paneles de vidrio de las puertas se quebró.

Kel no se esforzó en romper el silencio que siguió a la despedida de Theo. Había sido atacado con un dardo por sus propios amigos y ahora lo habían tomado prisionero. Su decepción era tan enorme que le hizo cuestionarse hasta los aspectos más fundamentales. Él sabía que no se lo iban a dejar pasar.

–Kel, te necesito de mi lado en esto –le dijo Ade finalmente.

–Ni lo pienses. Estoy del lado humano. Debemos darle una oportunidad a esta muchacha inocente. ¿De qué lado estás tú?

–Del lado de proteger a mi gente.

–¿A toda costa?

–Haré lo que sea necesario.

–Entonces no tenemos nada más que discutir tú y yo.

Ade pasó los dedos por los lomos de los libros ubicados en el estante junto a su silla.

–Mi tío vendrá a lidiar con esto personalmente. Tu padre estará con él.

–No me sorprende.

–Los dos quieren hablar contigo.

–Apuesto a que sí –Kel se cruzó de brazos–. ¿Les dijiste que renuncié?

Ade les pidió con un gesto a Lee y a Swanny que los dejaran solos.

–Kel, por favor, toma asiento.

–Preferiría quedarme parado.

–Muy bien. Les dije que habíamos discutido y que quería darte una oportunidad para recapacitar.

–Solo detente un instante y considera lo que me estás pidiendo. ¿Cómo es que hasta ayer eras un hombre razonable y hoy te has convertido en un tirano?

–¿Crees que no me importa la muchacha? –Ade se puso de pie y caminó hasta la ventana–. ¿Crees que no sé lo que estoy diciendo cuando doy la orden de que la traigan aquí? Vete tú al diablo si crees que en verdad quiero hacer esto.

–Entonces no lo hagas.

–Hice un juramento. Juré protegernos.

–Lo entiendo. Pero lo que no entiendo es cómo lo lograrás matando a una amiga. Nos destruirás.

Ade se dio vuelta para mirarlo a la cara.

–No, tú nos destruirás si la eliges a ella por sobre tu pueblo.

–No veo que me estés dando ninguna opción.

–Para usar tus propias palabras: ni lo pienses. ¿Qué opciones me estás dando tú a mí con tu comportamiento?

–Entonces… ¿Qué piensas hacer conmigo?

–No lo sé. Esperemos a que tu padre hable contigo mañana.

—No deberíamos tener que lastimarla.

—Estoy de acuerdo, pero la biología ha hecho que eso sea necesario. Es nuestro último predador natural, y nosotros somos su presa.

—Entonces, ¿por qué es ella la que parece estar siendo cazada?

Meri estudió a los otros jóvenes en la cocina del hostal mientras intentaba que no pareciera tan obvio lo que estaba haciendo. Las comidas se cocinaban entre todos, y a ella se le había asignado la tarea de pelar las zanahorias. Una pila enorme de zanahorias. No es que le importara. Cualquier cosa que la fuera a distraer era bienvenida.

Una muchacha se sentó frente a ella con una canasta de cebollas. Tenía una nariz respingada y un estilo de desaire para rimar con su expresión. En un instante, Meri supo que la muchacha le caería bien. Su actitud anunciaba que no toleraría cualquier basura.

—Hola. Soy Anna.

—Hola, Anna. Soy… Em.

—¿El diminutivo de…?

—Emma.

—Bien. ¿Eres unas *pede* como yo?

—¿Qué es eso? —Meri observó cómo un perfecto rulo de piel de zanahoria alcanzaba la tabla, satisfecha con el pelador que le habían dado. Estaba disfrutando de las pequeñas cosas mientras que el panorama general se veía tan desalentador.

–Ah, eres graciosa. Una P.D. o persona desplazada. Yo soy de Lincolnshire. Tuvimos que mudarnos cuando el mar invadió las tierras. Hay subsidios especiales para que podamos reubicarnos.

–Ah, sí. No lo sabía. Y no, no soy una *pede*. Estoy aquí solo… Ya sabes…

Anna asintió con la cabeza, brindando su propia respuesta.

–Para ver un poco de Londres antes del servicio ecológico, entiendo.

–Sí, exacto.

–¿A dónde te enviarán?

–No estoy segura aún. No pude tener la documentación lista a tiempo –comenzó a cortar unas zanahorias.

–Mala suerte. Probablemente, eso signifique que te pongan en la custodia de las cloacas o algo igual de asqueroso –Anna se inclinó hacia delante, señalando a Meri con el cuchillo de vegetales–. Esto es entre tú y yo. La administración del servicio ecológico es desastrosa. Mi hermana trabaja en el Ministerio de Cambio Climático y vive quejándose de eso.

–¿Existe alguna oportunidad de que se olviden de mí por casualidad?

–Eso te gustaría, pero sí podrían perderte una vez que ya te tienen –sonrió con algo de malicia–. En un pantano, por ejemplo.

–Eso no suena tan mal. No me importaría perderme por un tiempo.

Anna cortó en cubos una cebolla con una velocidad impresionante.

–Depende de a quién te lleves de compañía, es mi humilde opinión. Mi eco-equipo apesta. El líder es un completo idiota. Si me viene otra vez con un "estamos en esto juntos", juro que lo derribaré de un golpe.

–¿Dónde estás trabajando?

–Los pantanos de Essex... O lo que queda de ellos. Intentamos salvar Canvey Island. Pero ya sé que no ganaremos. Como le sigo diciendo a Dexter: ¿no ha escuchado él hablar del Rey Canuto el Grande?

Hablaron un poco más mientras terminaban sus tareas asignadas. Meri se aprendió los nombres de las otras niñas en la cocina del hostal y el muchacho que se llevaba las cosas para reciclar. Todos eran orgullosos *pedes* también.

–¿Es una especie de club? –preguntó Meri, recolectando algunos trozos de zanahoria que se habían escapado de la olla.

–Sí, uno totalmente exclusivo –agregó una chica llamada Zara. Tenía el cabello largo y oscuro y un tatuaje temporal de un símbolo celta en el brazo. Su vestuario se caracterizaba por ropa de encaje acompañada de botas acordonadas de color azul marino–. ¿Hippies? Eso es tan del siglo pasado. Ahora la onda son los *pedes*. Todo el mundo quiere ser parte de nuestra subcultura. Lo único que tienes que hacer es tener una casa que haya sido arrasada por la naturaleza. Todos se mueren por entrar al club, créeme.

–¿Dónde está tu familia, Em? –preguntó Anna.

–Soy huérfana –era la primera vez que Meredith se había animado a admitir esta realidad. Prácticamente su respuesta mató la conversación.

–Lo siento –Anna miró al resto un poco desesperada, esperando que los otros pudieran decir algo más.

–No, está bien. Bueno, no, no está bien, obviamente, pero pasó hace muchísimo tiempo. Anna, ¿puedo tomar prestado tu teléfono un momento? El mío no funciona –Theo y ella había arreglado que no se llamarían usando sus teléfonos de siempre en caso de que estuvieran siendo monitoreados. Le había pedido a Valerie que cambiara el suyo por el de ella por un día o dos.

–Claro. La cena estará lista en una hora más o menos, así que tienes todo el tiempo del mundo.

–No será tanto –Meri tomó el teléfono y se fue al porche helado donde los voluntarios del servicio ecológico dejaban sus botas y mamelucos, y desde allí llamó a Theo–. Hola. Soy yo.

–¿Te encuentras bien? –Theo sonaba extraño.

–¿Estás solo?

–Sí, Gracias a Dios. Acabo de regresar de ver a esos locos con los que ibas a la escuela.

–¡Dime que es mentira! Theo, ¡te pedí que no lo hicieras!

–Bueno, pero sí. No tuve mucha opción de todas maneras porque habían ido a buscarme a la estación.

–Entonces saben –Meri hubiera preferido tener un poco más de tiempo para planificar su escape.

–No hay duda de que sospechan algo, aunque no tengo idea de lo que podría ser porque ninguno de ustedes me dará una respuesta completa. Meri, no creo que Kel sea parte de esto. De hecho, me dio la impresión de que lo habían atacado antes de que yo llegara. Y yo tampoco ayudé, porque también terminé pegándole una trompada.

Ahora Meri estaba preocupada por Kel. Pero era Theo por el que debía preocuparse.

–¿Has perdido la cabeza por completo? ¡Es un experto en artes marciales!

–Pero no me devolvió el golpe. Me siento muy mal. Él me dejó hacerlo.

Meri se rascó la nariz, molesta.

–Podrá no ser parte de todo esto, pero es uno de ellos.

–Y eso no tiene sentido en absoluto.

–No puedo explicarlo.

–Estoy cansado de que me respondas eso. ¿Por qué no puedes explicar nada? ¿Por qué no puedo ir a la policía? ¿Por qué estamos viviendo en un mundo como el de Alicia en el País de las Maravillas donde nos la pasamos corriendo y escapando de un grupo de niños que viven en una casa de lujo?

–Theo, por favor.

Podía oír su respiración agitada, intentando recobrar el control de su temperamento.

–Está bien, está bien. Veamos qué es lo que me puedes decir. Presumo que llamaste porque necesitas algo.

–Tengo una idea. ¿Qué dices si me anoto en uno de los programas del servicio ecológico? Una muchacha aquí dice que el área de administración es un desastre. Tal vez pueda decir que me perdieron los papeles o algo. Te imprimen una nueva tarjeta de ración de carbono cuando te anotas, ¿no es así?

–Correcto. Te dan también créditos de viaje extra de regalo, para que puedas ir a visitar a tu familia sin tener que gastar tu asignación anual. No es mala idea.

–Tendré que hacerlo en algún momento, así que tal vez este sea ese momento. Retomaré la escuela el próximo año, haré cursos online o algo parecido para poder dar al menos algunos de mis exámenes en el verano.

–Y estarás más protegida siendo parte de un grupo, más que solo conmigo. A mí también me estarán buscando, y yo soy mucho más difícil de esconder. Sí, sí, me gusta la idea.

–Voy a preguntarle a una de las muchachas aquí si puedo ir con ella. Supongo que le gustará tener algo de compañía.

–Solo asegúrate de que quedes registrada. De esa manera, el tiempo se acumulará. No querrás tener que hacerlo todo otra vez.

–Así será.

–¿Qué nombre quieres usar? Saddiq habló con uno de sus contactos misteriosos. Pueden hacerte una nueva tarjeta de identificación.

–Emma –y miró a su alrededor buscando algo de inspiración–. Boot. Emma Boot. Hija única. Huérfana. Me haré pasar por una *pede* proveniente de The Fens. Me llevaste allí una vez, ¿recuerdas? Aquel concierto en Ely Island… La mayoría de las personas aquí son *pedes*, así que me infiltraré bien.

–Muy bien. Te alcanzaré todo esto mañana por la noche. Le he dado a Saddiq tu dirección.

–¿Qué más le dijiste?

–La verdad tal como la sé yo: que unos enemigos de tus padres te persiguen. Él ya sabía que había algo extraño con respecto a nuestro pasado, así que se lo tomó con mucha calma. Valerie también lo sabe. Tienes el apoyo de ambos –Theo se aclaró la garganta–. Escúchame. Si algo me pasa a mí, tú ve con ellos, ¿está bien?

—Nada va a pasarte, Theo. No lo permitiré.

—Cariño, es probable que no puedas detenerlo.

Capítulo 9

Una noche sin poder dormir ciertamente no mejoró el humor de Kel. Sus sábanas revueltas, almohadas que aporreó durante toda la noche hasta el cansancio. Terminó boca abajo, exhausto, encima de todo ese lío. No se sorprendió cuando la primera persona que vio el sábado por la mañana fue su padre, que le traía la bandeja con el desayuno.

–Hola, Kel –Rill colocó la bandeja sobre el escritorio–. ¿Tienes un abrazo para tu viejo?

Kel salió de la cama y caminó hasta él para abrazarlo. Se sorprendió al ver que ahora era dos centímetros más alto. Tanto estaba cambiando…

–Qué bueno verte, papá. ¿Estás aquí con Osun?

–Sí, el rey está aquí. Se encontrará con Ade para hablar de la crisis.

–Y a ti se te ha pedido que vengas a arreglar un pacto con el prisionero, ¿verdad? –Kel se acercó al lavabo que tenía en la habitación y se refrescó la cara con un poco de agua. Podía ver en el reflejo del espejo que su habitación era un desastre, la guitarra había quedado enterrada debajo de la ropa deportiva, había nuevas marcas en la pared donde había lanzado una pelota de críquet la noche anterior; sus imágenes de arte japonés colgaban en un precario ángulo.

–Algo parecido. Comamos algo primero, ¿está bien? Dime cómo has estado. Dejando de lado lo obvio, claro.

Kel quitó la ropa de la silla para que su padre tomara asiento.

–No hay mucho para decir.

–Ade dice que tuviste tu alumbramiento.

–Ah, sí. Soy espiral –se frotó el brazo. La mayoría de los perilos recordaban su primer brote como un gran momento; él siempre lo asociaría con el terror de Meri.

–Estoy muy orgulloso de ti. Tu madre habría estado extasiada también. Vamos, come algo. Me han dicho que no cenaste.

–¿Antes o después de que me electrocutaran y me encerraran aquí? Qué graciosos.

–Kel, por favor.

Tomó su guitarra y la colocó en el rincón donde siempre la dejaba, y luego se sentó en el borde de la cama.

–Está bien. Comamos. Cuéntame de Jenny y de ti.

Agradecido por la distracción, Kel escuchó con un solo oído lo que su padre le contaba sobre las últimas noticias de la familia. El otro oído estaba concentrado en pensar hasta qué punto podían contarse y confesarse cosas el uno con el otro. ¿Su padre le sería fiel a Kel por ser su hijo o iría con su entrenamiento y la tradición?

Finalmente, Rill se puso cómodo en su silla, con una taza

de té en la mano. Ojeó el libro de arte que Kel había dejado en el escritorio.

–Kel, ¿quieres contarme por qué estás encerrado aquí arriba? ¿Por qué Ade siente que no puede confiar en ti?

–No opinamos lo mismo sobre Meredith. Es tan simple y tan complicado como eso –tomó su bola de críquet y comenzó a pasársela de una mano a la otra.

–La muchacha atlante. Debo admitir que jamás creí que vería el día en que mi hijo rompería filas por una de ellos.

No debo perder la cabeza, se recordó Kel en su mente, mientras frotaba la bola en su muslo.

–¿Alguna vez conociste a un atlante, papá?

–Solo cuando nos enfrentamos. No tengo que recordarte lo que sucedió entonces.

–Entonces no lo comprendes –Kel arrojó la bola al aire y la volvió a atrapar.

Rill, que estaba echado hacia atrás en su silla, volcó todo el peso de su cuerpo para adelante y la silla se plantó con sus cuatro patas sobre la alfombra.

–Deja tranquila esa maldita pelota. Tú eres el que no comprende, Kel. No estás viendo el panorama más grande. Esta pobre niña, sí, me da pena, no puede evitar ser lo que es. Pero no puede ser ignorada o escondida debajo de la alfombra. Si la dejamos suelta, podría pasar sus cualidades a sus hijos. Hay algo que tú debes entender sobre los atlantes: ellos siempre saben quiénes somos y nosotros jamás sospechamos de ellos, no a menos que algo extraordinario suceda, como lo que sucedió antes de ayer, algo que les quite la máscara. De lo contrario, pueden infiltrarse entre nosotros cual tiburones. Ninguno de nosotros puede vivir en libertad sabiendo que hay gente allí fuera que podría incendiarnos desde nuestras entrañas. Yo vi morir a tu madre en manos de un atlante. No quiero que le pase lo mismo a mi hijo.

Kel se aferró más fuerte a la bola; no la dejó quieta, como se lo había pedido su padre, sino que siguió jugando con ella.

—Te entiendo, pero no comprendo por qué tenemos que hablar como si hubiera solo una solución. Probablemente yo pueda asesinar con mis propias manos también, como fui entrenado para hacerlo, pero nadie está hablando de sacrificarme porque sea peligroso.

—Eso es diferente.

—¿Lo es?

—¿Cuántos años tienes ahora, Kel? Dieciocho jóvenes años. ¿No puedes confiar en que aquellos que ya hemos pasado por esto más veces tal vez comprendamos mejor la situación? ¿Confiar en que podríamos haber evaluado cómo te sientes, compararlo con los riesgos reales y haber decidido que no podemos dejarla escapar?

Kel se pasó los dedos de su mano libre por el cabello.

—No puedo creer que estés defendiendo la idea de asesinar a alguien que jamás ha lastimado una mosca. Pensé que eras mejor que eso, papá.

Rill se echó hacia atrás otra vez.

—De hecho, yo no estoy a favor de matarla.

Por fin alguien hablaba con sentido.

—Bien. Está bien.

—Yo opino que hay que neutralizarla. La atrapamos y nos aseguramos de que viva feliz para siempre en algún sitio, pero en un sitio desde el que no pueda herirnos o pasarle sus cualidades a otra persona.

—Eso no es vida. Al menos, Ade es honesto. Tú estás hablando de condenarla a una especie de cadena perpetua en la cual será controlada por nosotros por el resto de su vida. Ni siquiera sería una esclava como nosotros alguna vez lo fuimos para los atlantes; sería un animal de zoológico.

—Puede que esa sea la mejor oferta sobre la mesa, Kel.

—Entonces necesitamos otra mesa —Kel arrojó la bola dentro del bolso deportivo que estaba a junto a la cama.

Rill cerró los ojos por un momento y suspiró.

—Este es un problema, ¿verdad? Estoy seguro de que arrojarás todo por la borda por ella. Los Douglas sabemos muy bien lo que es la lealtad, pero esta vez presiento que le estás siendo fiel a la persona equivocada.

—No sabes nada de ella. No sabes que es dulce y amable, talentosa, deliciosamente sarcástica a veces, y bastante tímida la mayor parte del tiempo. Esos rasgos no dan con los de una asesina sin sentimientos.

—Pero, si ella tiene hijos en un futuro, esos hijos podrían serlo… O tal vez aún nos esté escondiendo más familiares. Bastarían no más de uno o dos atlantes para hacer desaparecer la paz que hemos logrado para nuestro pueblo. El ciclo comenzaría de nuevo.

—Una paz que ahora veo que ha sido construida sobre los cuerpos humeantes de toda una civilización.

—No había nada de civilizado sobre los atlantes.

—No quiero entrar en ese juego de palabras contigo. Sabes a lo que me refiero.

—Claro que sí —Rill se rascó la barbilla—. Veámoslo de otro modo. Si sospecharas que tiene una enfermedad infecciosa, Ébola o gripe aviar, por ejemplo, ¿no la pondrías en cuarentena?

—Sí, pero ella no tiene nada de eso.

—Así es cómo la vemos nosotros.

—La ven mal.

—¿Y si la persona que ella toca, la persona que tortura, soy yo? ¿O tu hermana?

—Pero no lo haría.

—Las personas hacen todo tipo de cosas horribles cuando se las presiona.

—Entonces no la presionen —la cabeza le había comenzado a doler otra vez; sentía como si una enorme luz roja pulsara en el medio de su frente.

—Estás viendo esto desde el punto de vista de una persona; nosotros debemos verlo en nombre de toda nuestra gente.

—Tal vez sea hora de que dejemos de pensar en nosotros mismos como una raza aparte y comenzar a pensar en que todos somos una. ¿La raza humana tal vez? Lo que tú apoyas no es más que genocidio, un crimen de guerra por lo que las Naciones Unidas Reformadas te procesarían si supieran lo que has planeado.

Rill colocó su taza sobre la bandeja, sellando así el fin del debate.

—Veo que no vamos a ponernos de acuerdo jamás. Vístete, Kel. Osun quiere verte cuanto antes.

—Sí, señor —Kel le dedicó un saludo que se vio por demás irónico—. He renunciado, ¿te contó Ade sobre eso?

–Me dijo que es lo que querías.

–Ya estoy fuera, no importa si él ya lo ha aceptado o no.

–Eso también significa que estás fuera de esta casa, fuera de nuestra comunidad.

–¿Fuera de mi familia también?

Rill colocó una mano sobre el hombro de su hijo.

–Kel, eso nunca. Pero hará todo mucho más difícil.

–¿Ya no lo es, acaso?

El salón de reuniones era el lugar más amplio de la casa, y por eso había sido elegido para hacer de sala para el interrogatorio. Cuando Kel ingresó, un par de sus amigos lo saludaron por lo bajo, pero la mayoría simplemente fingió no verlo. Había muchos sentimientos en ambos lados, así que era de entender. A nadie se le había ocurrido deshacerse de la pintura de Meri, así que aún estaba allí en la pared, ¿una amenaza sobre sus propias cabezas o una imagen de lo que eran para la artista?

–Kelvin, qué bueno verte –dijo Osun en su tono más profundo. Con piel que se parecía a la teca recién pulida y vestido en un traje color bermellón, generaba gran impacto en la sala con tan solo su presencia. Sumado a eso, su aire de comandante hacía que nadie tuviera duda de quién estaba a cargo. Ade llevaba puesta una camisa del mismo color, casi como por orden impuesta por la familia, metida en sus jeans negros. Rey y Príncipe heredero. El futuro de su pueblo allí frente a todos ellos.

–Señor –Kel debió esforzarse para darle al rey un respetuoso saludo con la cabeza. Aunque casi no tenía esperanzas, tal vez podría hallar un poco más de compasión en Osun de lo que esperaba. No quería comenzar haciéndolo enojar.

–Siéntate conmigo. Tú conoces a esta atlante mejor que yo. Tal vez tú puedas predecir lo que vaya a hacer a continuación –Osun señaló la silla a su lado en la mesa de conferencias.

–Señor, ¿nadie le explicó que no estoy para nada conforme con este proceso y que he renunciado como guardaespaldas de Ade?

–Así es. Pero no has renunciado a ser un perilo, ¿no es así? Siéntate y escucha el informe. Tal vez todo te parezca un poco menos confuso cuando estés en posesión de todos los hechos. Puedes comenzar –Osun hizo un gesto con la cabeza a Rill.

El padre de Kel presionó un botón del control mientras apuntaba a la pantalla sobre la pared. En la pantalla aparecieron, imágenes antiguas y Kel sintió una marea de terror en su pecho.

–Estas son las imágenes de las cámaras de vigilancia durante el último ataque de los atlantes –dijo Rill–. Aquí pueden ver cómo dos adultos se infiltraron en nuestra base de Washington disfrazados de turistas. Jamás los identificamos por razones que se volverán más que obvias en unos momentos. Habían traído con ellos a una menor, de unos cuatro años de edad –congeló la imagen para que se pudiera ver a la madre inclinándose hacia adelante para limpiar la boca de la pequeña, que estaba manchada con helado, y luego señaló una cola de caballo que se escapaba por debajo de la capa que llevaba puesta–. Es muy probable que sea un femenino. Desde que Kel la identificó ayer, creemos que es muy probable que la joven mujer conocida hoy como Meredith Marlowe sea esta misma pequeña. Las fechas coinciden.

Volvió a presionar el botón para continuar con el video.

–Fueron directamente hacia el hall de exhibición donde Rayne Mortimer se desempeñaba como guía turística. Mi esposa y yo habíamos ido a visitarla ese verano como parte de nuestro entrenamiento. Rayne, como muchos de ustedes sabrán, era gerenta de inversiones de la rama norteamericana y una persona amorosa. La inteligencia de estos atlantes debe de haber sido muy buena porque fueron directamente al corazón de nuestra operación. Lamentablemente, no había cámaras de video dentro de la sala y no sabemos exactamente qué aconteció, pero algo salió mal en su plan e intentaron escapar. Todos los perilos fueron citados a participar de la persecución. Los rastreamos por todo el lugar –con el control remoto en la mano, fue pasando por una serie de imágenes no muy claras, salteándose rápidamente las partes que mostraban cómo moría la madre de Kel, pero incluso esa breve secuencia fue suficiente para marcarlo por el resto de su vida.

Los nudillos de Kel estaban blancos mientras se aferraba fuerte a los apoyabrazos de su silla.

–Papá, ¿es necesario?

–Lo siento, Kel, pero debes ver esto. No lo comprenderás a menos que veas lo que esta gente es capaz de hacer.

Kel no podía comprender por qué su padre podía verse tan tranquilo mostrando trazos de lo que debía haber sido el peor día de su vida.

–No prueba nada sobre Meri.

–Permíteme diferir. Si vemos más de cerca estas últimas imágenes, parece que los atlantes hicieron un giro, dejaron a la niña y se llevaron una especie de señuelo. No sé cómo no vimos eso. Estaban acorralados en el río y lanzaron al agua lo que ahora sabemos que no era Meredith antes de atacar a nuestros defensores. Cinco perilos murieron ese día, incluida mi esposa, la mamá de Kel, Marina, justo antes de que yo llegase allí con otro guardia. Los dos atlantes adultos recibieron cuatro disparos que probablemente provocaron heridas fatales. No estamos seguros, porque ambos eligieron saltar al agua con sus heridas en lugar de dejarse capturar. Creímos que iban detrás de su niña. Con tantas muertes en el lugar, todo era caos. Claro que se lanzó una búsqueda para dar con los fugitivos, pero ninguno de los tres apareció. Hasta ahora.

Un día de sol convertido en uno de sangre y violencia, y Meri y el padre y la madre de Kel habían sido parte. ¿No era eso un golpe del que parecía imposible recuperarse? Kel no podía mirar las imágenes. Las imágenes del momento en que su madre moría, y luego las de los padres de Meri recibiendo los disparos. Era tortura pura. Había amado a su madre con todo su corazón. Pero no iba a comprar la explicación que estaba dando su padre.

–¿Cómo sabes que los Marlowe estaban allí para atacar a Rayne Mortimer, papá? ¿Tú habrías llevado a tu hijo contigo si ese fuera tu plan?

Rill rebobinó la cinta para volver a las primeras imágenes.

–¿Cómo explicas que fueron directamente hacia donde estaba la señorita Mortimer?

–¿Porque estaban visitando una de las atracciones históricas más grandes de la Costa Este tal vez? Míralos esperando en la fila. Comen helado, hablan con otros visitantes... ¿Te parece que estuvieran pensando en asesinar a alguien?

–Son atlantes. Eso es lo que son –murmuró Ade del otro lado de Osun.

–Son personas que llevaron a su hija a visitar el hogar de George Washington, al igual que otros miles de padres. Si la comunidad de allí quería esconderse, ¿por qué eligieron un lugar tan expuesto como la casa del primer presidente de los Estados Unidos?

Osun levantó un dedo.

–Yo responderé eso. El primer presidente era un buen amigo de los perilos y nos dio refugio durante el resurgimiento de la amenaza atlante a finales del siglo dieciocho. Preservamos su hogar como una parte valiosa de nuestra cultura y a modo de agradecimiento por su buen accionar.

–Bien por George, pero ¿no pueden ver que están saltando a la conclusión de que los Marlowe tenían intenciones hostiles cuando toda la violencia pareciera comenzar con nosotros?

–Cinco personas muertas, Kelvin. Tu propia madre.

Kel tragó saliva para aflojar un poco el nudo en la garganta.

–Y los padres de Meri. Eso se me hace defensa propia... Y dejamos a una niña huérfana.

Osun golpeó los dedos sobre la mesa, evaluando a Kel.

–¿Sabes qué? Quizás tengas razón. Estás viendo desde un punto de vista nuevo cuando yo lo he estudiado tantas veces que lo veo con los ojos cerrados –levantó una mano para evitar que Ade lo interrumpiera–. Quizás Meredith Marlowe sea la víctima hoy aquí. Después de todo, solo tenía cuatro años aquel día. Ninguno de nosotros aquí discutiría que la niña podía tener intenciones hostiles a tan corta edad. Entonces, ¿dónde nos deja eso? Una sola atlante, aterrada, desesperada. ¿Coincides en que necesitamos detenerla y convencerla de que no hay necesidad de lastimar a nadie?

–Tiene el derecho de vivir sin temer por su vida.

–Nosotros también.

–¿Eso significa que no piensa lanzar una orden para matarla?

–No, claro que no. Sugiero que la rescatemos. Tu padre fue bastante convincente cuando debatimos esto. Dijo que tú sabías juzgar a las personas. Y si tú dices que no es una chica violenta, entonces no deberíamos suponer que esté buscando venganza.

–¿Rescatarla? ¿Qué significa eso? ¿La sentencia a prisión de la que hablaba mi padre?

–Deberíamos hablar con ella, ver cómo sus necesidades y las nuestras pueden encajar.

–Tío, ¿cuándo encajaron los requisitos de un atlante y de un perilo? –preguntó Ade.

–Para todo hay una primera vez. Entonces, ¿qué dices, Kel?

Kel estudió el rostro del rey. Estaba acostumbrado a confiar en Osun y también en Ade, pero todavía estaba demasiado conmocionado como para bajar la guardia en este momento. Podría ser una trampa para hacer que coopere. Lo verían como un justificativo.

–Diría que es una buena idea. Háganlo. Que encajen.

–¿Y tú?

–¿Me están preguntando si sigue en pie mi renuncia? –sus ojos se dirigieron a Ade–. Sí, claro. No me gusta la manera en que esta comunidad trata a alguien que no está de acuerdo con todo lo que sugieren, así que estoy fuera. No los traicionaré, pero no me quedaré con ustedes tampoco.

–Kel –Ade levantó una mano como si quisiera atraparlo y no dejarlo ir.

–No, señor, no puedo ser su guardián o su amigo, así que no me lo pida. Empacaré mis cosas y me iré esta misma mañana.

–Ese "señor" no fue irónico, ¿o sí?

–No, señor. Te veré en la escuela, supongo.

–Espera –Osun interrumpió la retirada de Kel–. No voy a detenerte, pero sí quiero que nos compartas qué es lo que crees que Meredith podría hacer ahora. Al menos nos debes eso.

Kel se encogió de hombros.

–Solo estuve con ella un par de semanas realmente –se sentía una eternidad–. Lo que yo creo es que tratará de marcharse lo más lejos posible, así que búsquenla donde no esté yo. Ese es el único consejo que puedo darles.

–No quiero que nuestros años de amistad terminen así. Mi puerta siempre estará abierta para ti, Kel –dijo Ade con suavidad.

–Y entonces yo la cerraré con mucho cuidado cuando salga.

–¿Te quieres unir a la tripulación de Canvey Island? –Anna no podía creer lo que estaba escuchando. Meri y sus dos amigas estaban sentadas en la parte superior de un autobús camino al mercado de artesanías de los sábados en el muelle de St Katharine's; las ruedas del autobús hacían saltar el agua que se había acumulado por la marea alta.

–Así es –dijo Meri. Había dejado su cuaderno de bosquejos a un lado, pero se quedó tildada al ver los teleféricos del Tower Bridge en la mano izquierda del autobús. Ahora la construcción victoriana abarcaba el sur del río a lo largo de un pontón construido por el ejército en los primeros días de las inundaciones. Solo los peatones y vehículos de emergencia podían usarlo.

–¿Estás totalmente segura? ¿Canvey Island, famosa por sus parques de caravanas para *pedes* y sus ferias abandonadas?

–Suena como lo mejor del mundo para mí.

–Tienes que estar loca.

–No, solo quiero un mejor trabajo que el de guardiana de las alcantarillas y oí que hay una muchacha en el equipo que necesita compañía. ¿Crees que tu hermana pueda hacerles llegar mi petición a los archivos del ministerio?

Anna se mordió una uña. Miró a Zara, sentada en el asiento de enfrente, no podía escuchar lo que decía. Estarían a salvo siempre y cuando Zara siguiera conectada a su playlist, tarareando alguna canción lúgubre de un lamento folklórico.

–Supongo que sí. No creo que sea gran cosa. A mi jefe no le importará. Solo dile que "estás con él en esto" y te adorará. Esta es nuestra parada –llamó a Zara con un toquecito en el hombro.

–Prepararé mi solicitud esta noche entonces –Meri siguió a Anna y Zara por las escaleras.

–Bien. Más que bien –dijo Anna–. Es probable que me hayas salvado de asesinar a Dexter después de todo –le ofreció su puño para hacer un saludo.

–Me alegra haber ayudado.

El mercado de artesanías estaba en una red de barcazas atadas en lo que había sido la vieja dársena al este de la Torre de Londres. El Támesis se había elevado y había inundado todos los edificios que estaban junto al río, condenándolos a quedar vacíos; los ocupantes ilegales habían aprovechado la oportunidad, y trajeron con ellos una cultura alternativa. Eran famosos por la confección de edredones tejidos y la fabricación de muebles y otras artesanías a partir de productos reciclados. Zara era una visitante frecuente del mercado y allí era donde compraba la mayoría de sus atuendos. Cuando Meri mencionó que tenía saldo en su tarjeta de ración de carbono, Zara sugirió que todas se fueran de compras un rato.

–Entonces, Meri, ¿qué es lo que buscas? –preguntó Zara, pasando sus dedos por los flecos de seda de un puesto que vendía bufandas–. No tienes que gastar toda tu ración aquí ya que todo esto es reciclado.

–No estoy segura –algunos de los colores brillaban muy intensamente para sus ojos. Parecía haber demasiado peril entre tantas prendas para un lugar tan pequeño. Había notado que en Chelsea también pasaba lo mismo. Los demás parecían pasearse por allí como si nada. ¿Cómo era eso posible? Semejante presencia del peril en aquella feria parecía más que una coincidencia.

–Entonces deberías comenzar a buscar. ¿Cuál es tu presupuesto?

–Máximo veinte libras.

–Necesitas cosas de segunda mano entonces... Tienen buenas ofertas. Si eres buena con el hilo y la aguja, puedes adaptar tu ropa. Guau, eso es encaje. ¿Español?

Mientras Zara se ponía a hablar con el dueño del puesto y Anna husmeaba algunas revistas, Meri se paseó por ahí y en dirección al pontón. ¿En qué andaría Theo en esos momentos? Normalmente los sábados estarían haciendo los quehaceres de la casa juntos, tal vez comprando provisiones para la semana, pasar a beber una taza de té en el lugar que a él tanto le gustaba y llevarse a casa un bollito de queso horneado por la dueña del lugar. Si la mujer no hubiese tenido los ochenta años que dijo que tenía, Theo dijo que se habría casado con ella. Sonriendo ante el recuerdo, Meri buscó en su cabeza una manera de contactarlo sin ponerlo en peligro. Se detuvo en una intersección y vio a un barquero promocionando un cibercafé a bordo que se llamaba Big Ben's Boat. Meri subió la escalera y ordenó un té. Quien tomaba los pedidos era el dueño, un hombre grandulón y canoso sentado en la escotilla junto a la cocina. Tenía la apariencia de un extra en una película de piratas, o quizás la de un ciclista retirado... Tal vez había sido ambas cosas en su juventud. Meri hubiera apostado que su música era el heavy metal. No era que lo estuviera estereotipando, sino que los tatuajes en sus bíceps lo anunciaban a gritos.

–¿Cuánto por usar la computadora? –preguntó mientras revisaba las monedas que llevaba consigo.

–Ya tienes quince minutos incluidos con tu té –su voz no coincidía con su apariencia y salió como la de un tenor lírico–. Después de eso, es una libra por cada quince minutos –colocó una galleta sorprendentemente delicada en un plato–. La galleta es gratis para los que nos visitan por primera vez –sonrió, mostrando su diente de oro–. Puede que la señal no sea buena porque la conexión inalámbrica va y viene por aquí, pero si te sirve, adelante.

–Gracias… Ben.

–Big Ben, pequeñina.

–Gracias, Big Ben –se llevó su taza de té y su galleta a un asiento libre en el salón angosto y abrió su cuenta de correo. Sadie estaba en línea.

Ey, compu-punk, ¿cómo va todo por allí?

Sin ti en la clase de Arte, como una bandeja de entrada llena de spam. Nadie con quien criticar a la señorita Hardcastle. Kel estuvo preguntando por ti.

¿Qué le dijiste?

Que habías migrado tu sitio a un nuevo servidor. Porque sí te mudaste, ¿verdad?

Sí. La situación es un tanto más complicada de lo que te he dicho, y creo que necesito tener mucho cuidado con lo que digo en línea también.

Te noto un tanto preocupada.

Y se quedaba corta, pensó Meri.

¿Conoces alguna manera de añadir más capas de seguridad a

mi casilla de correo para que no tenga que preocuparme por hackeos?

¿Los digi-osos eliminan sus datos en el bosque?

¿Esa es tu manera extraña y compu-punk de decir que sí?

Afirmativo.

¿Puedes hacer eso por mí para que pueda hablar con Theo sin que alguien me rastree?

Reitero lo del oso.

¿Podrías hacerlo ahora?

GRR, sí. Te enviaré un nuevo mensaje cuando tenga el programa funcionando. No debería tomar más de un par de horas, y podremos pasar a modo camuflaje. Adiós, espías asquerosos.

La luz verde junto al nombre de Sadie se apagó y eso le dijo a Meri que su amiga se había desconectado. Todavía tenía unos pocos minutos antes de que se acabaran los primeros quince, así que se puso a rastrear los significados de los otros nombres en la lista. Se había olvidado de hacer eso luego de que Ade lo mencionara en el autobús el día de la tormenta y ahora quería saber si eso podría llevarla a algún lado. Eso había sido antes de que él descubriera que ella era el enemigo.

Adetokunbo, el rey del otro lado del mar. *Lee*, un campo de agua. *Kelvin*, agua angosta.

Todos los perilos se ponían nombres que hacían referencia al agua, como una especie de marcador secreto. Intrigada, buscó su propio nombre. *Meredith*, protectora del mar. Su apellido significaba "lago fantasma". *Naia*, el nombre de su madre, significaba "ola" en vasco. Las últimas letras del nombre de su padre, *Blake*, eran la palabra "lago" en inglés.

Entonces los atlantes hacían lo mismo. ¿Sería que todos conmemoraban el terremoto y el consiguiente maremoto que había arrasado con su tierra?

Sea cual fuera la razón, no era un dato menor. Podía ser algo que podía emplear como señal de advertencia antes de que alguien se le pudiera acercar. Iba a tener que recordar revisar los nombres de los integrantes de la tripulación de Canvey Island con anticipación también y estudiar más de cerca a aquellos que pudieran resultarle sospechosos.

Big Ben se le acercó.

—¿Otros quince, pequeñina?

Meri borró el historial de su búsqueda.

—Hoy no, gracias. ¿Conoce algún puesto de ropa de segunda mano en esta parte del mercado?

Ben recogió la taza de té y el plato y pasó un trapo por la mesa.

—Prueba con los Frobisher, dos botes más abajo. Son gente decente. E intenta que no se note que no eres de por aquí, pequeñina.

Tomando el consejo más que especial de Ben, Meri caminó por el pontón hasta la barcaza que le acababan de recomendar. Todo estaba separado por clase más que por tamaño: una pila de zapatos, una montaña de pantalones, un montón de camisetas. Cazadores de gangas pasaban sus garras por los artículos como perros rastreadores en busca de drogas; con los ojos brillándoles ambiciosos. Meri se les unió, aunque varios lanzaron miradas defensivas advirtiéndole que no tuviera el descaro de acercarse a lo que ellos ya habían seleccionado. Se corrió y se acercó a una pila que nadie todavía había divisado.

Unos banderines hechos a mano ondeaban sobre su cabeza, como si la estuvieran guiando. Pestañeó y se dio cuenta de que todo en aquel montículo de prendas destellaba con peril. Para una visión normal, aquella ropa se veía bastante común y corriente; pero ella podía ver los estampados en diseños bastante parecidos a las marcas en los cuerpos de los perilos.

Eso le dio un momento de pausa. ¿Significaría que había dado con otra comunidad de perilos? Los pelos de la nuca se le erizaron. ¿Serían los nervios o sería que estaba siendo observada? Buscó con la vista, pero no pudo ver a nadie que estuviera dedicándole especial atención. Los banderines flameaban, llamándola. Se recordó a sí misma que Kel y sus amigos no podían ver el color peril a menos que estuviese brillando en toda su intensidad. Los perilos podían ver dentro del espectro UV, pero no como lo hacía ella. Esos diseños eran demasiado sutiles para ellos. ¿Quién los habría hecho?

Estaba intrigada. Se acercó al sector y se arrodilló entre las prendas. No pudo evitar tomar una blusa con un patrón de espirales, como los que estaban en la piel de Kel. Pasó el dedo por la tela, deseando... No estaba segura de qué era lo que deseaba.

–¿Vas a querer esa cosa tan vieja? –una mujer se apareció saliendo de la cabina del bote, con una taza de té en una mano y un cigarro eléctrico en la otra. La punta del cigarro era de un extraño violeta.

–Eso estaba pensando.

La mujer, regordeta y pelirroja con una falda tableada y botas negras y pesadas, le dio una pitada a su cigarro y largó luego una nube de vapor.

–Si *pensando* se convierte en *comprando*, entonces podría cambiártelo por una canción.

–¿Qué canción quiere que le cante? –Meri presionó la blusa contra su pecho. Ya era suya.

La mujer sonrió con suficiencia y respondió con el mismo sarcasmo.

–"Bajo del mar, bajo del mar"... Es eso o cincuenta centavos.

Meri buscó en su bolsillo.

–Admitiré que canto como una rana, así que prefiero hacerle un favor y dejarle el dinero.

–¿Has visto algo más que te guste? ¿Qué hay de este estampado de leopardo que tienes justo debajo de tu rodilla?

Meri inclinó la cabeza y vio que estaba aplastando con su rodilla, efectivamente, una falda con ese patrón. Pero destellaba demasiado peril... una vez más. ¿Sería una trampa?

–¿Qué estampado de leopardo? Yo no veo nada.

Con su pie, la mujer atrapó un banquito que estaba escondido detrás de su mostrador y lo arrastró hasta dejarlo junto a Meri.

–Claro que no puedes verlo. Como tampoco puedes ver ese estampado de nubes en el mantel y las olas en la chaqueta –se arremangó su suéter y rotó sus brazos para que Meri pudiera ver que no había marcas como las de los perilos en ellos.

El desconcierto se mezcló con emoción. ¿Acaso aquella vendedora ambulante también era una atlante? Meri notó que estaba seleccionando todas las piezas con los diseños más audaces en peril, los más obvios entre todo el montón.

–Buscaba un diseño floral para mí. Qué lástima que no

tenga ninguno así –Meri tenía en sus manos una bufanda con el diseño más pálido de unas flores diminutas.

–No, no tengo nada como eso.

–¿Usted es la señora Frobisher?

–Esa soy yo. ¿Quién pregunta?

–Emma Boot.

–Qué lindo nombre, pero no es el tuyo, se me ocurre. Muéstrame tus brazos.

Meri se quitó la chaqueta.

–Interesante –colocó el cigarro electrónico en el bolsillo–. Y también interesante que no hayas cuestionado mi necesidad de verte. Me pregunto… Emma, creo que tú y yo deberíamos hablar –observó a una mujer discutiendo con otra sobre quién había sido la primera en encontrar un par de botas de gamuza–. Pero no ahora. Debo detener esta Cuarta Guerra Mundial –colocó una tarjeta en la mano de Meri. En el frente, parecía ser una tarjeta de negocios común y corriente, pero había un nombre en la parte de atrás. "Perilántida". Y un set de números impresos en peril.

–Gracias.

–Puedes ver eso, ¿no es así? ¿Sin ayuda?

–¿Ver qué?

La señora Frobisher simplemente sonrió.

–Encantada de conocerte, Emma.

Capítulo 10

Desde el piso superior del edificio de Ciencias, Kel observaba la nieve caer sobre los campos de juego. Era el último día antes del receso navideño y el lodo entre los postes del arco de rugby iba quedando cubierto por la nieve, un poco como su antigua vida siendo aplastada y reemplazada por esta nueva existencia. Dos meses habían pasado desde que había abandonado la casa de Ade. Eso significaba ocho semanas en una cama en un dormitorio con baño compartido con dos refugiados y una familia *pede* proveniente de Dorset. Cincuenta y seis días de tener que evitar a Ade y a Lee. Mil trecientas treinta y cuatro horas de preocuparse pensando en que no hayan atrapado a Meri.

No había aceptado la oferta de Theo de una habitación en su apartamento; consideró que eso solo llevaría incluso más atención al tutor de Meri. Sí lo había llamado un par de veces para invitarlo a cenar, pero ninguno de los dos había mencionado el tema de la muchacha que tanto extrañaban. Los dos creían estar siendo observados. En lo que a Meri respectaba,

Kel seguía adelante pensando en que no tener noticias era buena noticia. Eso le daba un poco de esperanza.

–Kel, esa levadura no respirará a menos que agregues esa solución –le advirtió la profesora–. No tendrás tiempo para registrar los resultados si no empiezas a moverte.

–Lo siento. Por supuesto.

La doctora Morrison, una mujer solemne, diminuta y de gafas redondas, se acercó para poder compartir la vista desde la ventana del segundo piso.

–Puedo ver por qué te resulta difícil prestar atención. Muy bonito, ¿no? Qué pena que esto signifique que estará aquí hasta febrero –le dedicó una sonrisa cómplice–. Me hace pensar en ciertos miembros de mi familia en Navidad, que tienen el lamentable hábito de hacer durar su estadía más de lo deseado.

–¿Cree que durará tanto?

–Últimamente, pareciera que tenemos días agradables fuera de temporada e inviernos superhelados. Este año, con una Corriente del Golfo tan debilitada, no habrá corriente cálida que mantenga alejado el frío en la bahía. Yo diría que es hora de buscar los calcetines de lana y botas de lluvia, muchachos.

Kel pensó en el calentador absurdo en su habitación y el ventarrón que se filtraba por el marco de su ventana destartalada. Aunque, por ley, los dueños de los apartamentos debían adaptar las propiedades respondiendo a los estándares ecológicos más altos, había muchos que solo lo habían hecho en los papeles. Era en tiempos como estos cuando Kel extrañaba más su viejo hogar con todos sus conforts. Había dado demasiado por sentado.

–Y sin dudas no quiero quedarme después de clases esperando a que tú termines esto –continuó la doctora Morrison–. Esta nieve convertirá la vuelta a casa en una pesadilla.

–Cierto. Sí. Seguiré con el experimento.

Pasando por los pasos requeridos, Kel garabateó sus resultados en una tabla en el cuadernillo y se apresuró a guardar todo su equipo. Vio que Ade y Lee ya habían completado su tarea y lo estaban observando desde el otro lado del laboratorio. No tenía ganas de hablar con ellos en este instante, no cuando se sentía en un mal momento. Sabía que estaba vulnerable: estaba solo, sin dirección, dividido entre su gente y el proteger a alguien que no lo quería cerca. Era difícil seguir creyendo que estaba manejando las cosas de la manera correcta.

Genial, ahora se acercaban a él. La cereza podrida de su pastel amargo.

–¿Cómo va todo, Kel? –preguntó Ade.

–Bien. ¿Y tú?

–Estamos bien. Tendremos una fiesta esta noche. Tiber tuvo su primer alumbramiento esta mañana durante el entrenamiento, así que esteremos celebrando. ¿Quieres venir?

–Gracias por preguntar, pero tengo planes.

–Sí, sentarte en esa pocilga que llamas hogar –murmuró Lee.

Ade lo codeó.

–No estarías comprometido a hacer nada, no serías un guardaespaldas ni nada de eso. Simplemente te queremos allí como uno de nosotros.

Y Kel quería estar allí con la única familia que jamás

había conocido, pero sabía reconocer una pendiente peligrosa cuando la veía.

–En verdad agradezco que se hayan acercado para invitarme, Ade, pero no puedo.

–En caso de que cambies de idea...

–No lo haré.

–No hemos oído de ella... y no es que espere que me envíe un mensaje de voz a esta altura tampoco.

–Ja... ja.

–¿Eres consciente de que existe la posibilidad de que ella jamás vuelva a aparecer y tú estés en pausa sin razón alguna? ¿Que jamás volvamos a saber de ella?

–Pero siempre sabré qué pensaban hacer si lo hacía, ¿o no?

–Sí, es verdad –Ade se alejó un paso–. Y no debería haberte sorprendido tanto. Eres tú el que se fue por la tangente. Creo que tomaste la decisión equivocada. Estamos listos para perdonarte cuando lo veas.

Kel no podía agradecerle a Ade por eso, así que simplemente asintió con la cabeza.

–Entendido. Dile a Tiber que lo felicito.

–Felices fiestas.

–Sí, felices fiestas para ustedes también.

Fue incluso más difícil volver a su habitación luego de esa conversación. El lugar olía a humedad. Las sábanas nunca parecían lo suficientemente secas. Y los pocos libros que tenía comenzaban a hincharse con el aire húmedo. Incluso su guitarra se sentía más liviana cuando la levantaba. Para no tener que quedarse en aquel basural, se envolvió en sus ropas más abrigadas y se dirigió a la estación. El dinero que le enviaba su padre para vivir le alcanzaba solo para eso. El dinero nunca era suficiente ahora que ya no cobraba su salario de guardaespaldas, así que la renta la pagaba con el dinero que juntaba haciendo música en la calle. Un viernes a la noche antes de Navidad podría ser un buen momento para ganar el resto de lo que necesitaba para pagar el alquiler del próximo mes.

Su lugar de siempre en Kensington High Street estaba ocupado, así que volvió al metro y se dirigió a Covent Garden, un lugar abierto en el corazón de Londres, justo al borde del agua. En algún momento, había sido un mercado de frutas y verduras y un destino de compras para turistas varias décadas atrás. Al ser un lugar tan popular, corría el riesgo de no tener dónde ponerse a tocar. La policía corría a las personas de allí a menos que tuvieran la imposible posibilidad de pagar la licencia de artista callejero, pero lo bueno era que el lugar iba a estar lleno de personas. Una sola hora tocando allí bastaría. Caminó sobre los adoquines del mercado cubierto y analizó las posibilidades. Contaba con que algunos artistas se hubieran quedado en casa por la nieve y que entonces encontraría un buen lugar para ubicarse. No se decepcionó. Había un lugar disponible debajo de la arcada cerca del Royal Opera House y se estaban formando filas para entrar al ballet, *El Cascanueces Suite*, según los posters luminosos adornados con acebo y escarcha navideña. En el momento justo, pasó un robot barrendero, del tamaño de una aspiradora industrial, y le limpió el camino. Colocó el plectro entre sus dientes y sacó la guitarra para poder afinarla, siempre con un ojo puesto en la policía, que andaba merodeando por ahí.

Cuando Kel ajustó las cuerdas de su guitarra, encontró a una niñita en un tapado de invierno color azul que lo miraba expectante. Se aferraba a la mano de su madre mientras esperaba que las puertas fueran abiertas. En su honor y sonriendo, Kel comenzó a cantar un popurrí de clásicos de Disney, que no era su repertorio más común pero sí iba muy bien con la multitud que aguardaba ingresar en el teatro. La funda de su guitarra comenzó a llenarse de monedas. Una vez que ese público ingresó en el teatro, pasó a hacer canciones que le gustaban a él, de los Sharks y Renaissance Man, y las intercaló con algunas de su autoría y algunos clásicos de los Beatles, Ed Sheeran y Adele. Eso atrajo a otro público, personas que estaban yendo a alguna fiesta navideña o a beber unos tragos después del trabajo. Después de semejante día que había tenido, Kel casi comenzaba a pasarla bien.

Segundos más tarde, volvió a levantar la vista y la vio: Meri parada en la nieve, justo frente a él.

El servicio ecológico en invierno era horrible, pero Meri amaba cada día horrible que pasaba allí. Su equipo estaba trabajando en una porción del margen del río que se parecía más a otro planeta que a cualquier lugar a media hora en bote desde el Tower Bridge. Una isla llana y desgastada por completo por el viento, cielos grises de Anglia Oriental; este era el campo de batalla donde se desarrollaba la guerra ecológica. Luchar contra las mareas altas en Canvey Island, apilar lodo con miniescavadoras, plantar lo que

Dexter llamaba "hábitats para la vida salvaje" y el resto del equipo llamaba césped: todo le daba a Meredith un propósito y la satisfacción de estar haciendo la diferencia. Como cualquier otro adolescente en su sano juicio, odiaba las propagandas horrorosas que veía en línea y en los cines sobre el servicio, pero tenía una sospecha de que en realidad estaba de acuerdo con el mensaje subyacente: el servicio ecológico estaba haciendo un trabajo que era necesario, y la gente –al menos en esta isla vulnerable en la desembocadura del Támesis– estaba agradecida. Le sorprendía estar disfrutándolo tanto.

Los locales en el parque de caravanas cerca de donde realizaban los trabajos ecológicos iban a dar una fiesta para los jóvenes voluntarios en la última hora de almuerzo antes de su receso de Navidad. La escuela primaria Pede, una estructura tristemente inadecuada para casetas prefabricadas, había sido decorada con copos de nieve de papel y guirnaldas con forma de renos. Los padres colaboraron con algunos snacks, sándwiches y refrescos. Era como tener cinco años otra vez; pero, como Meri se había perdido casi todas las fiestas de aquella etapa de su vida debido al trauma que le ocasionaba la explosión de colores y luego debido a su timidez, el evento entero le pareció una maravilla. Aunque tal vez la euforia también pudiera atribuirse a la botella de vino que Anna había traído escondida, jurando que esa era la única manera de sobrellevar aquella tortura. Gracias a ese cóctel, Meri pudo conversar, reírse y jugar juegos tontos con todos los demás, y todo en calcetines porque había dejado su equipo cubierto en barro en la puerta.

Al final de la tarde, todos aún en sus mamelucos guarda-
ban los equipos antes del receso de dos semanas. Dexter, el
líder del equipo, como se encargaba de hacer notar, estaba a
cargo de supervisar la operación. Guapo, de cabellos rubios y
piel tostada, una mandíbula pronunciada por demás fotogé-
nica y un pequeño hoyuelo en la quijada; el rostro perfecto
para un anuncio del servicio ecológico.

–Agilicemos la marcha, señores –dijo animadamente–. Parece que esa nube descargará toda su nieve sobre nuestras,
cabezas y preferiría estar en algún lugar acurrucado y calen-
tito antes de que eso suceda.

Cuando se dio vuelta para tomar una llamada, Anna miró
a Meri y revoleó los ojos.

–El señor comandante ha hablado. Pongamos este bebé a
dormir –juntas, se apresuraron a colocar una lona sobre una
de las máquinas que no iba a caber en el cobertizo por su
tamaño. El viento aumentó y se llevó con él los primeros copos de nieve. Meri hizo un par de maniobras y logró amarrar
su lado de la lona al suelo; la sujetó a la cuerda que estaba
atornillada al suelo.

–Impresionante. No podrías haber hecho eso hace unas
semanas –dijo Anna, amarrando su lado también.

–¿Hacer qué?

–La Señorita Músculos de Maní ha ganado algo de fuerza.

–Es increíble cómo dos meses de campamento ecológico
pueden repercutir en tu cuerpo –Meri flexionó el brazo para
hacer alarde de sus nuevos músculos–. Deberíamos hacer un
libro y grabar un tutorial, venderlo todo como el novedoso
secreto para ponerse en forma.

–Y pensar que, hace veinte años, se preocupaban por la obesidad infantil. Todo lo que necesitaban hacer era enviarnos al ejército por un par de años, dejar que pasáramos un poco de hambre y tratarnos como esclavos, y ¡problema resuelto!

A Meri le resultó gracioso su comentario.

–Em, ¿sigue en pie lo del festejo navideño de esta noche?

–Claro que sí.

–¿Aun si Dexter también viene?

–En Navidad siempre está el miembro de la familia que nadie quiere ver, así que supongo que eso lo hará ver todo más auténtico.

–Me parece que él pretende ser más que un familiar para ti. Cuando habló de acurrucarse hace un rato, te estaba mirando directamente a los ojos.

–Quita tu mente de esa imagen horrible, Anna Brackley.

–Solo te digo lo que veo, hermana.

–No. Ni te atrevas a decirlo en voz alta. Decirlo lo pone en mi mente, y ya tengo suficientes pesadillas sin eso.

–No te preocupes, Boot. Yo te protejo. Te protegeré de los guapos que, muy penosamente, también resultan unos completos idiotas.

–Ese podría ser mi regalo de Navidad.

De regreso en el hostal, y luego de una ducha reparadora, Meri se puso a pensar en su conversación con Anna. Su amiga tal vez estuviera en lo cierto con respecto a Dexter. Había estado haciendo ciertos movimientos en su dirección; le había preguntado si tenía novio y cuáles eran sus hobbies cuando no estaba en el servicio. Casi no podía dar una respuesta honesta para ninguna de esas preguntas. No podía decirle que aún seguía pensando en su último novio (que había resultado ser un enemigo mortal) ni que su mayor interés en este mundo era permanecer con vida.

Eligió su camiseta favorita, la que tenía el diseño color peril, y se la acomodó dentro de sus pantalones negros. Controló su apariencia en el pequeño espejo de la habitación. Le pareció que tal vez su rostro también había cambiado un poco en estos dos meses. Un poco de aquella preocupación había desaparecido ahora que se sentía a salvo con su equipo. Nadie la asustaría ni la tomaría por sorpresa en medio del vestuario. Y si alguien lo intentaba, ahora tenía amigos que vendrían en su ayuda sin necesidad de hacerle ningún tipo de preguntas. Eso era lo que un verdadero equipo hacía.

–Em, ¿estás lista? ¡Vamos a llegar tarde! –gritó Zara.

–¡Ya casi!

Sus amigas estaban esperándola en la sala de estar del hostal. Anna había elegido un atuendo discreto como el de Meri, de jeans y camiseta, aunque también le había agregado unas lentejuelas a su look en honor a la festividad. Zara era otro nivel; llevaba un vestido de lazo color ciruela sobre un corsé negro y leggings. Parecía un hada funky navideña, particularmente cuando uno reparaba en sus botas acordonadas hasta la rodilla de color plateado y con tacones matadores.

–¿Es que no me llegó el memo sobre el código de vestimenta? No sabía que la temática de la fiesta era decoraciones navideñas estilo gótico –dijo Meri, y le guiñó el ojo a Anna.

Zara le dio un leve golpe en el brazo, a modo de reto.

–Ya sabes, Em, el día que te vea con algo que no sea de color negro, azul marino o café, juro que me dará un ataque.

Vive un poco, linda, ¡ponte esto! –y sacó un sombrero de Santa Claus del bolsillo de su abrigo–. Iba a usarlo yo, pero creo que me quedo con la guirnalda.

–Por ti, lo que sea, querida –bromeó Meri, y se colocó el sombrero rojo.

El equipo ecológico se reunió en Leicester Square justo en el corazón del floreciente distrito de teatros y cines. Al salir de la estación, Meri tuvo un flashback bastante emotivo de su desastrosa cita con Kel dos meses atrás. Se preguntó qué estaría haciendo Kel en ese momento.

–Equipo, malas noticias –dijo Phil, el muchacho que había quedado responsable del itinerario para la noche–. Me olvidé de hacer la reserva… y todo está reservado hasta enero inclusive.

Hubo una ronda de "Ah, Phil, ¡qué tonto eres!" de parte de todos, hasta que Dexter se hizo cargo, como siempre lo hacía.

–Equipo, no se preocupen. Conozco un lugar en Drury Lane que suele ser mucho más tranquilo que este. Permítanme que llame para avisar que vamos y nos conseguirán una mesa. ¿Cuántos somos? ¿Siete?

–Sí, líder del escuadrón –murmuró Anna.

–Síganme. Conozco el camino.

–Apuesto lo que quieras a que esas son sus cuatro palabras favoritas del mundo mundial –le dijo a Meri.

–Pero lo que me gustaría saber es por qué este restaurante no tiene todo reservado como el resto de los restaurantes de la ciudad. Es decir, ¿cuán malo tiene que ser?

–Excelente deducción, Sherlock.

Dexter desaceleró la marcha para que Meri y Anna

llegaran a caminar a su lado y estuvieran obligadas a hablar con él para no parecer groseras.

—¿La están pasando bien? —les preguntó, animado.

—Cada minuto que pasa. Me encanta deambular sin sentido, buscando un lugar donde comer, cuando la nieve ya ha comenzado a caer —dijo Anna, sacudiéndose los copos de nieve de su abrigo negro.

—Lo sé. Es tan evocador, ¿no les parece? Tan navideño... ¿Cómo vas a pasar el gran día, Em?

Meri se sopló las manos, maldiciéndose a sí misma por haberse olvidado los guantes.

—Aún no tengo planes.

—Ah... ¿Los festejos atentan contra tu religión?

—No.

—Es huérfana, Dexter —Anna cambió de lugar para poder caminar entre medio de Meri y su líder de equipo—. Déjala tranquila, ¿está bien?

—Lo lamento. Lo lamento... Un tema difícil, sin duda. Comprendo —apiadándose de Meri, Anna tomó del brazo a Dexter y lo llevó hacia adelante.

—Cuéntame a dónde estamos yendo, Dex. ¿Es comida mexicana? ¡Amo la comida mexicana, Dexcano! ¿Y cuántas personas han muerto por envenenamiento en este lugar?

Meri sonrió mientras que Dexter farfullaba su respuesta en defensa de su elección. Hablaba en serio cuando decía que la quería pasar bien. Meredith no pudo descifrar por qué él podía sentirse tan atraído por ella cuando se pasaba la mayor parte del tiempo que tenía libre burlándose de estar pasándola mal. Ella era su opuesto.

Tal vez de eso se trataba: ¿se habría creído eso de que los opuestos se atraen? Aunque la atracción magnética funcionaba de un solo lado en este caso.

El grupo debió acomodarse en una sola hilera cuando se toparon con la multitud de gente en Covent Garden. El mercado se veía muy lindo con sus luces navideñas en formas de estrellas, abetos decorados, todo con el mismo glamour de antes de las inundaciones. Alguien estaba tocando música en una esquina. Alguien claramente talentoso. Y se había reunido gente alrededor para verlo. Meri aminoró la marcha, atraída al oír una de sus canciones favoritas de Renaissance Man. Se abrió paso entre la gente y vio por primera vez al cantante callejero.

Kel.

Se veía increíble en la nieve, con su cabello dorado brillando bajo las luces navideñas.

No sabía que podía cantar tan bien, y tampoco sabía que podía tocar la guitarra.

Lo conociste solo por un par de semanas, se recordó.

Pero tanto había sucedido en esas dos semanas que parecía mucho más tiempo.

Anclada donde estaba, no supo cómo reaccionar. Theo le había jurado que Kel la había defendido y que no iba detrás de ella como los demás, había abandonado la casa de Ade por ella; pero él también era lo que la unía a sus cazadores, y Meri se había prometido que no haría nada que pudiera revelar su escondite.

Además, aun después de haberle dado unos de los mejores besos de toda su vida, probablemente Kel ahora tuviera miedo de ella. ¿Estaba preparada para verlo alejarse apenas ella intentara tocarlo? ¿Debería tener miedo de lastimarlo con el solo hecho de acercársele ahora que sabía lo que ella podía hacer?

Su indecisión del momento le quitó la oportunidad de desaparecer. Sus salvajes ojos azules se encontraron con los suyos y él dejó de cantar de repente. Le siguió a ese instante una pausa bastante incómoda.

–¿Te olvidaste la letra, amigo? –bromeó uno de los transeúntes.

Kel colocó la guitarra de nuevo en su funda, sin molestarse por guardar las monedas que la gente había dejado en su interior.

–Lo siento. El show se ha terminado. Detente –esa última palabra había sido dirigida exclusivamente a Meri.

La multitud se disipó y los dejó a los dos de frente uno con el otro. Algo de nieve ya se había asentado en los hombros y en el cabello de Kel.

–Necesitas un sombrero –le dijo Meri–. Toma el mío –se quitó su gorro de Santa Claus, le quitó la nieve y se lo pasó.

–¿Y si a ti se te congelan las orejas? –tomó el gorro, se lo colocó a Meredith en la cabeza, y apoyó sus manos sobre las orejas de la muchacha para darles calor–. Qué bueno verte. *Merry Christmas*, Meri –y sonrió ante la cacofonía–. Supongo que ya te han hecho ese chiste.

–Te mentiría si dijera que eres la primera persona en decirlo. Pero no importa. Feliz Navidad para ti.

–¿Qué haces aquí? –sacudió la cabeza–. No, espera. No quiero saber. No me digas nada. Solo dime cómo estás.

–Bien.

Kel levantó una ceja. La respuesta de Meri no lo convencía.

–De verdad –confirmó ella.

–Pero tú... ¿Eres uno de ellos?

–Sí. Así parece –probándolo a él y probándose a sí misma, extendió la mano–. ¿Te molesta?

Kel dudó tan solo una fracción de segundo, y luego le rozó los dedos.

–Deberías recordar usar guantes –se llevó los dedos de Meri hasta la altura de sus labios y les sopló un poco de calor. Podría haberlo amado solo por eso, y no le habría importado ni su procedencia ni su pasado con ese solo gesto.

–Recordar traer guantes es una de esas lecciones de vida que aún no he asimilado.

–Ey, Em, ¿te encuentras bien? –Dexter se apresuró a llegar a su lado y la envolvió con su brazo sobre su hombro. Kel dio un paso hacia atrás y le soltó la mano–. Creímos que te habíamos perdido.

–Acabo de encontrarme con un viejo amigo –no quería ni podía arriesgarse a dar ningún nombre.

Dexter no tuvo escrúpulos y siguió adelante con la competencia.

–Hola, soy Dexter, el líder del equipo de Em.

–Hola, Dexter. Un placer haberlos visto a ambos. Nos vemos por ahí –Kel recogió la funda de su guitarra; hizo un gesto cuando oyó el dinero suelto que sonaba dentro de la madera–. Debería buscar un lugar tranquilo y organizar todo eso.

Dexter lo despidió con un movimiento de la cabeza.

–Vamos, Em, los demás nos esperan.

Sin antes mirar por sobre su hombro, Meri dejó que Dexter la abrazara por la cintura y la llevara hasta donde estaba el resto del grupo. Sabía exactamente lo que estaba pensando Kel: que estaba en medio de una cita, que había seguido adelante. ¿No sería mejor dejar que así lo creyera? A la larga al menos... Pero, por alguna razón ilógica y emocional, no pudo.

Se deshizo del brazo de Dexter.

–Lo siento, Dex, pero en verdad necesito ponerme un poco al día con mi amigo. Es una oportunidad que no puedo desperdiciar. Diles a los demás que les enviaré un mensaje cuando sepa qué voy a hacer. No me esperen para ordenar la comida.

Dexter puso su cara de cachorro triste.

–Em...

–Nos vemos luego... En dos semanas, luego de las vacaciones, si es que nos quedamos mucho tiempo charlando. Que tengas una feliz Navidad.

Cuando regresó a la esquina, Kel ya se había ido. Se desesperó porque no quería perder su oportunidad, así que supuso que habría dado por terminado su día y se dirigiría a la estación más cercana. Abriéndose paso por entre el mar de gente, alcanzó a verlo justo antes de que entrara a la estación de metro de Covent Garden.

–¡Kel, por favor! ¡Espera!

Kel se dio vuelta y con la mirada buscó en la calle detrás de ella.

–¿Dónde está el novio?

–No es novio. Tampoco un amigo siquiera. Salí con un gran grupo de amigos y alguien lo envió a buscarme.

La rigidez en el cuerpo de Kel menguó.

–Muy bien. Eso es bueno.

–¿Podremos ir a algún lugar más tranquilo y hablar?

–Me encantaría, pero todo está ocupado o es demasiado costoso por aquí.

–Entonces caminemos hasta encontrar un lugar.

–¿Para qué lado? ¿Norte, sur, este u oeste?

–Sur. Busquemos algún lugar junto al río.

Caminaron uno al lado del otro, con la guitarra en el medio de ambos. Meri tenía tanto para decir. Aun así, no estaba segura de si le convenía decir algo. Tal vez debería disfrutar con él una última vez, ¿o no? Pero eso no le pareció suficiente. No había tenido la oportunidad de despedirse porque había entrado en pánico desde el momento en que Kel había tenido su primer brote. No quería que él pensara que lo odiaba porque era quien era. Kel no podía evitar ser un perilo tanto como ella no podía evitar su herencia atlante. ¿Cómo iba a decirle todo eso cuando no había palabras que pudieran expresar cómo se sentía?

Al final, los dos hablaron al mismo tiempo.

–Meri, yo no…

–Lamento que…

Kel sonrió y le dio la palabra con un gesto.

–Solo quería decir que lamento mucho haber entrado en pánico. No sabía a lo que me estaba enfrentando. Solo sabía que las personas que atacaron a mis padres tenían esos mismos dibujos en la piel. Fue puro instinto de supervivencia…

Creo que te conozco lo suficiente como para saber que no me lastimarías, pero no estaba siendo racional en ese momento.

Kel se pasó la guitarra a la otra mano y tomó la de ella con la que le había quedado libre. Con las yemas de los dedos, Meri exploró los nuevos callos y la piel áspera. Él no iba a preguntar nada, y ella eso ya lo sabía. La protegería de esa manera.

–Hiciste bien en salir corriendo, Meri. Mi especie está entrenada para eliminar atlantes. Si me hubieran tomado por sorpresa, si hubiese descifrado todo esa noche y no al día siguiente, entonces yo también quizás hubiera reaccionado violentamente, más como los demás lo hicieron.

Meredith deseaba con todas sus fuerzas que no. Le estaba confiando su vida a la convicción de que él era diferente.

–Entonces sí hay órdenes de matarme, ¿cierto? –las palabras se le atoraban en la garganta–. Es difícil creer que Ade y los otros pudieran llegar tan lejos.

–No puedo decirte lo que han decidido… Eso sería traicionar la confianza de ellos también… Pero sí puedo decirte que debes mantenerte alejada. Mi consejo es que permanezcas escondida… Bien escondida. Múdate si puedes. Y no puedes acercarte a Theo. Estarán vigilándolo.

Meri entendía lo que le estaba diciendo.

–Si me separo de Theo para siempre, entonces estaré sola. Él es mi familia. ¿No podemos negociar la paz o algo con los perilos? Yo no quiero lastimar a nadie.

–Ya lo sé. Pero ellos están pensando en lo que sucedería si tú le pasaras tus poderes a la siguiente generación.

Al menos, cuando hablaba de los perilos, se refería a

"ellos", y eso confirmaba la opinión de Theo sobre Kel. De todas maneras, no resolvía el problema principal. Era como quedar atrapada en una maraña de alambre de púas que la lastimaba con cada movimiento.

–¿Hijos? Falta mucho para eso. ¿Y por qué mis hijos querrían matar a alguien si no estamos siendo atacados?

–Llámalo una lección aprendida luego de siglos de experiencia.

Meri recordó las fotos de la tortura que estaban en la caja junto a la carta de sus padres.

–Pero creo que soy la última. De aquí en adelante, cualquier ADN atlante se diluirá, mutará… Tal vez ni siquiera pueda tener hijos. O pueda no querer tenerlos tampoco. Tengo dieciocho años. No lo sé ¿No crees que tu gente está preocupándose innecesariamente? Son demasiadas suposiciones.

–Pero ellos no lo ven así. Si te sirve de algo, estoy de acuerdo contigo. Creo que deberíamos declarar la paz. No deberíamos arrinconarte. Porque entonces, si nos atacaras, sería simplemente para defenderte –Kel se detuvo justo frente a un pequeño café con ventanas que daban al río Támesis. Había marea baja, así que los edificios abandonados del área se elevaban cubiertos de lodo como una ciudad fantasma; todas las luces estaban apagadas–. ¿Qué opinas de este lugar? Esa pareja acaba de irse, así que allí hay una mesa junto a la ventana.

–Buena elección.

Una vez que hicieron su pedido, Meri tomó la mano de Kel. Buscó el espiral que tenía en su muñeca, repitiéndose a sí misma que era hermoso y no una amenaza. Tenía marcas enteras. Meri esperaba haber ganado varios puntos por el hecho de haber superado su miedo. Se mantuvo firme por dentro, sin atreverse a liberar nada de su poder en caso de que eso pudiera llegar a ponerlo en peligro. Pero era difícil, casi como mantener la respiración bajo el agua. No estaba segura de lo que estaba haciendo o si lo estaba haciendo bien.

Miró en sus ojos azules.

–Jamás usaría mis poderes para lastimarte. No creo que sepa cómo, y definitivamente jamás querría hacerlo tampoco.

–Lo entiendo. No depende de ti –le tocó los dedos con los suyos, siguiendo el mismo patrón–. Tú puedes verlas, ¿verdad?

–Sí –le levantó la manga–. No entiendo cómo es que un humano puede haber desarrollado algo tan perfecto.

–Generaciones de reproducción forzada.

–¿Qué? –enseguida corrió la mano–. ¿Forzada?

–Sí. Sistemática y deliberada. Los perilos que no encajaban en el patrón eran sacrificados o no se les tenía permitido reproducirse.

–¿Y mis ancestros hicieron eso?

–No es tu culpa, Meri. Todo eso sucedió hace tanto tiempo que, de culparte a ti por eso, deberíamos culpar a quienes viven hoy en Egipto por usar mano esclava para construir las pirámides.

–Me gustaría poder decir que es hermoso, pero no puedo hacerlo ahora que sé que es el resultado de semejante sufrimiento –con cuidado, le acomodó otra vez la manga de su camiseta, pero él la detuvo.

–Desde siempre hemos considerado estas marcas como un signo de orgullo por nuestras familias y nuestra cultura. Como te dije, no es tu culpa. Que tú te disculpes no significa nada porque esto no recae en ti.

–¿Puedo sentir lástima por tu pueblo entonces?

–Absolutamente. Y un beso sería incluso mejor apreciado.

Ella se llevó la mano de él hasta la mejilla, luego giró la cabeza y le dio un beso justo en el centro de la palma.

–Ahí tienes.

–Espero que esa haya sido solo la primera cuota.

–¿Quieres que te toque, aun cuando sabes lo que soy capaz de hacer? –jamás se había sentido tan avergonzada y estaba segura de que se veía tan roja como el fuego.

–Sería una maravillosa forma de morir.

–No te burles de esto. Lo digo en serio.

–Meri, no te tengo miedo. Por favor, tienes que creerme.

El mesero regresó y se separaron para permitir que el hombre dejara la comida sobre la mesa. Meri bebió un sorbo mientras observaba a Kel dialogar con él: mirada cálida, sonrisa genuina. Recordó que la primera impresión que tuvo de él fue que era una persona llena de luz, incluso en esta oscura noche de diciembre emanaba un brillo que no tenía nada que ver con su herencia de perilo.

–Eres un alma buena, ¿no es así? –comentó ella apenas el hombre se marchó.

–¿Qué? ¿Qué has estado tomando? –riéndose, Kel volcó la mitad de su lata de refresco en su vaso con hielo.

– Todos se vuelven más agradables ante tu presencia. Tienes una especie de aura, de polvo mágico invisible.

–Eso me hace sentir una bola de ácaros flotando en el aire.

–*Achís*.

–¿Qué haces?

–Estoy viendo si puedo contagiármelo.

Kel le sonrió.

–Veamos si puedo hacer que levantes temperatura –le dio unos besos suaves sobre las yemas de sus dedos, enviando así un delicioso escalofrío que le subía por el brazo y le bajaba por la espalda. Estaba coqueteando con ella otra vez, y eso Meri lo tomó como una buena señal. Lo había extrañado tanto estos últimos meses. Había sentido como si una parte de ella hubiese quedado atrás–. ¿Qué ha estado haciendo la señorita Marlowe últimamente? ¿Cavando pozos?

Lo había dicho en forma de chiste, por supuesto; pero no estaba muy alejado de la realidad, por lo que le respondió con una sonrisa misteriosa.

–Pensé que no querrías saber.

–Quiero saber cada detalle sobre ti, pero no puedo preguntar. Todo significaría un riesgo. Incluso el sentarme aquí contigo en este momento.

–¿Nadie te siguió?

–Jamás te pondría en peligro si supiera que existe la mínima posibilidad de que eso suceda. Están todos en una fiesta en la casa esta noche. No creo que Ade vaya a malgastar su personal para vigilarme a mí. Hace un buen rato que estoy tocando música. De haberme estado vigilando, ya se les deben de haber enfriado los traseros.

–No sabía que tocabas tan bien.

–¿Te gustó?

–Me encantó. ¿Antes no tocabas?

–No lo necesitaba. Ahora lo hago para pagar la renta.

–Theo me contó que te mudaste.

–Sí, y perdí mi salario como guardaespaldas de Ade.

–Lo lamento mucho.

–Eso tampoco es tu culpa.

–No lo sé. Tal vez lo sea.

–Es un pequeño sacrificio comparado con lo que tú has perdido.

Cuando terminó su bebida, Meri temió tener que dar por acabado el encuentro, que sus pocos minutos robados con Kel terminarían ahora y su adiós sería para siempre. No estaba bien. No podía terminar así. A pesar de sus diferencias, estar con él se sentía perfecto. Era como haber llegado a casa a una chimenea encendida luego de un largo y helado día caminando en la oscuridad.

Pero tuvo una idea. Totalmente descabellada. Loca.

–Las vacaciones ya empezaron, ¿verdad? ¿Hay alguien que te espere en casa?

–Solo el moho en los bordes de las ventanas. Mis aposentos son como un basural. Y sospecho que ese moho pronto se convertirá en un ser con sentimientos.

–Entonces no regreses aún. Pasa la Navidad conmigo. No puedo arriesgarme a ir a ver a Theo, así que estaré sola. Tú también estarás solo por lo que parece.

–Meri, yo…

–¿La única razón por la que estás a punto de rechazar mi oferta es porque piensas que podrías ponerme en peligro?

–Sí, pero...

–Estaré en peligro por el resto de mi vida. ¿No te parece que debería aprovechar cada oportunidad de sentir un poco de felicidad cuando la tengo?

Se rascó la barbilla, pensando en lo que Meri había dicho.

–¿No iría a casa entonces?

–Claro. Nadie te siguió, por lo que nadie te rastreará –mientras las palabras salían de su boca, se dio cuenta de que también estaba convenciéndose de lo razonable del loco plan–. No has hecho ningún arreglo con nadie, por lo que no hay nada que revele lo que estás haciendo. Habrá mucho espacio en mi hostal porque todos los demás irán a sus casas para reunirse con sus familias mañana. Ni siquiera tienen que enterarse. Puedo hacerte entrar. Y deberías mantener tu teléfono apagado.

–Meri, no tengo ni una sola muda de ropa –por su tono de voz, Meri supo que ya lo había convencido.

–Suena perfecto para mí. Vamos, pasa Navidad conmigo.

Capítulo 11

Con su cabeza apoyada en el pecho de Kel, Meri descubrió una sensación de satisfacción que nunca antes había experimentado. Él era tan cálido. Con sus dedos, exploró esos espirales para poder reconocer mejor su patrón. Toda su vida Meri había asociado las marcas de los perilos con el terror, pero ahora las reconocía por lo que eran: realmente hermosas. El patrón era como el de las alas de una mariposa, una imagen en espejo que nacía en su caja torácica, más precisamente desde el esternón.

Mientras ella hacía su investigación, los dedos de él le acariciaban el brazo y la otra mano la había dejado detrás de su cabeza. Del otro lado de la puerta, el resto del hostal estaba repleto de gente tomando el desayuno, riendo, y unos pocos ya arrepintiéndose de lo que fuera que habían hecho la noche anterior. La nieve seguía cayendo, aplacando la luz que entraba por la ventana y acumulándose en el alféizar.

De repente, alguien golpeó la puerta de la habitación.

–Em, me estoy yendo. Solo quería despedirme.

Meri había estado esperando esto. No había manera de que Anna fuera a retirarse sin recoger el chismerío. Saltó de la cama y arrojó el edredón sobre Kel, enterrando sus ojos traviesos con él.

–No hagas ruido –fue hasta la puerta y la abrió–. Anna, que tengas unas hermosas fiestas con tus padres.

Con botas de abrigo y sombrero, Anna ya estaba lista para irse.

–Aún estás a tiempo de venir conmigo, ¿sabes?

–Estaré bien aquí.

Anna se apoyó contra el marco de la puerta en un intento de ver qué sucedía dentro de la habitación.

–¿Qué te sucedió anoche? Dexter dijo que te habías encontrado con un amigo. Se lo veía algo desilusionado.

Meri no pudo evitar mirar por sobre su hombro, casi como un acto reflejo.

–Sí, así es. De mi otra escuela.

–Ah, entiendo. ¿Un muy buen amigo? ¿O un amigo de los que son más que amigos? –Anna agitó las cejas.

Meri supo que se había sonrojado.

–Una mezcla de ambas cosas.

–Ah, muy bien. Seré breve entonces. Dos es compañía, tres son multitud. Le diré a Zara que estás *ocupada*.

–Gracias, Anna.

Anna se le acercó para abrazarla y se quedó allí un rato más para advertirle:

–Espero los detalles –le murmuró al oído.

–Eso desearías.

–Puedo desear, aunque tú siempre eres demasiado

reservada para mi gusto. Tendré que embriagarte una noche de estas. Nos vemos en Año Nuevo.

Apenas la puerta de entrada del hostal se cerró por última vez y todos ya estaban en camino a sus casas, el lugar quedó en absoluto silencio. Meri decidió que ya era seguro emerger, así que bajó a la cocina y trajo a la habitación una bandeja con el desayuno. Iba a ser más seguro mantener a Kel escondido hasta asegurarse de que nadie más iría a regresar. Cuando ingresó en la habitación, encontró a Kel de pie junto a la ventana mientras sostenía a la altura de sus ojos la camiseta que Meri le había comprado a la señora Frobisher.

–¿Puedes ver eso? –le preguntó, interesada.

–Lo lamento –dijo Kel, y volvió a colocar la camiseta en la silla donde ella la había dejado–. No me la estaba robando. Solo buscaba qué ponerme.

Meri pensó que era una lástima tener que esconder semejante belleza, pero no podía mantenerlo encerrado medio desnudo en su habitación por el resto de las vacaciones, aunque sí era una pena en verdad.

–Iré a buscar algo en los dormitorios de los muchachos en un rato. Estoy segura de que algunas cosas las han dejado aquí. Come un poco de cereal ahora –colocó la bandeja del desayuno sobre el escritorio.

–Sobre lo que te pregunté antes… ¿Puedes ver el diseño de esa camiseta?

–Creo poder ver algo, pero no muy claro. Son unos espirales, ¿no es así?

Para los ojos de ella, eran tan visibles y definidos como los cuadrados de un tablero de ajedrez.

–Sí, lo compré porque me hizo pensar en ti.

Kel sonrió y se llevó la camiseta al pecho. Era una coincidencia sorprendente.

–Calcados –dijo ella en voz baja.

–Es en peril, ¿no es así? ¿Cómo es que alguien sabría cómo colocar ese color en la tela?

–Supongo que es porque ellos también pueden verlo –Meri le explicó dónde la había comprado–. ¿Sabes si las personas del río son perilos? La mujer que me lo vendió podía ver algunos diseños, pero no todos. Revisó mis brazos en busca de marcas, pero ella no tenía ninguna en los suyos.

Kel frunció el ceño, pensando.

–Eso es extraño. Jamás he oído que estuvieran conectados con nosotros.

–Fue en verdad muy extraño. Me dio esta tarjeta –se la mostró–. ¿Puedes leerla?

Kel achinó los ojos, intentando leerla.

–Sé que hay algo ahí. Un texto y números, pero todo demasiado tenue como para que pueda descifrarlo. Creo que necesitaría colocarlo debajo de una luz UV para leerlo. ¿Qué dice?

¿Cuánto podría confiar en él? Tal vez esa ya había dejado de ser la pregunta cuando tomó la decisión de invitarlo a quedarse con ella. Él le generaba confianza... La hacía sentir segura. Sumado a eso, Kel era su única fuente en lo que respectaba a atlantes y perilos. No había nada más que sus padres fueran a poder brindarle.

–Dice "Perilántida". No me llevó mucho tiempo descifrarlo.

–Peril y Atlántida –sus ojos se agrandaron–. Guau...

–Me pregunté si podía ser una trampa. Si soy la única persona que puede ver esto y ver lo que hay en las camisetas, tal vez lo haya usado como carnada para ver qué atrapaba.

–Pero ya no hay atlantes paseándose por la ciudad, y ella no tenía ni idea de que tú estarías por ahí ese día. Suena demasiado elaborado.

–Eso es lo que más dudas me genera. No podía ver todo lo que yo sí podía ver, pero sí reconoció algunos de los diseños. Vio los espirales, de eso estoy segura.

Kel se dio unos leves golpecitos en la cara en un adorable esfuerzo por despertarse un poco más y así develar el misterio con ella.

–¿A dónde nos llevaría esto? ¿Dices que su habilidad podría ubicarse entre la tuya y la mía?

–Exacto.

–Entonces, ¿qué es ella? –se sentó al pie de la cama y se colocó una sábana sobre los hombros.

Meri retrasó su respuesta y movió los tazones por la bandeja. Le preocupaba que su apreciación fuese a ahuyentar a Kel. Existía la posibilidad de que todo esto fuera demasiado para un perilo, incluso para uno tan preparado como Kel. Pero no iba a saberlo a menos que lo intentara, ¿verdad?

–Nuestros dos pueblos hicieron un escándalo sobre la reproducción por diferentes motivos, una especie de pacto peligroso de pureza racial. Sin embargo, parecía difícil de creer que mi especie se hubiera reducido solo a mí, como si fuese un ejemplar del último rinoceronte blanco en el planeta. Está bien, tal vez lo sea. Tal vez sea la última de pura sangre, pero los humanos son humanos, así que me imagino que los atlantes se habrán tirado a otros fuera de la especie durante los siglos de los siglos.

–¿Tirarse?

–Sí, fui bastante grosera. Me refería a tener sexo y hacer bebés.

–Estás hablando de dones diluidos… Y tal vez tengas razón –Kel frunció el cejo mientras la idea se asentaba en su mente.

No estaba asustado, pero tampoco estaba contento.

–No es para desesperase. Dudo que puedan siquiera pensar en un ataque directo a los perilos… Tal vez ni siquiera sean conscientes del poder de un atlante.

Kel se levantó y caminó hasta la ventana, arrastrando la sábana como si fuese la capa de un príncipe.

–No hemos hablado mucho de eso… Al menos, con los perilos con los que paso tiempo. Pero supongo que sí ese debe de haber sido el caso luego de todos estos siglos. La vida no es organizada. Y hemos dejado rastros por allí nosotros también. Los llamamos los *perdidos*. Eso es lo que creímos que tú eras en un principio. Y, si un perilo puede tirarse a un humano, entonces también un atlante.

Le sonrió, bromeando por haber usado su misma palabra.

–Seguro que sí –se trepó de nuevo a la cama para apoyarse contra el respaldo, y luego llevó ambas rodillas al pecho y se abrazó las piernas, haciéndose un bollito.

–No sé muy bien qué hacer. La señora que conocí tal vez sea un buen contacto. Tal vez se ofrezca a ayudarme. Pero exponerme ante ella también es un riesgo. Si estoy equivocada y ella es una perilo a pesar de no tener las marcas….

Kel sacudió la cabeza.

–No es perilo. Dijiste que era una mujer madura. Sus marcas deberían haber estado ahí. Pero podría ir contigo si decides regresar. Por las dudas.

–Gracias, eso me hace sentir mejor, porque sí me gustaría volver.

Kel comenzó a deambular por la habitación, recogiendo las pocas cosas que ella había ido dejando desparramadas por ahí: una postal desde Canvey Island, una pieza de madera que se había traído de la playa, una piedra con un agujero en el medio.

–Sabes, una comunidad de atlantes con poderes diluidos podría ser una buena noticia –levantó la ramita para observarla mejor y admiró las curvas con detención.

–¿Tú crees?

–Sí. Tal vez eso convenza a mis amigos de que tú puedes encontrar una manera de vivir que no signifique una amenaza –reemplazó el adorno que había sobre la repisa por la ramita.

–Eso espero… ¿Y sabes qué más?

Kel se acercó a Meredith del otro lado de la cama y se llevó el edredón consigo, poniéndose juguetón y cariñoso otra vez.

–Déjame adivinar. ¿Que eres increíblemente *besable* a las diez de la mañana? Y a las once… Y a todas las horas del día, ahora que lo pienso.

Ella se estiró para darle el beso que él quería. Habían dejado de fingir que eran solo amigos a la medianoche. Los meses que habían pasado separados les habían demostrado todo lo que querían el uno del otro. Terminaron acostados en la cama una vez más; pero esta vez, él apoyó su cabeza en el pecho de ella.

—Eso no era lo que estaba pensando.

—Qué pena, porque yo estoy pensando en besarte todo el tiempo.

—Déjame ponerme seria por un segundo.

—Está bien.

—Y deja de hacerme cosquillas en las costillas.

—Ah, perdón... Aguafiestas.

—Estaba pensando que los atlantes y los perilos deben de haber comenzado siendo las mismas personas en algún momento.

—¿Qué quieres decir con eso? —los dedos de Kel, que estaban acariciándola, se quedaron quietos de repente.

—Bueno, obviamente, en términos evolutivos, todos los humanos procedieron de algún ancestro muy antiguo, pero yo me refiero a algo más cercano. Nuestras habilidades son muy similares, como nuestra capacidad de procesar los rayos UV de una manera diferente a la que lo hacen el resto de los humanos. Algo tiene que haberse encendido en nuestro ADN para permitirnos hacer eso.

—Estás muy lista esta mañana.

—Podré haber abandonado la escuela, pero todavía puedo unir ciertos factores biológicos.

—Entonces, en algún punto del pasado, tú dices que algunos hombres de las cavernas en la isla notaron que algunos de nosotros estábamos desarrollando estas marcas en la piel y decidieron que los harían sus esclavos solo por eso.

—Más o menos. Creo que los cambios deben de haberse hecho más rápido que por selección natural. Tú me hablaste de la reproducción cautiva. Esto encaja.

–Y los atlantes, casándose entre los de su clase, seleccionando compañeros con la visión UV más fuerte... ¿Qué hay de todo eso?

–Se elegían entre ellos también artificialmente, pero era visto como algo cultural, como prácticas matrimoniales.

–Y así construyeron una civilización. Los atlantes en la cima y los perilos en el fondo de todo.

–La historia está repleta de casos donde un pueblo persigue a otro pueblo por las razones más estúpidas. Pareciera que la humanidad nunca supo cómo llegar más allá de todo eso –con sus dedos, peinó los cabellos de Kel. Lo trataba con cariño, y con miedo de dejar que la atracción que sentía por él se le fuera de las manos y terminara lastimándolo–. Ojalá pudiéramos.

Se acomodó para elevar su postura un poco, apoyando el codo en el colchón y la mejilla en su mano; se inclinó hacia adelante y la besó.

–Tal vez *nosotros* podamos... Tú y yo. Tal vez nosotros seamos el final de esta *vendetta*.

–Me encanta la idea, pero solo si los demás nos lo permiten.

La sugerencia de Meri de que la gente junto al río podría estar conectada de alguna manera con los atlantes fastidiaba un poco a Kel. ¿Cómo era que su propia gente no lo sabía? ¿Podría quedarse con la conciencia tranquila eligiendo no decirles a sus compañeros perilos si esta gente junto al río era la salida de escape para Meri? Los días que siguieron se los pasó investigando la posibilidad en Internet, deseando tener acceso a la biblioteca en la casa de Ade, donde los recursos eran mucho mejores que lo que fuera a encontrar en línea. Escribió algunas palabras clave y terminó encontrando foros de mensajes y páginas web que podrían haberle dado lo que buscaba, pero requerían contraseñas para ir más allá de la página inicial, y Kel no tenía los conocimientos para hackear y avanzar.

—Estoy encontrando posibles coincidencias en el mundo entero —le dijo a Meri.

—Ajá.

Esa no fue la respuesta que Kel esperaba. No parecía que Meri estuviera siguiéndole los pasos. Levantó la vista. Meri estaba dibujando otra vez, pero esta vez lo estaba dibujando a él mientras trabajaba en la computadora del hostal. Era una máquina antigua sobre un escritorio en la sala de estar comunitaria, posicionada estratégicamente debajo del pizarrón de corcho del que colgaban varios menús de comida para llevar. Su función principal era claramente la de estar al servicio de los huéspedes cuando tenían hambre y elegían encargar comida. Pero todavía soportaba una que otra búsqueda básica. Lentamente, pero lo hacía.

—Seis menciones solo en los Estados Unidos donde aparece la palabra "Perilántida".

—Ajá —lo miró por un instante y luego volvió a concentrarse en el bosquejo para corregir alguna línea, con la punta de la lengua asomándosele por entre los dientes, signo inequívoco de concentración. Dijo que le encantaba dibujarlo tanto como amaba recorrer con sus dedos las marcas encima su cuerpo. Personalmente, a él le gustaba más lo segundo. Mucho más.

–Podría ser la punta del iceberg, Meri.

–Ajá.

–Y hay un grupo de marcianos a punto de aterrizar en la puerta de nuestra habitación... para tomar el té... con nosotros.

–Ajá.

Cerró la búsqueda en la computadora y se dio vuelta en la silla para mirarla.

–Y por la presente te comprometes a lavar los platos por toda la eternidad. Di "ajá" si estás de acuerdo.

–Ajá... ¿Qué? –dedujo por su sonrisa que acababa de cerrar un trato que no la favorecería en lo más mínimo–. ¿Qué dijiste?

–Ahora la señorita me escucha... Demasiado tarde. Tengo tu promesa.

Meredith cerró su cuaderno.

–¿Qué promesa?

–Ven aquí y te lo diré –le dijo mientras le señalaba su regazo.

–No estaba escuchando, la verdad. No vale.

–Míralo como un castigo entonces por no haber estado prestando atención. Podría llegar a liberarte de tus responsabilidades si vienes aquí ahora –volvió a señalar su regazo.

Luego de resoplar, fingiendo sentirse fastidiada, Meri se movió desde el sillón y hasta su lado en la silla giratoria.

–¿Satisfecho?

Él apoyó su frente sobre el pecho de ella y respiró profundo. En los últimos días, había llegado a amar hasta el más mínimo detalle de la muchacha, pero en especial ese perfume que era tan suyo: un poco de aroma floral de su jabón favorito y su piel debajo.

–Sí, satisfecho.

–¿Entonces quedo liberada de hacer lo que sea que haya prometido hacer?

–Quizás.

Lo besó.

–¿Y ahora?

–Sí, has sido perdonada –giró la silla en un círculo y los dos se pasearon por la habitación–. ¿Quieres oír lo que averigüé? –se estiró y le dio un beso juguetón en los labios.

–Por supuesto.

–Hay grupos que aparecen globalmente cuando escribo las palabras clave. Todos son grupos para los que se necesita una membresía. Necesitaríamos un hacker para atravesar el primer nivel.

–Le podría preguntar a Sadie –le dijo mientras le acariciaba la cabeza.

–¿Sadie?

–Ella creó una conexión segura para Theo y para mí en caso de que alguno de ustedes tuviera habilidades informáticas y estuvieran escuchando sus comunicaciones.

Kel no dijo nada. No podía. Pero eso era exactamente algo que Ade solicitaría. Lee y Tiber habían sido entrenados para cosas como esas. Deseó que Sadie fuera tan buena como lo señalaba su reputación.

–Pero, si le pregunto –continuó Meri–, entonces tendré que explicarle por qué necesito que lo haga.

–Podrías tomar el acercamiento más directo: llamar al teléfono en la tarjeta.

–O regresar a ver a la señora Frobisher. Ya hablamos sobre eso.

–¿Crees que eso es mejor? –Kel deseó poder mantenerla a salvo a puertas cerradas y para siempre, pero ese no era un plan de vida que fuera a funcionar.

–Es difícil calcular de qué lado podría estar esta gente, a menos que hable con ellos cara a cara. Si llamo al número en la tarjeta, podría hasta darles tiempo para tenderme una trampa.

–Regresar al puesto también podría ser una trampa –le acarició la cintura, soñando con la posibilidad de poder ser ellos mismos en un mundo donde no se esperaba que fueran enemigos. La sentía tan liviana; arrojarle todo este peso encima de sus hombros no estaba bien–. Muy bien, elegiremos nuestro momento para que no tengan tiempo de prepararse. Ah, e iremos juntos. ¿Cuándo quieres ir?

–Vayamos hoy. Es Nochebuena y ni siquiera te he comprado un regalo de Navidad. Esa sudadera con capucha de Phil y los pantalones de Terry te quedan muy bien, pero creo que allí además podría comprarte algo que pueda ser tuyo.

–Suena como un buen plan –le dio un último apretón y luego la dejó ir. Ella bailó por toda la habitación, energizada con la idea de salir a buscar más respuestas–. Y no te preocupes: yo estoy para protegerte.

Meri abandonó la habitación y fue a prepararse para salir a la nieve que los esperaba fuera. Kel se quedó en la computadora, y la sonrisa comenzó a borrársele. Estaba para protegerla. Una promesa simple, sincera, pero algo le hacía ruido. Proteger a otra persona era para lo que se había entrenado toda su vida, aunque su protegido siempre había sido Ade. Proteger a los perilos era el orgullo de su familia y una profesión que atravesó generaciones enteras; era la razón por la que su madre había dado su propia vida. Meri era lo que ellos habían aprendido a temer y había jurado defender la línea real de cualquier amenaza que ella pudiera significar. Para los de su especie, no había traición más grande que lo que él estaba haciendo ahora. Era justo decir que estaba durmiendo con el enemigo.

Con un suspiro, cerró la computadora y apagó el monitor.

Si eso era lo que ellos creían, no importaba. Él iba a hacer lo que creía que estaba bien.

Cuando llegaron al muelle de St Katharine, Kel se preguntó por qué jamás antes había ido a uno de estos mercados junto al río. Tenían una vista fabulosa, todo decorado con velas y lámparas que funcionaban con luz solar, música en vivo y multitudes de buscadores de ofertas. Pasarelas de madera se habían construido por encima del asfalto sumergido para que la gente pudiera caminar sin tener que mojarse los pies los días de marea alta. El sonido rítmico de los pasos contra la madera se parecía al de un bajo, y a ese sonido se le sumaba el de las voces, que eran los tenores y sopranos de tan hermosa orquesta. Detrás de los mástiles de los puestos y, más lejos aún, detrás de los torreones de la Torre de Londres, los rascacielos de la ciudad brillaban emanando una luz blancuzca. Nadie en esos edificios se preocupaba por el presupuesto de carbono ni las cuentas. Todavía vivían y festejaban como si fuera el año dos mil. Kel prefería las luces amarillas de las lámparas junto al río, que brillaban tenues mientras sus baterías solares iban apagándose, las sombras tintineantes producidas por las llamas de las velas, la intriga de los rostros visibles apenas entre las sombras. La nieve acumulada en los techos y marcos de las ventanas hacían que el mercado pareciera una escena lista para convertirse en un calendario de Adviento.

—Levanta la escotilla o abre una ventana para encontrar el chocolate escondido —musitó Kel.

—¿Te gusta? —le preguntó Meri.

—Me encanta. ¿Este mercado está abierto todo el día, todos los días?

—Creo que sí. Esta gente vive aquí ahora. Cuando los edificios se inundaron y las empresas se movieron a los pisos más altos, ellos ingresaron en el río y usaron los pocos espacios que podían seguirse usando —se detuvo junto a un puesto que vendía galletas de jengibre—. ¿No son hermosas, Kel? ¿Podría darme dos, por favor?

El dueño del puesto señaló los productos con la mano abierta, para que se sirviera.

—¿Qué formas le apetecen, señorita?

—Ah, un Santa Claus y una Señora Claus.

—Agregaré un reno también, pero ese es regalo de la casa.

—Gracias. Qué amable es —Meri tomó la bolsa de papel que

el hombre le alcanzó y luego la abrió debajo de una guirnalda de luces con forma de hadas unos pasos más adelante.

–Elige una.

–Lo dejaré a la suerte –Kel metió la mano y sacó el reno. Al ver la decepción en el rostro de Meri, supo que era la que ella quería, con la nariz de caramelo rojo–. Esta es la que elegí para ti –se la acercó a sus labios cerrados hasta que ella le dio un mordisco; y él volvió a colocar la mano en la bolsa–. Y creo que yo voy a comerme a Santa. Supongo que eso no será muy buen antecedente para las próximas navidades y no espero recibir regalos el próximo año.

Partieron por la mitad a la Señora Claus, y luego se devoraron el pan de jengibre con una taza de jugo de manzana caliente sentados sobre una de esas cuerdas gruesas de puerto enroscadas en el suelo. Un violinista y un cellista tocaban a la gorra a unos metros de allí, tocando una selección de canciones alusivas a la fecha.

–¿Qué sueles hacer para Navidad? –preguntó Meri, mientras disfrutaba cómo la pequeña banda entretenía a su público aceptando recomendaciones y pedidos especiales.

–Me gusta ir a la Misa de Medianoche… Sentir un poco el misterio, ¿sabes?

Meri asintió.

–Sí, yo igual. Theo pierde la cabeza con los villancicos.

–Luego, por la mañana, abrimos los regalos… Uno grande para cada uno, que compramos entre todos en la casa, y luego todos nos reunimos para preparar una gran cena. No suele estar lista hasta muy tarde de todas formas. Es divertido –Navidad siempre había sido su día favorito, se dio cuenta con un poco de nostalgia–. Así fue que compramos a R2. Fue el regalo más popular el año pasado. Nos entretuvimos tanto jugando con él que el pavo que estaba en el horno se calcinó.

–¿Comen pavo? ¿Pavo de verdad? ¡No puede ser cierto!

–Sí –de repente, se sintió incómodo ante el recordatorio de la vida privilegiada que había tenido y que siempre había dado por sentada.

–¿Y dejaron que se les quemara? Dios mío, ustedes sí que no saben apreciar lo que significa un trozo de carne hoy en día.

Kel sintió alivio al notar que Meri todavía podía bromear sobre un grupo de personas que se suponía que eran sus enemigos.

–¿Y qué hacen tú y Theo para la cena?

–Cocinamos un pequeño pavo una vez... Tal vez dos. Saddiq tiene sus contactos... Pero, si no, siempre pollo.

–Entonces, ¿crees que Theo pasará la Navidad con sus amigos este año, como para tu cumpleaños?

–¿Por qué quieres saber?

–No quisiera imaginármelo pasando la Navidad solo.

–No, no estará solo. Andará por ahí con sus amigos –barrió con la mano las migas de las galletas–. Desearía tanto poder verlo. Lo extraño mucho.

Él sabía que eso era lo que Meri hubiera preferido por sobre cualquier regalo o sorpresa que él pudiera organizar para ella.

–Tal vez podamos hacer algo al respecto. Al menos, pareciera que logramos pasar tiempo juntos tú y yo. Podríamos arreglar para juntarnos con Theo en algún lugar que sepamos que él no pueda ser visto.

–¿Alguna idea?

–Algún lugar repleto de gente, eso sería bueno. Es casi imposible poder seguir a alguien en un lugar así.

–La noche de Año Nuevo entonces. Para los fuegos artificiales en Trafalgar Square.

–Excelente. No le contaré a nadie lo que estás planeando.

–¿No dirías que eso perjudicaría aún más el conflicto de fidelidad con tu gente?

–Meri, creo que ya está bastante perjudicada la cosa, ¿no te parece? –Kel le acarició una mejilla con la yema de los dedos.

–Sí. Está bien. Le enviaré un mensaje a Theo esta noche y pondré el plan en marcha. ¿Por qué no vamos a ver qué sucede con la señora Frobisher, ahora?

–Sí, señor.

–Ah, y mantén tu chaqueta cerrada, ¿está bien? –ella misma le subió la cremallera hasta arriba de todo y se aseguró de que no hubiera posibilidad de que llegara a vérsele algo de piel–. En estos momentos, no sabemos a qué estamos enfrentándonos.

La señora Frobisher estaba ocupada con otros clientes cuando Kel y Meri se subieron a su barcaza de ropa de segunda mano. Meri guió a Kel por encima de la pila de prendas que había visto brillar con peril, porque Kel no podía verlo por sí mismo. Solo podía distinguir un muy leve brillo azulado en algunas partes de algunas telas.

–Si nos paramos junto a estas prendas, se nos acercará. Al menos, eso es lo que me sucedió la última vez. ¿Qué te parece este? –tomó en sus manos una sudadera con capucha–. Te quedaría muy bien. ¿Y estos jeans?

–¿Qué tienen de especiales?

–¿En verdad no puedes verlo?

–¿Te estaría preguntando si pudiera?

–Lo siento, es que es extraño. Muy bien. Esta sudadera tiene una especie de grafiti en el frente, y los jeans tienen una especie de línea en color peril al costado mezclada en los hilos de la costura.

Kel se los probó encima de la ropa.

–Pero si voy por ahí con estos puestos, ¿no estaría parándome como objetivo ante aquellos que sí pueden verlo?

–Supongo que sí –y volvió a colocar las prendas en la pila.

–Pero, si estoy contigo, se parecerá más a un disfraz. Las personas pensarán que soy como tú –volvió a tomar las prendas–. Además, a ti te gustan.

–Así es –sonrió–. Finalmente, doy con algo de ropa que en verdad me gusta. Usualmente, ante mis ojos, las personas se visten como si estuvieran siendo asesoradas por alguien con el sentido fashionista de un payaso de circo.

Kel analizó la ropa que llevaba puesta.

–Me deberías haber dicho algo.

–Tú no… No generalmente. La mayoría son niñas, que usan los colores más brillantes. Valerie suele provocarme dolores de cabeza. Y Saddiq, cuando se pone ese chaleco naranja con los pantalones dorados de tela de raya fina… Hay algo en esos colores que hacen que mis dientes se pongan a rechinar.

–Así que esa es la desventaja de tener un superpoder –le tocó la nariz con la punta de su dedo.

–¿Ya de regreso, niña? –la señora Frobisher llegó a su lado. Estaba protegida del frío envuelta en un abrigo acolchonado, y su cabello rojizo había quedado escondido debajo de un sombrero con orejeras.

—¿Cuánto pide por estos? —preguntó Meri.

La señora Frobisher observó a sus dos clientes y luego puso cara de estar estudiando cada una de las prendas.

—Estas son de buena calidad.

—Espero que tenga usted razón porque serían un regalo para este buen amigo.

—Le gusta el grafiti, ¿no es así?

—Me encantó —se apuró a decir Kel.

La señora Frobisher dijo un precio y Meri aceptó sin siquiera intentar rebajarlo. Buscó el dinero en su monedero.

—Puedo hacerles un precio especial a los amigos —dijo la señora Frobisher sin siquiera tomar el dinero que se le estaba siendo entregado.

—Entiendo... ¿Y quiénes son amigos?

—¿Has visto la tarjeta que te entregué?

—Sí.

—¿Dedujiste algo?

—Bien sabe que sí, señora Frobisher. Solo que no sé qué significa. ¿Le importaría contarnos?

La señora Frobisher sacó su cigarro electrónico, una táctica para hacer tiempo, pensó Kel, para poder pensar un poco. Kel miró a su alrededor. No estaba seguro de qué era lo que le estaba provocando ese cosquilleo en la nuca, pero sabía que no le agradaba.

La mujer fumó y sopló el humo.

—Bueno, es algo confuso, ¿no dirías? El carruaje antes del caballo, la gallina y el huevo.

–¿Se refiere a quién va primero? –la interrumpió Meri. Kel admiraba el tono de Meri. Estaba más que claro que su confianza había crecido enormemente en los últimos meses que había estado sobreviviendo por su cuenta–. Preferiría que usted guíe la conversación esta vez. Yo solo diré que puedo ver lo que usted puede ver.

–Muy bien. Le daré un giro. Toma un banquillo –sin quitar los ojos de sus clientes, la señora Frobisher los condujo hasta el refugio de su cabina en dirección a popa–. Esto es así: tu habilidad para ver estos diseños significa que compartes algo conmigo y con otra gente como yo. ¿Alguna vez has oído hablar de los atlantes?

Meri asintió con la cabeza.

–¿Y tú, cariño? –la señora Frobisher apuntó con su cigarro a Kel.

–Sí.

–Ver colores de esta manera significa que tienes algo de la sangre de los atlantes en ti. Solía haber muchos atlantes por aquí, pura sangre, fuertes, poderosos, una civilización con una historia muy intensa; pero todo eso ha desaparecido. Nos hemos quedado con una red de personas que tienen uno o dos ancestros que fueron atlantes. Mi abuelo era uno, y una bisabuela del lado de mi madre también, así que tengo bastante buena vista. ¿Tú sabes cuál de tus ancestros podría ser atlante? Tal vez podamos encontrar alguna coincidencia con mi familia.

–¿Podemos volver a eso en un minuto? –dijo Meri–. Me gustaría saber más sobre "Perilántida".

–Ponte cómoda –la señora Frobisher se cruzó de piernas–.

Mira, los atlantes se han vuelto una historia distante, casi como un mito, como aquellas personas que construyeron Stonehenge; pero nosotros les sobrevivimos, los que provenimos de ellos. La diferencia para nosotros es que podemos saber quiénes somos por esta distinción biológica. Originalmente, solíamos intentar ayudar a los atlantes de pura sangre, ofrecerles refugio cuando los encontrábamos, porque siempre estaban siendo perseguidos por un pueblo rival llamado los perilos. ¿Has oído hablar de ellos?

Meri apretó bien fuerte la mano de Kel, una advertencia innecesaria para pedirle que no diga nada.

–Sí.

–Hasta donde sé, nadie nos ha vuelto a contactar durante años, así que ahora lo que hacemos es protegernos. Los perilos son fanáticos. Todo lo que sea de procedencia atlante es considerado malo, y destruirán lo poco que queda de nuestra cultura, así que mejor ten cuidado de no andar proyectando tu poder en público.

–No, no soy de esas.

–No, no tienes cara de serlo. ¿Y él? Tal vez –le sonrió a Kel–. Nuestro trabajo es preservar los relatos, las reliquias, las prácticas culturales –la señora Frobisher le dio una pitada a su cigarro, dejando que la luz violeta brillara entre ellos durante un instante–. ¿Qué? ¡Espera! –tomó con su mano la muñeca de Kel y se le acercó tanto que la punta del cigarro quedó a un milímetro de su quijada. Ya era demasiado tarde. Kel se dio cuenta de que estaba brillando debajo de una lamparilla UV y el patrón en su brazo se hizo visible–. ¿A qué están jugando ustedes dos? ¿Alguien los ha enviado a espiarnos?

Kel retiró su mano.

–Vamos, Meri. Deberíamos irnos.

–Ustedes dos no irán a ningún lado –la señora Frobisher se levantó e hizo sonar una campana que estaba colgando en la puerta de entrada a la cabina–. No pueden. Les he dicho demasiado. ¡Tonta, tonta!

Alarmados por la campana, los clientes levantaron los ojos de las prendas. Muchos de los dueños en las otras barcazas abandonaron lo que estaban haciendo y subieron la escalera. Big Ben, el afable gigante del cibercafé, fue el primero en llegar.

–¿Algún problema, Mabel?

–Uno grande… y del color equivocado. Evacúa los muelles, Ben. Ah, Francis, gracias al cielo que estás aquí –le dijo a un hombre que emergía de la cubierta baja de la barcaza. Con su barba blanca, sombrero en punta y su jersey de lana gruesa tejido a mano, parecía la personificación de un viejo lobo de mar, el tipo de hombre que uno solía ver pescando al final de un muelle.

–Mabel, ¿te encuentras bien? –preguntó Francis.

Kel no estaba preocupado por sí mismo. Estaba seguro de que podría derrotar al grandote y evadir al resto, pero no tenía idea de cómo iría a reaccionar Meri.

–Vamos a tener que correr –murmuró mientras la acercaba a él. Con un poco de envión, podrían saltar hasta la próxima barcaza y escapar de esa manera.

–Avancen, largo de aquí. Tenemos un pequeño problemita con unos ladrones, por lo que la señora Frobisher cerrará más temprano hoy –anunció Ben, empujando hacia afuera a los pocos que quedaban.

–¿Cuál es la historia con estos pequeños, linda? –preguntó Francis.

–Él es un perilo. Ella no, por lo que pude ver. Pero ella me incitó a que les contara sobre nosotros.

Meri estaba temblando. Kel le acarició el brazo, intentando hacerla sentir más segura. Estaban en problemas, sí, pero existía la posibilidad de que él todavía pudiera sacarlos a ambos de allí.

–Esa niña me mintió –continuó la señora Frobisher.

–¡Yo no le mentí! –explotó Meri, avanzando por sobre Kel y acercándose cara a cara a la señora Frobisher. Kel se dio cuenta de que lo que había leído como miedo en el rostro de Meri en realidad era furia–. Respondimos a cada una de sus preguntas con la verdad.

La señora Frobisher desestimó eso con un movimiento de la mano.

–Escondió parte de la verdad entonces. Lo que intento decir es que ahora él sabe sobre nuestra red. Había llegado hasta allí.

–¿Y no se te ocurrió chequear antes? –dijo Francis, algo molesto.

La señora Frobisher se veía nerviosa.

–Hice eso la primera vez, cuando la muchacha vino sola. Lo siento tanto... Cometí un error. Jamás me habría imaginado...

–Nadie lo habría imaginado –le dijo, dándole una palmada sobre el hombro–. No te preocupes. Lo solucionaremos.

–¡No necesitan solucionar nada! –dijo Meri, sin detenerse a pensar–. Kel no es un problema. Es mi amigo. Y no permitiré que se haga ningún tipo de comentario racista sobre él en mi presencia.

–¡No soy racista! –la señora Frobisher se veía genuinamente ofendida ante semejante acusación.

–Dijo que era un problema del color equivocado; eso fue bastante directo a mi entender.

–No me molestan esas marcas en la piel, sino el hecho de que es un perilo. ¡Probablemente quiera asesinarnos a todos nosotros! –la señora Frobisher jaló de los hilos que ataban las alas de su sombrero en un gesto de frustración–. ¿Por qué siento que necesito defenderme delante de esta señorita? ¡Ella es una de las personas que vino aquí a traicionarnos!

Ben regresó luego de haberse asegurado de que no quedara nadie más en el bote. Estaba acompañado de otros cuatro hombres; todos ellos parecían saber exactamente qué hacer en caso de una pelea. Kel hizo rápidamente la ecuación y resolvió que sus chances de salir ileso en un encuentro con esos cuatro monos iban en picada.

–Eres la pequeñina. Te recuerdo. Estuviste por mis pagos hace un tiempo, ¿no es así? ¿Por qué vienes a causarle problemas a gente tan agradable como los Frobisher? –preguntó Ben, lamentándose.

–Vine porque *ella* –y acusó a la señora Frobisher con el dedo índice– me dio una tarjeta y me dijo que me pusiera en contacto. Eso es lo que estoy haciendo ahora. No había más condiciones que esa.

–Pero es obvio que no puedes traer a un perilo aquí –dijo Francis Frobisher sin perder la calma. Kel decidió que probablemente él fuera el que llevaba las riendas de todo aquello–.

Somos un refugio seguro para atlantes y eso significa que los perilos están prohibidos. ¿Ben...?

–Sí, Francis.

–¿Ya sabes lo que tiene que hacer?

–Eso no es agradable... Es Navidad...–dijo, frunciendo el ceño.

–Lo siento mucho.

–Hijo, vas a tener que venir conmigo –Ben se acercó a Kel, pero Meri se colocó entre ellos antes de que Kel tuviera una oportunidad de oponerse.

–Big Ben, escúchame. No le pondrás un solo dedo encima. Ustedes dijeron que su propósito originalmente era ser un lugar seguro para atlantes, ¿verdad? Muy bien, hoy es su día de suerte: yo soy la última atlante de sangre pura. Ya me oyeron, aquí mismo, de pie frente a ustedes. Él está conmigo, y yo les estoy solicitando asilo para los dos. Tendremos que llegar a un acuerdo con eso.

Capítulo 12

La respuesta al pedido de Meri fue solo silencio y estupefacción. Ya había perdido la calma y la paciencia en el mismo momento en que escuchó a la señora Frobisher tratar a Kel como si fuera tan inservible como una afeitadora descartable. O, en otras palabras, cuando lo trató de la misma manera en que la mayoría de los perilos la habían tratado a ella.

–Para su información, este muchacho, este perilo, es el que me ha mantenido con vida hasta ahora. Su nombre es Kel y es mío, así que vayan olvidando sus planes de deshacerse de él y busquen una manera de poder ayudarnos.

–Pero creímos que… –la señora Frobisher sacudía la cabeza, con una negación instintiva.

Big Ben miró al señor Frobisher. Esperaba instrucciones.

–Dime qué hacer, Francis. La niña habla en serio.

El viejo masticó el tallo de su pipa mientras ordenaba sus pensamientos.

–Llevemos todo esto adentro. Ben, tú te quedas con

nosotros. Vigila bien de cerca al perilo. Gracias, muchachos –con un gesto despidió a los hombres que habían venido con Ben–. Los llamaremos si los necesitamos. Por el momento, solo asegúrense de que no tengamos espectadores.

La discusión había reunido a unas cuantas personas chismosas que esperaban ver un par de ladrones siendo trasladados con esposas, o tal vez una pelea.

–¿Estarás bien si entramos? –le preguntó a Kel en voz baja.

–Siempre y cuando permanezcamos juntos –le tomó la mano–. Déjame agregar algo. Eres increíble cuando te enojas.

–Entonces será mejor que me esfuerce por mantener esa actitud. Debo admitir que estoy bastante asustada, pero estoy intentando ignorarlo.

–Vengan conmigo, por favor –la señora Frobisher los condujo hasta la cabina principal de su hogar-barcaza. El techo bajo estaba adornado con flecos naranjas, rojos y azules de tela con lentejuelas espejadas; en el suelo, grandes cojines que hacían de asientos, y en las paredes colgaban adornos de latón. Meri pensó en el interior de una caravana gitana de cuento de hadas. Un gato blanco y negro estaba recostado en control majestuoso de la alfombrilla junto al horno de leña. Un loro blanco con jopo amarillo saltaba de un lado a otro en su jaula, que colgaba del techo.

–Uh-uh –lanzó el pájaro.

–Tomen asiento –dijo la dueña de casa.

Kel se sentó sobre el cojín más grande y le hizo señas a Meri para que se sentara a su lado. Los Frobisher eligieron sus asientos a ambos lados del horno de leña, mientras que

Ben prefirió permanecer de pie junto a la salida, custodiando el único escape, si se descartaba la posibilidad de escabullirse por alguna de las claraboyas.

–Una pura sangre. Esa es una declaración muy grande para una señorita de tu edad –dijo Francis–. ¿Puedes probarlo?

Meri asintió con la cabeza.

–Adelante, entonces –la apuró la señora Frobisher. El escepticismo irradiaba de su cuerpo.

–Mabel, dale una oportunidad a la muchacha.

Meri se restregó las manos.

–Muy bien. Mi visión es mucho mejor que la de ustedes. Puedo ver el peril en todos lados. Esas ropas… ¿De dónde vienen?

–Algunas son fabricadas por nuestras comunidades en todo el mundo, pero unas pocas son antigüedades mezcladas con el resto de las ropas cuyo diseño especial Mabel y yo no podemos ver sin asistencia o con la iluminación adecuada. Los mantenemos juntos como una especie de prueba.

–Revise su inventario. Tienen un diseño de margaritas que su esposa no puede ver. Puedo tomarla otra vez si quiere y puede probarlo.

–Eso es prueba de que tienes más sangre atlante que lo usual, pero no prueba que seas una pura sangre –dijo la señora Frobisher.

–Mis padres eran atlantes pura sangre. Fueron asesinados por una brigada de perilos de la muerte.

–¿Y cómo escapaste tú?

–Ellos me escondieron, y luego tuve suerte con el tutor

que me tocó. Él se encargó de que mi existencia fuera un secreto.

—¿Y ahora? ¿Por qué estás acompañada de un perilo? —le preguntó Francis.

—Su nombre es Kel.

—No importa —murmuró Kel.

—Sí que importa —Meri esperó a que Francis le concediera ese punto. De lo contrario, la conversación se terminaría allí.

—¿Por qué estás acompañada de Kel entonces? —Francis lo dijo mientras que, con una sonrisa forzada, miraba a su esposa, que chasqueó la lengua, indignada.

—Nos conocimos en la escuela. No sabíamos lo que éramos hasta que Kel tuvo su primer brote. Lamentablemente, todo salió bastante mal después de ese episodio y su gente se enteró de quién era yo. El hecho de que ellos estén convencidos de que yo soy una pura sangre debería ser una prueba, ya que han estado persiguiendo a los últimos de mi camada. He estado escapando desde ese entonces, y Kel se ha alejado de ellos. Ahora los dos necesitamos su ayuda.

—No ayudamos a esta gente —dijo la señora Frobisher. El gato se levantó y saltó sobre su falda, dio un par de vueltas en círculos y se acomodó allí para tomar otra siesta.

—Me dijo que se dedicaban a ayudar a gente como yo. Kel y yo somos un combo.

Por el movimiento que notaba a su lado, Meri supo que Kel se estaba preparando para protestar.

—Meri, no necesitas complicar las cosas pidiéndoles que me incluyan. Yo estaré bien siempre y cuando tú lo estés.

—Pero ahora tú sabes que ellos existen; no te dejarán ir

de aquí así sin más, ¿está bien? Tendrán que vigilarte a ti también, ver que estés bien, comprender que tú me eres leal –se rio suavemente–. Estaba a punto de decir que *estamos juntos en esto*, pero eso es lo que mi perturbador líder de equipo en el servicio ecológico siempre anda diciendo, así que no diré nada.

–Jovencito, ¿qué tienes para decir por ti mismo? –preguntó Francis.

–Solo que jamás haría nada que pudiera dañar a Meri. He abandonado a mi gente porque no estaba de acuerdo en ese punto y no tengo intenciones de regresar. Es hora de que esta tonta batalla entre nuestras especies acabe.

–No queda mucho de batalla. Ustedes han aniquilado a una civilización entera –Francis le dio un golpecito al cuenco de su pipa.

–Y no siento orgullo por eso. Si ella es la última pura sangre de su especie, entonces lo siento mucho y eso me da más razones para protegerla.

–¿No le tienes miedo?

Kel se dio vuelta para mirarla.

–¿Te tengo miedo?

–No –dijo, tocándole la cara con la mano abierta.

–¿Tú me tienes miedo a mí?

–Solo me asusta el hecho de que pudieras hacer algo estúpido solo para protegerme.

–Yo siento lo mismo, Meri. Aquí es donde estamos, señor Frobisher: juntos.

Francis se puso de pie y abrió la puerta de la jaula del loro. Tomó un maní del bolsillo y se lo dio al pajarraco.

–Uh-uh –silbó el loro.

–¿Sabe decir otra cosa? –preguntó Kel.

–No mientras yo estoy en la habitación –Francis les dedicó una sonrisa tímida y volvió a cerrar la jaula–. Siempre tengo la sensación de que él y el gato conspiran algo a mis espaldas. Esto es demasiado para asimilar para un viejo como yo. Debo considerar cuál es la mejor manera de proceder de aquí en adelante. Se han acercado al borde de algo que es mucho más grande de lo que ustedes se imaginan. Y tú, jovencita, debes ser llevada al centro de todo esto. El problema es que no habrá espacio para tu Kel.

–¿Es esto una especie de acertijo? –preguntó Meri, que no entendía a qué se refería.

–Debo tener mucho cuidado. No puedo decirte demasiado sin antes consultarlo con los otros capitanes. Eso llevará un tiempo, porque estamos desparramados por todo el mundo.

Ben finalmente habló.

–Perilántida está organizada por capitanes, pequeñina. Francis es el nuestro.

La señora Frobisher tomó el gato con ambas manos y lo acercó al suelo. Luego, se sacudió la falda.

–No puedo creer que estés siquiera considerándolo, Francis.

–Una atlante de pura sangre, Mabel. ¡Esto es una gran noticia!

–Querrás decir demasiado bueno para ser cierto.

–Le creo. ¿Tú no?

–Solo nos ha dicho que puede ver mejor de lo que vemos nosotros, pero no lo ha probado. Y aunque lo hiciera, no es a prueba de tontos. Solo tenemos su palabra, con la brigada de la muerte y todo eso.

—Meri, haz que aparezcan mis marcas —Kel se remangó.

—¿Qué? —reaccionó Meri, horrorizada.

—Solo los pura sangre pueden hacer eso.

—Y también podría producirte quemaduras que te matarían o que dañarían tus órganos internos. No, no haré eso solo para convencerla.

—Por favor.

—No, Kel.

—Sí, Kel. No me lastimarás. Solo un poco. Si siento dolor, entonces nos detendremos.

—Pero no sabré cuánto será suficiente.

—Sí sabrás.

—¿Puedes hacerlo? —preguntó Francis—. He oído historias sobre eso, pero jamás lo he visto. Ninguna persona lo ha visto.

—No quisiera probarlo —Meri podía ver que Kel confiaba en ella un cien por ciento. El problema era su propia confianza en sí misma. Ya se había tenido que controlar en el aspecto físico, asustada ante la posibilidad de lastimarlo sin querer si se dejaba llevar.

Kel le acarició la mejilla.

—Vamos. Solo un poco. Como yo hago con mis vasijas de arcilla. Solo apoyo mis dedos suavemente, dejo que me roce. Cuando nos encendemos, debemos estar haciéndolo desde adentro y no nos lastima.

—Pero yo soy atlante, ¿recuerdas? —Meri se tocó el pecho—. Un poco de mí podría sentirse como ser golpeado por un rayo.

—Asumiré el riesgo —tomó su mano y la apoyó sobre el brazo de él—. Inténtalo.

La señora Frobisher se cruzó de brazos.

—No lo hará porque no puede. Es un fraude, Francis.

Kel le habló en voz baja.

—No dejarás que esa vieja gane.

—Está bien, está bien. Dame un segundo. Dios santo, tú sí que estás loco —Meri cerró los ojos. Kel había dicho que tenía que ser apenas un roce. Relajó los dedos e imaginó que los apoyaba sobre su piel muy suavemente, como si estuviese recostándose sobre una cama de plumas.

—Así es, cariño… Se siente bien… Un cálido hormigueo… Deberíamos haberlo probado antes.

Abrió los ojos y vio que los ojos azules de Kel le sonreían. Su piel estaba brillando.

—¿Esa soy yo?

—Creo que sí, aunque ahora que lo mencionas, tengo la sensación de que yo también me estoy sumando a la fiesta —se acercó a ella y la besó—. Sí, definitivamente sumándome a la fiesta —el brillo se volvió un destello y Meri quitó su mano de inmediato, llevándose consigo una parte de su poder. Podía sentir un precipicio sobre el que no se atrevía a dar el salto, sin importar lo atraída que se sentía hacia Kel. Su peor pesadilla era provocarle algún tipo de quemadura grave, como esas que había visto en las terribles fotografías.

Kel, por el contrario, se veía satisfecho. Levantó el brazo, desafiante. Esos espirales eran claramente visibles.

—¿Lo ve, señora Frobisher? Meri es lo que dice ser.

Meri miró su propio brazo. Por un segundo, creyó haber

visto espirales sobre su propia piel también, pero esos se esfumaron en el momento en que rompió la conexión entre ambos. Nadie más lo notó porque el despliegue a lo pavo real de Kel había sido mucho más impresionante.

—Es un buen truco, caballero —dijo Big Ben—. Jamás he visto las marcas tan de cerca, pero creo que las quiero.

—Tú tienes sangre atlante, Ben —murmuró la señora Frobisher—. Muestra algo de dignidad.

—Pero eso no me impide sentir un poco de envidia de un perilo, ¿o sí? Eso es lo que esta pequeñina aquí está intentando decirnos.

—¿Ahora todos estamos de acuerdo en que Meri es una atlante? —Francis miró a su esposa.

Mabel asintió con la cabeza, aunque todavía con rigidez.

—Y tú, Meri, ¿responderás por Kel?

—Sí, por supuesto —dijo sin dudar.

—Entonces déjenmelo a mí. ¿Cómo puedo contactarte?

—No tengo un teléfono ahora porque no quiero que nadie me rastree. Puede enviarle un e-mail a mi tutor, pero tendrá que disfrazarlo. Escriba como si fuera una banda de música que necesita financiación. Los perilos no tendrán tiempo de revisar todos los mensajes que Theo recibe por trabajo. Él podría pasarme todas las novedades a mí. Él y yo tenemos una manera segura de comunicarnos —anotó los datos de contacto de Theo—. Él no sabe toda la historia, así que tenga cuidado con lo que dice.

—Por supuesto —Francis se metió el papelito en el bolsillo—. En unos días, estarás recibiendo noticias nuestras. Si hay una emergencia, escríbenos aquí. Yo les diré a nuestros amigos que cualquier mensaje por parte de cualquiera de ustedes dos deberá llegar a mí de inmediato.

Meri se puso de pie.

–Será mejor que nos vayamos ahora.

La señora Frobisher les alcanzó la bolsa con la ropa que Meri había elegido para Kel, de la que se había olvidado por completo.

–Todo esto es tuyo. Diría que invita la casa.

–No hacía falta.

–Sí. Y lamento haber actuado como lo hice, pero siempre ha habido impostores. Tú sabrás entender. Y siempre resultan ser un cuarto o menos de atlante.

Meri tomó la bolsa.

–¿Impostores? ¿Por qué? ¿Por qué importa cuánto de eso tengamos en nuestra sangre? La gente es gente, y punto.

–¿No lo sabías? Francis, cuéntale.

El viejo metió ambos dedos pulgares en los bolsillos de su chaleco.

–Porque hay una fortuna para un solicitante de pura sangre, así como también un montón de gente que demandará su liderazgo.

–Dios –dijo Meri, sobrepasada–. Puedo jurar que eso no es lo que yo busco.

Él sonrió.

–Ya lo sabemos, o jamás nos habrías traído a un perilo hasta aquí. De todas maneras, es cierto.

–¿Kel?

–Meri, no te preocupes. Vamos a salir de esto –Kel tomó la bolsa con la ropa–. Gracias, señora Frobisher. Será mejor que lleve a Meri a casa. Ella también va a necesitar algunos días para asimilar todo esto también.

—Jamás pensé que iba a decirle esto a un perilo, pero por favor cuídala —dijo la señora.

—Tiene mi palabra.

Big Ben se puso de pie para dejarlos pasar y apoyó una mano sobre el hombro de Kel.

—Me alegra no haber tenido que deshacerme de ti, muchacho.

—A mí también —dijo Kel, mirando al hombre gigante—. No creo que hubiese terminado bien para ninguno de los dos.

De regreso en el hostal, Kel esperó a que Meri sacara el tema de los Frobisher y de la herencia que podría ser suya, pero todo parecía indicar que prefería ignorar toda aquella nueva información. Se puso en modo distracción: comenzó a planificar lo que comerían al día siguiente y habló sobre lo que podrían salir a hacer.

—Creo que hay una pista de hielo en Liverpool Street estos días. Podríamos ir.

—Suena divertido.

—¿Son suficientes patatas estas?

—Lo son… si estás pensando en alimentar a un ejército.

—Tienes razón —Meri colocó la mitad que había tomado de vuelta en el refrigerador—. Theo siempre ama sus patatas al horno, y Valerie puede comerse unas seis… Es, sin lugar a dudas, el vegetal de preferencia en nuestra mesa de Navidad.

¿Y qué hay de tu familia? ¿Cuál es su vegetal favorito?

–¿Mi familia? –una nube oscura de recuerdos lanzó su carga de lluvia helada sobre Kel–. ¡Maldición, mi familia! ¡Me he olvidado por completo! Jenny vendrá a visitarme para Navidad. Con mi teléfono apagado, ya debe de estar en la ciudad y preguntándose qué me ha pasado –Kel miró su reloj. No podía creer haberse olvidado de su hermana durante tantos días. No le había dedicado un solo segundo–. Ya son las siete. Creo que tenía pensado llegar este mediodía.

Meri colocó las papas de vuelta en la bolsa.

–Tienes que ir a verla.

–Ha venido desde Ámsterdam. No puedo no ir a verla, pero tampoco estoy obligado a pasar el día entero con ella. ¿Qué dices si me voy ahora hasta Wimbledon? Puedo regresar con el último tren.

–¿No crees que eso levantará sospechas entre tus amigos? –Meri tomó una sola taza del armario y buscó entre los tés de hierbas y eleigió un *blend* relajante–. Sabíamos que esto solo iba a funcionar mientras que nadie estuviera interesado en saber dónde estábamos.

¿Por qué esto estaba sucediendo ahora? Era culpa suya, por supuesto; si lo hubiese recordado antes, podría haber organizado todo para ver a Jenny en Año nuevo.

–Pero no puedo dejarte sola en Navidad.

Meri se apoyó sobre la mesada, con la cabeza colgando. Luego, se enderezó y le dedicó una enorme sonrisa.

–No me estás abandonando. Me estás protegiendo. Te he tenido por más días de los que me hubiera imaginado. Ve y reúnete con tu hermana y pasa un momento inolvidable con tu familia.

Kel caminó desde el horno hasta la puerta trasera.

–Si le explico, si ella estuviera de nuestro lado…

–Kel, ¿en verdad quieres poner en riesgo tu relación con tu hermana? Si no está de acuerdo contigo, tal vez no quiera guardar tu secreto. O, lo que es peor, podría traicionarte y luego… ¿qué? Ven aquí. Dame un abrazo.

Kel apretó a Meri en sus brazos, desando poder absorberla y llevarla bajo su piel a salvo, para no tener que separarse jamás. Tonto. Imposible.

–Odio esto.

–Creo que te amó.

Algo hermoso le brotó dentro, deshaciendo su mal humor.

–Ah, Meri, yo también te amo. Creí que era demasiado temprano para semejante confesión.

–Nunca es demasiado temprano. ¿En verdad lo pensabas?

–Tanto que duele.

–Espero que no te duela admitirlo.

–Ni un poco.

–Ve a ver a tu hermana. Distrae a tus amigos, si quieres. Encontraremos la manera de estar juntos para Año Nuevo.

–¿Tienes mi número? ¿Por cualquier emergencia?

–Sí.

–Podría escribirte a la antigua.

–Eso sería muy dulce… siempre y cuando nadie lo vea.

–No escribiré tu dirección hasta que esté parado frente al buzón.

–Muy bien entonces.

Le levantó el mentón para poder besarla en los labios. En

ese beso, colocó todo lo que sentía: su anhelo, su frustración, su dulzura. Al principio, ella estaba algo tensa entre sus brazos, siempre preocupada de perder el control y lastimarlo. Pero luego la magia fluyó entre los dos y ella se aflojó y se amoldó a él, encajando perfectamente. Cuando se separaron, él apoyó su frente contra la de ella.

–Cuida bien de mi atlante.

–Y tú cuida bien de mi perilo –le sonrió.

Kel caminó con su guitarra colgada al hombro, y usando su antigua ropa y no la que había adquirido con Meri. Era casi como si aquel pequeño interludio navideño no hubiese ocurrido, o como si hubiera sido un sueño del cual ahora ya se estaba despertando. Cuando consideró que ya había suficiente distancia entre donde él estaba y el hostal de Meri, encendió su teléfono. Decenas de mensajes aparecieron en su pantalla, todas variaciones de "¿dónde estás?" de Jenny y algunos de Ade y también de Lee. Notó que solo habían comenzado a preguntar después del mediodía, así que había hecho bien en creer que a nadie le había importado que no había vuelto a su casa la noche que se había encontrado con Meri. A la primera que le respondió fue a Jenny.

Lo siento. El teléfono se quedó sin batería, y estuve tocando algo de música en la ciudad. ¿Nos vemos en mi apartamento en una hora?

No sabía si responder a Ade y a Lee, pero decidió que lo

mejor sería que no. Había dicho que iba a cortar lazos con ellos. Si él respondía, entonces tal vez tuviera que explicar dónde había estado y ya no tenía ganas de estar respondiendo sus preguntas.

La respuesta de Jenny llegó de inmediato.

Tonto que eres, te olvidaste de mí, ¿no es así? Tuve que echarme a la misericordia de Ade. De lo contrario, me hubiese quedado en el umbral de tu casa, tiritando de frío. ¡Qué recibimiento navideño más cálido!
Yo también te amo, hermana.

Kel sabía que estaba en terreno tembloroso. No le había comprado un presente, pero las tiendas ya estaban bajando sus cortinas metálicas. Mejor llegar a tiempo. La podría llevar a cenar fuera, y ese sería su regalo.

No iré a ese basurero que llamas casa. Ven a verme a lo de Ade.
No soy bienvenido allí.
Eso no es lo que dice Ade.
Lo que quiero decir es que no quiero ir allí.
Qué pena. Si quieres verme, vendrás a buscarme a algún lugar civilizado. Si regreso a tu área, es probable que alguien me asalte.
Eres una guardaespaldas, hermana. Tú te desayunas chicos malos.
Hoy no estoy de guardia.

Kel sacudió la cabeza. La posición de su hermana mayor

era inamovible cuando se le metía una idea en la cabeza.

OK. Pero no nos quedaremos en la casa de Ade.

Tocar el timbre en el lugar que él había considerado su hogar fue bastante extraño. Los muchachos habían decorado todo para Navidad, con tiras de luces solares entre las ramas de los árboles y a lo largo de los techos. Un Santa Claus inflable que parecía borracho se sacudía en su trineo sobre el césped. Rodolfo y su nariz roja brillante iluminaban con alegría y entusiasmo. La puerta se destrabó. Kel atravesó el camino de piedras, preparándose para lo que diría al llegar a la puerta.

Swanny fue el que la abrió.

–El pródigo regresa.

Kel sacudió la cabeza.

–Gracias, Swanny, pero solo he venido a ver a mi hermana.

Su sonrisa se disipó.

–Puedes entrar si crees que eso no va a matarte.

Dejó la guitarra en el hall de entrada y siguió a Swanny hasta la cocina. Su mente reprodujo el momento del incidente con la pistola taser y eso eliminó cualquier tipo de culpa que pudiera sentir en ese momento. Su hermana estaba sentada con Ade en el rincón destinado al desayuno, charlando muy de cerca, casi como conspirando.

–Jenny, ¡te ves genial! –Kel se preparó para abrazarla, esperando que ella se le acercara. Era un poco más baja que él; tenía una figura esbelta coronada con una mata de rizos rubios. Normalmente lo llevaba atado en un rodete prolijo; pero ahora que no estaba de guardia, se lo había dejado suelto y le rozaba los hombros.

–Ey, tú, garabato. ¡Vamos, muéstrame! –le levantó la manga de su camiseta.

–Primero, tendrías que hacerme enojar –volvió a colocar la manga en su lugar.

–Supongo que eso no será difícil, visto y considerando lo rebelde que te has vuelto. Pubertad… Una etapa complicada para los perilos.

A Kel no le gustó que culparan a sus hormonas de crecimiento.

–Es mucho más que eso, y tú lo sabes.

La muchacha se llevó ambas manos a la boca, fingiendo sorpresa.

–Ups, le prometí a papá que no me metería con tu caso, aunque mereces una patada en el trasero por ser tan cabeza dura.

Kel tuvo ganas de dar media vuelta y salir por donde había entrado. Podía volver a Meri con el último tren si se retiraba ahora mismo.

–¿Así es cómo va a ser? Ya he tenido suficientes discusiones sobre esto. Jenny, un gusto verte. ¿Por qué no te quedas aquí con Ade y compañía? Hacen un pavo delicioso cada Navidad. Nos vemos.

Apoyando su dedo índice contra el pecho de su hermano, lo acusó.

–No tienes que ser tan dramático. Vine aquí a verte. Ade y los muchachos no están mal…

–Ey, gracias –bromeó Ade.

–Pero tú eres mi familia. ¿Por qué no vamos a un pub a

celebrar?

–¿Qué quieres celebrar? –preguntó Kel, inmutable. Se le habían ido las ganas de algo alegre ahora que tenía una idea de cuál era su opinión respecto de su partida.

–Tu alumbramiento, por supuesto. La tradición dice que los hermanos mayores deben comprarle a su hermanito una bebida cuando hayan sido promocionados a la liga de los mayores.

–Si van a salir, necesitarás esto –Swanny tomó el abrigo de Jenny y lo sostuvo para que ella pudiera meter los brazos.

–Gracias, Swanny –su sonrisa rozaba el coqueteo cuando trataba con el jefe de seguridad de Ade.

–Nos vemos luego, Jenny. Haré que uno de los muchachos te prepare una habitación solo para ti.

Ade caminó hasta el refrigerador y sacó un par de cervezas.

–Hay muchísima comida para mañana si es que quieres pasar la noche aquí y almorzar con nosotros, Kel.

–No hace falta que aclare que yo me quedaré aquí. Alguien tiene que decirlo, hermanito; tu casa es insalubre –Jenny envolvió su cuello en una bufanda roja y se quitó el cabello que había quedado atascado a la altura de la nuca.

Probablemente fuera una buena idea que ella se quedara en lo de Ade, ya que Kel solo tenía una habitación y una cama individual, pero también porque parecía indicarles a los demás que ella no estaba de su lado en esto.

–No todos podemos pagar una habitación en el Ritz, Jen. Gracias, Ade, pero no creo que sea conveniente que pase el día aquí mañana. Aunque sé que a Jenny podría interesarle.

Haciendo una pausa para abrir una de las botellas de

cerveza, Ade puso mala cara.

—No la estás viendo, ¿o sí?

Silencio total en la cocina. Todos sabían a quién se refería.

—Eso no te incumbe.

—Es de mi absoluta incumbencia.

Jenny se paró en medio de los dos y colocó su mano sobre el hombro de Ade.

—Tranquilo, ¿está bien? Déjame hablar con mi hermano.

Ade tomó un sorbo de cerveza.

—Lo siento. Sí, tienes razón. No tiene sentido volver a caer en la misma discusión.

Jenny tomó del brazo a Kel.

—Vámonos.

Aliviado de haber salido de allí, Kel se inclinó para recoger la guitarra en su camino hacia la puerta.

—Deja esa cosa vieja aquí, Kel. No quiero que la andes cargando toda la noche. La gente va a pensar que estamos allí para entretenerlos. Puedes recogerla cuando me traigas más tarde.

Kel dejó la guitarra apoyada contra la pared del pasillo.

—Pero no pienso quedarme.

—Sí, sí. Mensaje recibido. Ahora anímate, ¡es Navidad, no un funeral!

Capítulo 13

Kel llevó a su hermana a un viejo pub de la calle principal, uno que ya había visitado varias veces con Ade los domingos al mediodía y que le gustaba por su encanto detenido en el tiempo. Esos lugares atemporales eran populares también porque ayudaban a la gente a olvidar el mundo de allí afuera y ese cambio climático que no deja de empeorar. Con vigas de roble, coronas de hojas perennes y chimeneas, todo aquello le daba el ambiente festivo perfecto. El salón principal estaba repleto de personas con sombreros de Santa Claus, pero Kel conocía al dueño, así que luego de una muy breve espera los llevaron a un lugar tranquilo en el fondo, a una de las mesas reservadas con asientos tapizados en cuero rojo oscuro. Observó cómo su hermana batallaba para llegar a la barra, presumiendo de un billete de veinte libras sobre su cabeza. La combinación para el asesinato de cabello rubio, encanto y musculatura sorprendente acortó la espera para ser atendida y volvió cargando dos copas de champagne. Colocó las bebidas sobre la mesa.

–Salud, Kel. De verdad, estoy muy orgullosa de ti. Un espiral, como papá y como yo. Es agradable ver que queda en la familia.

–Gracias.

–No suenas tan emocionado. ¿No te sientes orgulloso? –le dijo luego de haberlo pateado por debajo de la mesa.

–Supongo que sí. Es solo que se mezcló con todo lo demás. ¿Escuchaste cómo sucedió todo?

Jenny asintió con la cabeza.

—Ella estaba tan asustada. Debe de haber sido como entrar en la habitación y ver que la abuelita se había convertido en un lobo.

–Estás hablando de ella, ¿no es así? La atlante. Sí, es un desastre por donde se lo mire. Padre está muy preocupado por ti.

–Apuesto a que sí.

–Él cree que estás arrojándolo todo por la borda por una niña que te gusta.

–Es más complicado que eso.

–Aun así, estás haciendo lo que estás haciendo porque te gusta esa muchacha, y ahora yo tengo que preguntarte... Sin todo esto, ¿cuánto durarían esos sentimientos normalmente? ¿Unas semanas? ¿Unos meses? Eso es lo que suelen durar las relaciones a tu edad.

Jenny hizo un sonido como si ella fuese décadas más grande, no solo un par de años.

–No lo entiendes, Jen. Incluso si no la amara, aun así pensaría que lo que están haciendo está mal... Los perilos no deberían ir tras ella.

–La palabra con A... Maldición, tenía esperanzas de que no hubiera llegado tan lejos.

No le devolvió la sonrisa pícara.

–¿Tú sí crees que están en lo cierto? ¿Declarar una orden de captura sobre una muchacha cuyo único error fue haber nacido una atlante? No nos ha amenazado. Lo único que ha hecho es intentar vivir tranquila y alejada de nosotros.

–No puedo creer que te hayas olvidado de lo que le sucedió a nuestra madre. Los atlantes son un peligro para nosotros, Kel.

–¿Cómo? Me ha puesto las manos encima y no he salido herido.

Jenny bebió un poco de champagne.

–Creí que no la habías visto desde tu alumbramiento. ¿Cuándo es que hizo esto?

Molesto por haber cometido el error, Kel intentó desestimarlo.

–Eso no importa.

–Sí que importa. Si sabes dónde está ella ahora, es tu obligación reportarlo.

–No. Yo he presentado mi renuncia. Ya no estoy bajo esa obligación.

–No le harán daño si la capturan de manera pacífica. Tú sabes eso, ¿verdad?

–¿Y?

–Si llegase a haber algún tipo de pelea o resistencia, las cosas podrían salirse de control.

Un grupo de Santa Clauses irrumpió la paz del lugar con su versión de "Walking in a Winter Wonderland" y cantaban al ritmo de la jukebox digital. Kel hubiese querido que se callaran la boca.

–Jenny, mide apenas un poco más de metro cincuenta y no tiene entrenamiento.

–Pero es una atlante. Los cazadores tendrán miedo de tocarla.

–Entonces deberían dejarla en paz de una vez por todas –frustrado, apoyó la frente sobre sus puños cerrados–. ¿Esto es en serio, Jenny? ¿En esto nos hemos convertido?

–Siempre hemos sido así. Tú eres el que ha cambiado.

–Entonces el resto de ustedes también necesita cambiar. Si alguno de ustedes la lastima, los derribaré a todos. Te lo juro. Aunque sea lo último que haga.

–Cálmate. No quiero lastimarla. Solo intento hacerte ver que no estás haciendo lo que es mejor para ella si sigues por este camino. Si realmente te importa esta chica, tendrás que asegurarte de que todo este asunto termine pacíficamente.

–¿A qué te refieres con eso?

–La recogeremos en la calle. Una conversación, un acuerdo donde se establezca que ella no dañará a ningún perilo; tal vez algún tipo de aislamiento para separarla de nosotros. Sería mejor si tú lo hicieras. De esa manera, ella no se sentiría tan asustada. Habría términos por discutir, pero creo que podríamos encontrar algo con lo que todos pudiéramos convivir.

–¿Lo crees? ¿Algo como qué?

Jenny se encogió de hombros. Por primera vez en la conversación, se veía realmente incómoda.

–No lo sé. Yo soy el músculo, recuerda. No el político. Papá cree que podría tener un lugar en algún tipo de exilio, lejos de cualquier perilo.

—Ah, claro, su idea es una jaula sin barrotes y sin vida. Qué misericordioso.

—No suena tan mal. Será mejor que pasar el resto de su vida echándose a la fuga, siempre mirando para atrás para asegurarse de que nadie la esté persiguiendo. Se debe de sentir muy sola ahora.

—Se siente como nosotros la hemos hecho sentir, Jen. Nosotros somos el problema. No ella.

—¿Estás seguro de eso? Porque, desde donde yo lo veo, parece que la única persona que impide que la muchacha negocie una tregua con nosotros eres tú.

—Si lo que realmente buscan es paz y tregua, entonces yo estaría de su lado. Pero tú sabes que no es así. Es pedirle que se entregue. Quieren enviarla como si fuese Napoleón en la isla de Elba. El último atlante en pie.

—Una isla sería mejor que un ataúd.

—Escúchate: la amenaza de muerte otra vez. ¿Y tú esperas que negocie con ustedes?

—Ay, Kel, esto no se trata de ella solamente. Me preocupas tú también —estiró el brazo para tomarle la mano a su hermano—. ¿Cuánto tiempo crees que pasará hasta que papá y yo decidamos que no podemos seguir apoyándote?

—¿Apoyándome? ¿Acaso me perdí el momento en que me dijiste "Ey, hermanito, admiro tu respeto por los derechos humanos de una muchacha inocente"?

Jenny se veía molesta.

—Sí, te hemos estado apoyando en esto, cerebro de

guisante. Le hemos pedido a Osun y a Ade que te den tiempo. Les hemos prometido que la lealtad de tu familia, tu lealtad a la familia gobernante y a la de ser un perilo se restablecería.

–¿Y si eso no sucede? ¿Si no puedo ser lo que tú quieres que sea, si no puedo pensar de la manera que ustedes esperan que piense?

–No lo sé, Kel. Espero no tener que responder todo eso. Por lo que sabemos, no has roto ninguna de nuestras leyes aún –sin embargo, y por la expresión de duda en el rostro de Jenny, parecía que ya había adivinado que había estado fraternizando con el enemigo, pero prefirió no saber los detalles–. No quiero llegar al punto donde tengas que elegir entre nosotros y esta chica y que nosotros tengamos que elegir entre tú y nuestro deber.

–Creo que ambos sabemos cuál será tu decisión si ese momento llega algún día. Feliz Navidad, Jenny –tomó su copa y brindó irónicamente con la copa de su hermana.

Luego de llevar a Jenny a casa de Ade, Kel entró en una fiesta en el salón de reuniones, que ya se había extendido también hasta la cocina. Ade había invitado amigos de la escuela para celebrar, y la música podía oírse desde las ventanas abiertas. Kel no pudo convencer a sus compañeros de clase, que no podían comprender por qué había abandonado aquella mansión. La mayoría había llegado a la conclusión de que tenía que estar loco si prefería una habitación de mala muerte a una mansión con solo la supervisión mínima e indispensable de los adultos. Supuso que Ade los había puesto al tanto de la situación y estos muchachos ya eran parte de alguna campaña titulada "Recuperemos a Kel".

Sadie, cuando finalmente dejó de besar a Lee, lo bombardeó con preguntas sin piedad para saber si había estado en contacto con Meri. Kel estaba al tanto de que sus antiguos amigos estaban escuchando sus respuestas, ubicados disimuladamente y "de casualidad" justo detrás de él.

—No, no ha respondido ninguno de mis mensajes —decía, con gran verdad. No sintió la necesidad de mencionar que había pasado la noche anterior durmiendo a su lado.

—Eso es horrible —los pequeñitos aretes con forma de árbol de Navidad que colgaban de sus orejas se mecían en empatía con sus palabras—. Tampoco me dice nada especial a mí cuando me contacta. Solo me dice que se encuentra bien, así que supongo que estará bien... ¿Alguna idea de a dónde podría haber ido? No me ha enviado su dirección como dijo que haría y se rehúsa a verme.

—Ni idea. Tengo la sensación de que quería alejarse de la zona, así que es muy probable que jamás regrese. Tal vez ya haya seguido adelante con su vida, con nuevos amigos, nuevas personas...

—Entonces supongo que tendré que seguir insistiendo. No permito que mis amigos se alejen de mí tan fácilmente. Sé que tiene enemigos, pero ninguno de nosotros jamás haría algo que pudiera ponerla en peligro, ¿no crees?

—Quizás lo único que necesita que hagamos es que la dejemos en paz —dijo Kel con cuidado, esperando que Lee no estuviese deambulando por allí a lo "tiburón a la caza" detrás de Sadie.

–Supongo que tienes razón. Ey, tú, ¿bailas conmigo?

Sadie se dio vuelta y tomó a Lee de la camiseta.

–Sí, cariño –Lee clavó los ojos sobre Kel por encima de la cabeza de Sadie; una expresión fría en la mirada. Kel agradeció no haberle confiado a Sadie la dirección actual de Meri. Iba a tener que advertirle que Lee se estaba acercando a su amiga compu-punk.

Se fue de la fiesta tan pronto pudo escaparle a un par de conversaciones más. No se sintió cómodo de volver a su nuevo hogar. Debía lavar las sábanas, la casa estaba helada, el lío en la cocina compartida se había vuelto peor en los pocos días de su ausencia, como si alguien hubiese dado una fiesta allí también y no hubiera limpiado después. Se acostó mirando al techo, pero el sueño no venía, así que luchó por no caer en una depresión patética y absoluta. Todos en el mundo de los perilos eran importantes para él. Eran las personas que mejor lo conocían. Pero todos estaban convencidos de que estaba equivocado. En el pub, Jenny no había dejado de señalar que no estaba portándose bien con Meri al dejarla sola allí fuera como un objetivo fácil y abandonado. Jenny había dado con su punto más vulnerable. Le hubiese gustado poder contactar a Meri en ese mismo instante para preguntarle su opinión, pero no había forma segura de hacerlo.

–Me estoy volviendo loco. Debo hablar con ella de inmediato –le dijo a la mancha de agua en el enyesado del techo. Volvió a encender la luz, tomó una hoja de papel y comenzó a escribir.

Querida Meri...

Meri se pasó la mañana de Navidad yendo a todas las misas que pudo encontrar en los alrededores para poder estar con otras personas. Cantaba sus villancicos favoritos, rodeada de familias emocionadas por la festividad y adultos más callados que, como ella, también habían llegado allí por su cuenta. Para reconfortarse, imaginó a Kel divirtiéndose con su hermana, disfrutando de una gran comida, y quizás hasta yendo a patinar o a caminar como ella había planeado que harían si era que él podía quedarse. Siempre y cuando él estuviera pasándola bien, entonces eso hacía que su día de soledad valiera la pena. En la última misa, en un lugar de Wapping devastado por la inundación, la invitaron para colaborar en una cena para los sin-techo, que le pareció más que apropiado y además le daba algo para matar el tiempo. Con una corona violeta hecha de papel, servía zanahorias y repollitos de Bruselas, echaba *croutons* extra e intentaba dar la impresión de que la estaba pasando bien. Al final del día, sintió que así había sido.

Regresó al hostal para encontrar un largo mensaje de Theo. Había subido un video de Saddiq, Valerie y él durante el almuerzo. Le hablaban a ella como si estuviese allí, incluso leyeron una broma en su honor, un detalle que la hizo derramar algunas lágrimas. Lo que los extrañaba se sentía tan fuerte y físico como un dolor de estómago.

En respuesta, les envió un mensaje sugiriendo la idea de encontrarse en Año Nuevo, tal como Kel había sugerido. La respuesta de Theo fue instantánea. Debe de haber estado esperando junto a la computadora.

> Una idea brillante. Iremos todos juntos, en caso de que surja algún problema. ¿Estás teniendo un buen día al menos?
>
> **Estuvo bien. Fui voluntaria en un almuerzo para gente sin hogar.**
>
> Bien hecho. Tengo tu regalo aquí conmigo. Te lo daré cuando nos veamos.
>
> **No he tenido la oportunidad de comprarte nada. ¿Qué te gustaría?**
>
> Que vuelvas a casa. Pero ya el verte el 31 será un regalo enorme. No te metas en problemas hasta entonces.

Meri puso fin a la conversación y abrió el buscador para buscar más información sobre Perilántida. Había dejado de lado ese tema de la herencia a propósito; pero ahora, sin nada más que la distrajera, se obligó a considerarlo. El dinero podría serle útil. Podría ayudar a protegerla, envolverla en capas de seguridad que los perilos no pudieran penetrar. Pero, en lo que al resto respectaba, como el asunto de las personas que esperaban convertirla en su líder, estaba segura de que ese solo había sido Francis Frobisher siendo demasiado entusiasta. Solo se podía tener un líder si tenías una causa y gente que te apoyara. Más allá de poder sobrevivir, no se le ocurrió ninguna otra razón. No sabía absolutamente nada sobre su gente. Dos cartas de sus padres eran la suma total de su conocimiento.

Ingresó la siguiente pregunta en el buscador:

¿Dónde estaba la Atlántida?

Un mapa con infinidad de referencias por todos lados; en el centro del Atlántico, sobre el Triángulo de las Bermudas, y también en varios puntos en el Mediterráneo. Cuando se posó sobre cada uno de los links, el texto que obtenía siempre incluía la palabra "aparente" o "supuesta". Algunos de los artículos hasta parecían el trabajo de unos locos amateurs con una simple corazonada.

Muy bien, nadie sabe nada. Si hay una herencia, no será tierra, pensó Meri.

Tanta especulación le había provocado un dolor de cabeza. Apagó la computadora y encendió la pantalla en la pared para ver una película. Era el éxito del último año y mostraba incendios que habían arrasado con Los Ángeles una década atrás. Normalmente, admitió Meri, hubieran tenido que sostener la pistola del héroe de la película contra su cabeza para obligarla a ver eso, pero esta noche un poco de acción sin tanto para pensar era mejor. Se acurrucó con una taza de té y una porción de pastel que había comprado para compartir con Kel.

La semana entre Navidad y Año Nuevo transcurrió muy lentamente. Meri se pasó el tiempo dibujando y leyendo, lo que la tuvo días enteros sin hablarle a nadie. El breve interludio con Kel le había parecido irreal, una hermosa miniatura de felicidad alejada del incendio que era el resto de su vida.

En su mente, tomó ese momento entre sus manos como si fuera un portarretrato, le quitó el polvo y pudo ver claramente la imagen de él junto a la ventana de su habitación, acostado a su lado y hasta lavándose la cara en el lavabo. Cosas simples, de todos los días. Esos recuerdos iban a tener que ser suficientes, hasta que ella pudiera encontrar la milagrosa manera de traer todo eso de vuelta.

Recibió una carta suya a mitad de la semana. Había sido escrita en Nochebuena y se sintió terrible al enterarse de que él la había pasado tan mal como ella debido a que el encuentro con su hermana no había resultado para nada positivo. Le había dicho que pensaba volver a encontrarse con Jenny al día siguiente, tal vez para caminar junto al río, pero todo daba a pensar que no sería un simple almuerzo familiar ni los juegos ni la diversión que Meri había esperado. Su posición lo había alejado de su familia. En su corazón, Meri sintió que deberían haber estado juntos esa noche y no sintiéndose terriblemente tristes cuando estaban en los extremos opuestos de Londres.

Hubo un párrafo en particular que le llamó la atención:

Meri, debo decirte que Jenny piensa que estoy siendo injusto contigo y que soy yo el que no te permite hacer las paces con los perilos; dice que te atraparán un día y que sería mejor si yo fuera el que te entregara. ¿Qué te parece? Lo que yo siento es que no podemos confiar en ellos. Ahora bien, si tú quieres arriesgarte, yo estaré a tu lado. Esto tiene que ser decisión tuya. No estoy tratando de convencerte de nada, aunque es precisamente eso lo que ellos esperan que haga.

Meri se dio cuenta de que este era el primer quiebre en la posición de Kel, incluso cuando había nombrado la idea solo para rechazarla. ¿Y si ellos estaban equivocados y era Jenny la que tenía razón? ¿Habrían desperdiciado una oportunidad al rechazar esa negociación?

Quiso aclarar su mente, así que se levantó de la cama y caminó hasta la ventana para alimentar a los peces dorados que Zara le había pedido que cuidara por ella durante Navidad. Apenas el alimento tocó la superficie, las bocas de los peces se asomaron, muertos de hambre. ¿Sabrían esos pobres peces que estaban atrapados? ¿Sabrían de la existencia de lagos y arroyos y ríos y océanos? ¿O sería que estaban contentos de estar andando en círculos? A veces le parecía que ella y Kel eran así, condenados a nadar y nadar en círculos en la gran pecera que era Londres. Había un mundo completamente distinto allí fuera. ¿Llegar a un acuerdo con los perilos les permitiría al menos nadar libres? Pero estaba hablando de confiar en las buenas intenciones de un grupo que la odiaba. Otros atlantes lo habían intentado, eso lo recordaba. Pensó en la mención que había hecho su padre en la carta, cuando habló de sus abuelos, que habían perdido sus vidas en una misión de paz con los perilos.

No, Kel. Estás haciendo lo correcto, pensó mientras arrojaba un poco más de alimento dentro de la pecera. *No podemos confiar en ellos para llegar a un acuerdo justo.*

No era agradable tampoco pensar que Kel estaba siendo expuesto bajo tanta presión por parte de su propia familia y cada una de sus acciones siendo escrutada y cuestionada por sus viejos amigos.

Eso podría hacer dudar a cualquiera.

En la noche de Año Nuevo, con la excitación en aumento, Meri se abrigó con una chaqueta inflada que se había regalado en la época de rebajas. Tenía la ventaja de una piel sintética en los bordes de la capucha. Cuando la llevaba puesta, su rostro quedaba escondido. Como había cierto riesgo en cualquier intento de ver a Theo, se vistió pensando en un atuendo que fuera apto en caso de tener que escapar: calzado deportivo y pantalones clásicos, sin bolso. Todas sus pertenencias –billetera, llaves y esas cosas– las había distribuido entre los bolsillos de su chaqueta. Se miró en el espejo con manchas de humedad en su habitación y decidió que ese *look* sería suficiente para mezclarse entre la gente.

Meri se colocó en la fila para tomar el servicio de autobús fluvial con el resto de las personas que se dirigían a Green Park para los fuegos artificiales. Cuando el Támesis se había inundado unos años atrás, el espectáculo anual pasó de la vera del río al Palacio de Buckingham, ya que este había quedado ahora en la nueva orilla. Del otro lado del centro comercial, la mitad de Trafalgar Square estaba sumergida debido a la marea alta, los cuatro leones de bronce que rodeaban la Columna de Nelson tenían sus patas tapadas por el agua, pero aún podía uno pararse en los escalones que conducían a la National Gallery y disfrutar de los fuegos artificiales desde las terrazas. Allí era donde había acordado reunirse con Theo y sus amigos. Muchas otras personas habían tenido la misma idea, pero Meri se repetía a sí misma que eso era algo bueno: más personas significaba solo más lugares donde esconderse.

Al bajarse del autobús fluvial en el pontón amarrado en Charing Cross, tomó la pasarela peatonal encadenada que cruzaba por encima de la estación que había quedado bajo agua y subió al suelo seco cerca de St Martin's-in-the-Fields. Era más fácil ahora que estaba sola, pensó, porque mantenerse junto a otra persona en esta multitud hubiera resultado imposible. No pudo comprender a los padres que habían creído que llevar allí a sus hijos sería una buena idea.

–Tal vez si lo atara –murmuró, mientras observaba a un padre que levantaba a un niño y lo llevaba apoyado sobre un lado de la cadera para no separarse de él.

Meri se abrió paso entre la masa de cuerpos para llegar hasta las escaleras de la galería. Los escalones ya estaban todos ocupados por grupos de personas que habían llegado temprano para asegurarse una buena vista, pero a nadie le importó una muchacha menuda que los sorteaba sin pronunciar una sola palabra. Finalmente, logró divisar el turbante de Valerie, que parecía posarse cual mariposa por encima de la multitud. Meri sintió que su cuerpo entero sonreía.

–Hola –hizo el último esfuerzo para llegar hasta ellos y se detuvo justo delante de Theo.

–¡Gracias a Dios ya estás aquí, Meri! –Theo la abrazó contra su vieja chaqueta negra. Tenía lágrimas en los ojos debajo del gorro de lana. A Meri le hubiese gustado decir que no había forma de que pasaran desapercibidos con Valerie y su sombrero de diseño africano allí–. ¿Cómo has estado?

–Bien, gracias.

–Te ves bien –la tomó de las manos y la observó entera–. Sí, te ves muy bien.

–Disfruto bastante del servicio ecológico, ¿puedes creerlo? Theo se rio.

–Aquí tienes mi regalo –le entregó un paquete–. Ábrelo más tarde.

–Gracias… Así será.

–Ah, ¡cariño! –Valerie le besó ambas mejillas–. Qué bueno volver a verte. Te extrañamos esta Navidad.

–Yo también los extrañé.

Saddiq la abrazó.

–Theo ha sido una especie de trapo de piso al no tenerte cerca. ¿No puedes volver a casa?

–Tal vez lo haga algún día. Gracias por… Ya tú sabes –y se tocó el bolsillo con su nueva identificación como Emma Boot.

–Un placer. Fue un tanto emocionante poder corromper una ley –el parche en el ojo de Saddiq brilló con el primer fogonazo del espectáculo en el cielo–. ¡Aquí están!

A la distancia, el reloj del Big Ben aparecía encendido especialmente para la ocasión. Aunque el edificio del Parlamento había quedado abandonado, las tradiciones tardaban en desaparecer y las autoridades restauraban la electricidad en el reloj por solo una noche cada año. Luego de la primera explosión de fuegos artificiales, hubo una pausa, y la gente aguardó en silencio la campanada que anunciaría la medianoche. Cuando la primera campanada retumbó del otro lado de una Westminster inundada, hubo una gran explosión de alegría y estallaron a tono los fuegos artificiales. Meri se tomó del brazo de Theo de un lado y del de Valerie del otro, los cuatro emocionados como el resto del público presente. Se sentía maravilloso estar con las personas que la amaban, ser parte de una actividad grupal después de tanta soledad. No había bebido nada, pero se sentía embriagada como si se hubiese ahogado en varias copas de champagne.

El espectáculo duró diez minutos. Los fuegos artificiales resonaron en muros y ventanas y sacudieron los vidrios. Los destellos se reflejaban en el agua que llenaba las antiguas calles, haciendo que Westminster se pareciera aunque sea por un instante a la desaparecida ciudad de Venecia. Con la capa de nieve colgando de los tejados y las cornisas, los colores parecían más brillantes, aunque fuera por contraste.

–¡Guau! –dijo Meri, sonriéndole a Theo–. Esto sí que valió la pena.

–No tienes que irte ya, ¿o sí? –le apretó el brazo–. He hecho una reservación en un club que conozco y que no está lejos de aquí. Podríamos comer algo y ponernos al día.

–No hay nada que fuera a disfrutar más, Theo. Este espectáculo fue maravilloso. Tendremos que venir aquí todos los años… Una nueva tradición.

–Sí que lo fue –una mujer joven, de rizos rubios recogidos en una cola de caballo, de pie un escalón más abajo, se dio vuelta para hablarle a Meri, pero Meri se echó hacia atrás casi instintivamente, apurándose a colocarse la capucha que le cubriría el rostro. Se le había caído hacia atrás durante el espectáculo.

–Sí, realmente encantador –dijo Theo, rápidamente–. Discúlpeme.

La mujer extendió la mano para saludarlo.

–Solo quería saludarlo, señor Woolf. Entiendo que ha sido usted muy amable con mi hermano.

–¿Su hermano? –Theo se colocó delante de Meri, y se aseguró de hacer contacto visual con Saddiq para que los vigilara.

–Sí, Kel Douglas. Yo soy su hermana, Jenny. Me dijo que podría encontrarlo aquí.

Meri no esperó para oír el resto. Se escondió debajo del brazo de Saddiq, mientras que él se adelantó para bloquear a la mujer. Meri salió corriendo, tratando de esquivar a todo y a todos los que se interponían a su paso.

–¡Corre, Meri! –gritó Valerie, golpeando a Jenny con un paraguas de colores.

Tuvo la vaga sensación de que Theo y sus amigos estaban luchando con más personas detrás de ella, pero no se detuvo a ayudarlos. Un poco a los tropezones, descendió las escaleras y atravesó el mar de gente hasta llegar al borde de Trafalgar Square. Las personas ya estaban yéndose a sus casas, tomando las calles alternativas hacia las estaciones de metro o esperando en fila para subirse a algún autobús. Un par de veces, hasta llegó a resbalarse con el hielo congelado en la acera.

–¿Cuál es tu apuro? –se quejó un hombre con el que había chocado en su huída.

Estaba corriendo en dirección a uno de los leones de bronce, pero de repente sintió un golpe seco en la parte de atrás de su capucha. La habían atrapado. Rápidamente, bajó la cremallera de su chaqueta, jaló de los brazos, y su perseguidor se quedó con su chaqueta en las manos. Llegó al borde del agua. Algunos de los espectadores habían alquilado botes para flotar por las calles sumergidas de Whitehall. Al no tener ningún lugar en tierra firme, Meri saltó al agua, rompiendo la delgada capa de hielo, deseando poder llegar hasta el bote más cercano para rogar que alguien la pusiera a salvo. El agua helada enseguida le llegaba hasta la cintura. Era un frío que penetraba los huesos. Desesperada, Meri comenzó a nadar hacia un bote de remos amarillo, pero el bote siempre le parecía lejano; los pasajeros ni se habían percatado de su presencia, ya que iban descorchando botella tras botella. El tumulto constante cerca de las edificaciones sumergidas la llevaron hasta el este, el bote amarillo comenzó a alejarse hacia el oeste, en dirección a las luces del Admiralty Arch. Estaba sola rodeada de aguas oscuras, el cuerpo y el cerebro comenzaban a fallarle. A su lado, aparecieron dos muchachos. Venían nadando con toda la furia.

–¿Podemos tocarla? –preguntó Lee casi sin aliento.

–Tómala de la camiseta –dijo Ade.

Despertando de su estupor, Meri luchó contra ellos, pataleó y sacudió los brazos, tratando de pegarles. Ade la tomó del cabello e intentó ahogarla. Meri luchaba por volver a la superficie, escupiendo el agua fétida que le entraba con cada sumergida.

–Deja de luchar o lo haré otra vez. Intentamos salvarte.

–¡Claro que no! –pateó a Ade, y él cumplió con su promesa: volvió a hundirla. Esta vez, por más tiempo. Se les unió alguien más. Esta persona colocó su cuerpo encima del de ella y envolvió la garganta de Meri con su brazo, ahorcándola.

–Ríndete ahora, atlante, o juro que te ahogaremos aquí mismo –gritó.

La tenían bajo su control. Los tres muchachos arrastraron a Meri hasta la orilla. No había señales de Theo, Valerie o Saddiq en ningún lado, pero la hermana de Kel estaba allí, sosteniendo la chaqueta de Meri e intentando bloquear a los espectadores que se habían acumulado.

–Sí, bebió demasiado. Dijo que quería nadar hasta el Big Ben. No se preocupen. Es mi prima. Yo misma la llevaré a su casa y le leeré el acta de disturbios. Meterse en el Támesis cuando la temperatura es bajo cero… ¡qué tonta! ¡Podría haberse matado!

Meri estaba de pie al borde del río. Chorreaba agua por todos lados. La sostenían sus enemigos. Jenny le colocó la chaqueta sobre los hombros.

–Sí, se encuentra bien. Gracias por preguntar –la gente comenzó a dispersarse. Jenny bajó la voz y le habló a Meri–. No deberías haber entrado en pánico. Le dije a Kel que alguien iba a lastimarte si oponías resistencia.

Meri no podía hablar. Era como si estuviese desarmándose por dentro. Miró a su alrededor pero no lo vio.

Un minibús llegó hasta ellos. Swanny era el conductor.

–Súbanse, rápido –les ordenó–. Ade, hay una manta de emergencia detrás de mi asiento. Úsala antes de morir de frío.

Alguien la empujó por detrás. Meri no tuvo más opción que ingresar en el vehículo. Tuvo su propio asiento en la fila del medio. Ade se sentó al frente y abrió la manta térmica de aluminio.

–Estoy bien. Solo fue un minuto. ¿Tú necesitas esto, Lee?

–Estoy bien. Puede quedárselo, señor.

–¿Tíber?

–Yo estoy bien, Ade.

–Meri, ¿tú la quieres? –le acercó la manta.

Meri no podía creer que Ade se hubiera atrevido a llamarla así.

–¿Qué has hecho con Theo?

Ade bajó el brazo y la manta de aluminio se posó sobre sus piernas.

–Nada. Solo detuvimos al señor Woolf y sus amigos para que no te siguieran. Eso es todo.

–¡No me mientas! Eso no es todo. Estaría llamando a la policía en este mismo instante, tú estarías siendo arrestado por secuestro, así que no me digas que no le hiciste nada.

Ade se encogió de hombros.

–Está bien. Le dije que, si involucraba a la policía en esto, jamás volvería a verte. Tengo algunos muchachos haciendo de niñeros. ¿Me crees ahora?

Solo giró la cabeza y miró por la ventanilla. Observó su propio reflejo.

–No creeré nada de lo que me digas.

–Toma la manta, Meri.

–No tomaré nada que venga de ti.

–Has lo que quieras –tomó la manta y se la colocó sobre sus propios hombros–. Muy bien, pandilla, ahora vamos a casa.

Capítulo 14

A Meri le resultó irónico que hubieran elegido encerrarla con el único de la casa que no la odiaba. El dojo había sido convertido raudamente en una sala de invitados. Se habían quitado las armas, por supuesto, pero habían dejado a R2 en su rincón. El robot había observado todos los movimientos con lo que Meri leyó como disgusto. El lugar era ideal para mantenerla prisionera: sin ventanas y con una sola puerta que daba a un pasillo. Las opciones de escape eran claramente limitadas. Tal vez no había estado tan desacertada después de todo cuando lo había confundido con un calabozo la primera vez que estuvo allí.

–Puedes usar el baño en la sala de lavandería aquí al lado –dijo Jenny mientras colocaba una pila de ropa seca sobre la cama plegable. Dejó el regalo de Theo junto a la ropa, no sin antes registrar la chaqueta de Meri para asegurarse de que no llevara consigo nada peligroso–. Puedes caminar por lo que es todo este nivel, pero las puertas que llegan hasta aquí estarán cerradas, así que te recomendaría que no pierdas tiempo intentando abrirlas. Cuando te vistas, el único lugar sin una cámara es la parte donde te bañas, así que asegúrate de usar ese lugar si es que necesitas privacidad.

Meri colgó su chaqueta en R2.

—¿Dónde está tu hermano?

—Quiere darte tiempo para que te calmes antes de venir a verte. Es lo mejor, créeme, haberte traído así. Necesitas pensar en eso. Kel se preocupa por ti. Y, aunque creas que no es así, hizo lo que creyó que era lo mejor para ti.

—¿Esto es lo mejor para mí?

—No estás muerta, ¿o sí? Esa es la política usual cuando tratamos con atlantes.

Luego de que Jenny se marchara, Meri estaba demasiado exhausta como para quitarse las prendas mojadas. La sola idea de despertarse y todavía oler a ese lodo del Támesis le dio las fuerzas para meterse en la ducha y quedarse un buen rato bajo el chorro de agua caliente. Dejó que el agua se llevara la mugre y las lágrimas. Finalmente, el agua comenzó a salir más fría, así que se secó y se colocó la camiseta y los pantalones de pijama con cordón ajustable que Jenny le había traído. Le quedaban demasiado grandes. Se arremangó los pantalones y caminó descalza hasta su prisión. Observó detenidamente la cámara negra que estaba colgada en el centro del techo, con la luz roja titilante que anunciaba que estaba encendida. Luego del momento de aflicción durante la ducha, la furia llegó como un tren expreso para ocupar su lugar. No había manera de que fuera a poder dormir sabiendo que la estaban observando. No estaba segura de creer lo que Jenny había dicho sobre Kel, pero no lograba comprender de qué otra manera podrían ellos haber sabido de su encuentro secreto con Theo. Su tutor jamás habría dicho nada. No tenía sentido… a menos que creyera que Kel había cambiado de parecer y hubiera decidido unírseles para que ella fuera capturada. De ser así, no estaba segura de poder superar semejante traición.

Deambuló por la habitación, intentando encontrar sentido a este repentino cambio de suerte. Había estado de maravillas con los fuegos artificiales y, un segundo después, estaba peleando por su vida. ¿Era plausible que Kel le hubiera hecho eso?

Por Dios, ¿sería posible?

No iba a perder sus esperanzas con Kel, no hasta tener pruebas. Y estaba segura de que no iba a comenzar el nuevo año perdiendo las esperanzas de poder escapar. Si era paciente, estaba convencida de que encontraría su oportunidad. Deprimirse no era la respuesta.

Volviendo a concentrarse en el presente, rompió el envoltorio. Una cadena de oro con un dije de cristal en forma de gota cayó en su mano. La alzó para poder verla a contraluz, y un arcoíris se reflejó en el suelo. Todos los colores del espectro que solo ella podía ver.

–Ay, Theo –él siempre sabía lo que a ella le gustaba, sabía cómo hacerla sentirse especial. Tenía que salir de allí no solo por ella sino también para asegurarse de que su padre adoptivo se encontrara a salvo.

Meri se colocó el collar y luego merodeó por su celda, examinando cada rincón. Como su fallido intento de escape lo había demostrado, sabía que tenía mucho que trabajar respecto de sus técnicas de defensa propia. Si se las hubiese arreglado para lanzar una buena patada o un golpe, podría haber llegado hasta algún bote en lugar de encontrarse en esta situación ahora.

Recogió el manual de uso del robot que había quedado en un estante.

–Muy bien, Señor Combate. Veamos qué puedes enseñarme –presionó el botón rojo e hizo que el robot caminara unos pasos para salir de su rincón–. Voy a imaginar que eres uno de esos idiotas que están en el piso de arriba. Prepárate para la sacudida.

Ade le trajo el desayuno por la mañana. Estaba acompañado de Lee y Swanny, que se veían mucho menos cómodos con su presencia. Swanny tenía sus dedos colocados sobre el gatillo de la pistola taser que colgaba de su cinto.

Qué agradable forma de despertar, pensó Meri con un humor desalentador.

–Me han dicho que no has dormido nada –Ade colocó la bandeja sobre el banco de pesas. Meri no se movió de su escondite en el rincón detrás de R2. Había decidido que era el único lugar en la habitación en el que la cámara no podía captarla tan claramente.

–Puedes obligarme a quedarme aquí, pero no puedes obligarme a dormir –le dolían los músculos luego de su largo entrenamiento con el robot y tenía lastimados los nudillos.

–Es cierto. Pero necesitarás estar descansada para el juicio.

–¿Qué juicio?

–Le prometí a Kel que te otorgaría el derecho a un juicio. Creo que "juicio" no es la palabra... Será más bien una audiencia.

–No. Creo que es la palabra exacta para lo que tienes en mente. No estás interesado en escuchar nada. No mientas.

–Será en unos pocos días, cuando nuestro líder llegue a la casa. Él quiere decidir sobre tu caso en persona.

–Y supongo que es un juez calificado y tú me ofrecerás representación legal.

–No es un juez, Meri. Es nuestro rey.

–Yo no tengo rey.

–El rey de los perilos. Su palabra es la ley en este lugar.

–Entonces no habrá un proceso judicial de verdad. Creo que la palabra que estás buscando es "canguro". Es una corte canguro. No reconozco que tengas ningún derecho o poder sobre mí.

Ade movía el pie, inquieto e irritado.

–Eso ya lo sabemos, pero es irrelevante. La decisión de concederte una audiencia no es por ti. Los derechos de los atlantes no tienen un lugar importante en nuestra agenda... Lo hacemos por aquellos de nosotros que quieren ver que estemos jugando limpio.

–Como Kel.

–Sí, como Kel.

–¿Por qué no me puede traer el desayuno él? Yo lo he hecho por él varias veces.

Ade miró a Swanny. Interesante: había cosas que ellos no sabían.

—Tuvo que salir esta mañana —dijo Swanny.

—Por supuesto. O tal vez ni siquiera se esté quedando con ustedes y me están mintiendo al decir que él está aquí. Intentan desmoronarme.

Ade sacudió la cabeza.

—Come tu desayuno y trata de dormir.

—Creo que puedo tomar mis propias decisiones, pero gracias.

—Meri, no hagas nada estúpido como no comer solo para fastidiarnos. Ninguno de nosotros quiere que sufras.

Meri se golpeó la cabeza contra la pared.

—Eso es lo que crees, ¿no es así, Ade? Lárgate de aquí. Has convertido esto en una prisión; pero es mi prisión ahora, así que yo decido quiénes pueden atravesar esa puerta. No quiero volver a ver a ninguno de ustedes.

—No estás en condiciones de sentir que puedes ponerte al mando —farfulló Lee.

Meri salió disparada de su rincón y avanzó, con el brazo extendido y señalándolo:

—¿No?

—¡Aléjate de mí! —Lee se puso en posición de lucha, con el brazo levantado para bloquear cualquier golpe.

Meri se detuvo en el centro de la habitación y cubrió su rostro con ambas manos; le temblaban los hombros en una mezcla de risa y sollozos.

—Me tienes miedo. Guau, no lo había notado. Y es que odias estar así de aterrado. Esto no tiene que ver con que yo sea una atlante –intentó probar su teoría dando un paso para acerarse a Swanny: él también retrocedió–. Está bien. No voy a tocar a ninguno de ustedes. Solo háganme el favor de mantenerse lejos de mi camino –tomó una de las mantas de la cama, se volvió a colocar en su rincón y se acurrucó detrás del robot.

–Está bien, Meri. Te dejaremos tranquila por ahora. Come tu desayuno. Por favor –Ade apuró a los otros para que abandonaran la habitación y luego cerró la puerta tras él.

Kel se preguntó dónde estarían todos cuando regresó a la escuela después de Año Nuevo. Ni Ade ni Lee. Normalmente, lo haría feliz no tener esos ojos sobre él en cada clase, pero el hecho de que ninguno estuviera por ningún lado lo inquietaba. En Arte, se acercó a Sadie. Ella ya había comenzado un nuevo proyecto, un lienzo manchado de rojos y negros furiosos, una especie de masacre de multitudes.

–Hola, Sadie. ¿Cómo estuvo tu receso?

–Sistema completamente colapsado. ¿Y tú?

–Tranquilo. Hice un poco de dinero cuidando niños.

–Al menos hiciste algo. Yo solo me senté en mi casa y miré la televisión con mis padres. Vi los fuegos artificiales en el Palacio de Buckingham… Se veía impresionante, pero yo estaba obligada a quedarme dentro. No puedo creer que dejara que Lee me arruinara mi noche.

Kel había estado esperando a que Sadie mencionara a su novio y aquí venía:

–¿Por qué? ¿Qué hizo?

–Me dejó plantada a último momento, el maldito.

–¿Dijo por qué?

–No, ni una palabra. Solo que tenía algo que atender. ¿Quién tiene asuntos que atender en la noche de Año Nuevo, por el amor del microchip?

Una sospecha terrible acaparó la mente de Kel.

–Dime que tú no le contaste a Lee lo que hiciste por Meri.

Se le hundió el corazón. Ella miró para un costado, intentando parecer inocente.

–Lo siento. Eso no computa.

–Mira, Sadie. Yo te mentí cuando te dije que no había visto a Meri porque estábamos en la casa de Ade. He estado con ella. De hecho, estuve con ella varios días la semana pasada. Nos encontramos de casualidad. Me dijo que tú habías creado unos comandos seguros para que ella pudiera comunicarse con Theo.

–¿Y qué tiene de malo si le conté? No es ilegal. Bueno, no completamente. Solo un poco, en el área gris de qué hacer y no hacer en encriptación según Seguridad Nacional.

–No estoy criticándote. Fue muy amable de tu parte y sumamente importante para ella. Pero necesito saber si le contaste a Lee.

–¿Por qué es importante?

–Porque Meri debe haberte dicho que tiene enemigos.

–Sí, eso hizo.

–Lo que no mencionó es que esos enemigos están mucho más cerca de todos nosotros de lo que te debe haber contado.

–¿Estás intentando decirme que Lee estuvo hackeándome

para obtener información todo este tiempo? Será por eso que no me ha devuelto ninguno de mis llamados ni mensajes. ¡Cabrona e innecesaria actualización de sistema por un maldito novio! –y unos pocos cuervos más murieron en un horrible manchón de pintura roja.

Kel tuvo que reconocer que su manera de maldecir resultó muy satisfactoria.

–¿Entonces le dijiste?

–Sí, ¡incluso le mostré cómo lo hice! Estaba haciendo alarde, claro. Que Gates me perdone… Solo quería impresionarlo.

–Seguro lo impresionaste.

–¡Voy a matarlo! Destrozaré con un maldito martillo su disco rígido –Sadie pateó su silla–. ¿Qué puedo hacer? ¿Crees que podremos advertir a Meri?

La señorita Hardcastle se les acercó y señaló la silla.

–Este no es el comportamiento que espero tener en mi clase, Sadie.

–¡Voy a vomitar! –Sadie abandonó el salón corriendo, con la palma de la mano sellando sus labios.

–Ah, muy bien. En ese caso… –la señorita Hardcastle llevó ambas manos a la cadera.

–Iré a ver que esté bien –dijo Kel luego de recoger la silla.

–Seguramente esté en el baño. Podría enviar a una de las niñas.

–Está bien. Yo lo resolveré.

Kel tomó su bolso y el de Sadie y apuró el paso para salir al pasillo. Encontró a Sadie hiperventilando y golpeando la maceta del olivo de la escuela, pieza central del parque de concientización.

—Toma esto —colocó el bolso de Sadie junto al árbol.

—¡No puedo creer haber sido tan tonta! ¡Un cerebro tan análogo!

—Si sirve de consuelo, me imagino que sí le gustas a Lee. Si tiene un "tipo" de chica, esa eres tú. Pero también entendió que tú eras una vía para llegar a Meri. Supongo que ató los cabos sueltos con nuestra conversación en Nochebuena. ¿Te das cuenta ahora de que nos estaba escuchando?

—¿Crees que podremos llegar a ella antes que ellos?

Kel se sentó sobre la maceta mientras jugaba con una ramilla de romero entre los dedos mientras ordenaba la secuencia de eventos en su mente. Lee había dejado plantada a Sadie en la noche de Año Nuevo. Los planes de Meri, según había sido su recomendación, contemplaban encontrarse con Theo entre la multitud que estaría observando los fuegos artificiales. Deseó no haber sugerido esa opción. Ahora que lo pensaba, la dejaba muy vulnerable. Si Lee se había movido rápido, hasta podría haber interceptado los mensajes entre ellos. Pero ¿habría habido tiempo?

—Necesitamos hablar con Theo. Él sabrá qué está sucediendo. ¿Crees que podrías hacer algo para que sus mensajes vuelvan a ser seguros?

—Sí, podría cambiar el código. Puedo hacer que cualquier hacker de microchips se sienta como si sus bolas estuvieran siendo quemadas por mis firewalls una vez que haya terminado de establecer las defensas.

—Está bien. Tú quédate aquí y encárgate de eso. Iré al apartamento de Theo y veré si todo está bien allí. Envíame un mensaje cuando sea seguro usar la cuenta de correo otra vez.

—Iré al cibercafé y lo haré ahora mismo —Sadie se llevó su bolso al pecho y lo abrazó fuerte—. Lo he arruinado todo, ¿no es así, Kel?

Sí. Muy probablemente.

—Sadie, no vale la pena sentirse culpable ahora por un error que has cometido sin malas intenciones. Resolvamos esto juntos. Una última cosa: ¿podrías enviar un mensaje a un señor llamado Big Ben? Es el dueño de un cibercafé en el muelle de St Katharine's.

—Claro. Nada más sencillo que eso. ¿Qué quieres que le diga?

—Dile que las cosas han dado un giro demasiado colorido esta vez y para peor, y que Meri podría estar necesitando salir rápidamente de Londres. Estaremos en contacto.

Kel llegó al apartamento de Theo y llamó a la puerta. No hubo respuesta. Era posible que estuviera aún en el trabajo, claro. No podía quedarse con esa opción, así que tocó el timbre del apartamento en el piso de abajo. El intercomunicador hizo ruido.

—¿Con quién hablo?

—Ah, hola. Soy un amigo de Meri. Me preguntaba si había visto a Theo.

—Entra, querido. Por favor —la puerta se abrió y Kel ingresó en el vestíbulo que conocía. Un hombre con escaso cabello blanco, vestido en seda azul y zapatos negros abrió la puerta del fondo.

—Sepa disculpar mi vestimenta. Hábitos torpes de los que ya nos hemos jubilado —arrojó en su tono carraspero.

Kel recordó que Meri una vez había mencionado que el dueño del edificio era un antiguo cantante de ópera que ahora vivía en el apartamento de la planta baja.

–¿Señor Kingsley?

–Así es. ¿Es que has oído hablar de mí? –su viejo rostro esbozaba ahora una gran sonrisa, orgulloso.

–Meri me habló de usted.

–Ah –esa luz se apagó un poco.

–Me contó que fue un tenor extremadamente talentoso en su época.

La expresión en su rostro volvió a iluminarse.

–Qué dulce de su parte. Fue tan amable conmigo que hasta aceptó escuchar algunas de mis grabaciones. Puedes entrar en mi casa si no te importa ver un poco de desorden.

"Un poco". El señor Kingsley había llenado su apartamento con incontables libros de música de los años setenta y hasta la fecha: posters en cuadros, viejos vinilos, cintas, videocasetes, CDs y DVDs y toda la maquinaria anticuada que se requería para poder escucharlos a todos. Kel atravesó el espacio como pudo y llegó a la sala con ventanas francesas que daban paso a un jardín cubierto de nieve en el fondo. Su perrita, una Cavalier King Charles spaniel, estaba acurrucada sobre un cojín de terciopelo bordó en el sofá. Levantó la cabeza solo para ver qué estaba sucediendo y volvió a su siesta. Un tocadiscos hacía sonar un dúo soprano de alguna ópera que Kel creyó que debería haber reconocido al menos por su uso en algún comercial, pero enseguida recordó que no estaba aquí para hacer amigos.

–Así que andas buscando a Theo –preguntó el señor

Kingsley, moviendo una torre de discos para que Kel pudiera sentarse junto a la perra.

—Así es. ¿Lo ha visto?

—No desde la noche de Año Nuevo. Salió con Valerie y Saddiq, pero luego no escuché que hubieran regresado. Normalmente llaman a mi puerta y compartimos un escocés en la madrugada, pero no este año. Para serte honesto, ya estaba un poco dolido, pero ahora estoy comenzando a preocuparme.

—¿Ha intentado llamarlo por teléfono?

—Por supuesto. Theo jamás abandonaría su apartamento por tanto tiempo sin pedirme que le riegue las plantas. Ama sus hierbas. Solo puedo pensar en una sola explicación. Creí que tal vez se había ido sin planearlo demasiado a ver a Meri, intentar una reconciliación. El que esa muchacha se haya ido tan de improvisto le había roto el corazón.

—Ella no se fue porque quiso.

El señor Kingsley se sentó en su sillón individual junto al tocadiscos.

—No, supongo que no. Ella no es así, jamás lo preocuparía de esa manera. ¿Cree usted que debería llamar a la policía?

—No lo sé, señor —Kel se inclinó hacia adelante, con las manos juntas en forma de rezo entre las rodillas—. Voy a probar con algunas personas que conozco primero, ver si alguno de ellos tiene alguna respuesta para mí. Pero, si yo no regreso, o si Theo no vuelve al finalizar el día de mañana, tal vez debería llamar a la policía, ¿está bien? —Kel decidió que su lealtad hacia los perilos no iba tan lejos como para protegerlos si se habían sobrepasado para interferir con gente de buena voluntad como Theo y sus amigos.

–Creo que tiene razón, muchacho. ¿Y quién es usted, si no le molesta repetírmelo?

–No creo que me haya presentado. Mi nombre es Kel Douglas. Soy el novio de Meri.

–Me alegra mucho saber que Meri tiene un muchacho que la cuide. Es una niña tan adorable. Bueno, gracias por contactarte conmigo. Charlotte y yo estábamos perdiendo la cabeza intentado decidir qué hacer –la perrita levantó otra vez la cabeza cuando oyó su nombre y respondió con un gruñido–. Ni siquiera *Duettino Sull'aria* ayuda, y *El casamiento de Figaro* jamás me había fallado antes.

–Será mejor que me vaya. Lamento que esté preocupado.

–No es tu culpa, querido.

Kel no estaba tan seguro de eso. Temía que su corta aparición en la fiesta de Navidad hubiera sido lo que había disparado esta nueva ronda de desastres.

Había una inusual cantidad de coches estacionados en la calle justo fuera de la casa de Ade. El Santa Claus borracho ya no estaba allí, pero las tiras de luces sí. Kel ni se molestó en presionar el timbre en el portón, sino que ingresó directamente su antiguo código. Qué bien, todavía nadie se había preocupado por cambiarlo. No estaba muy seguro de qué era a lo que se estaba enfrentando, pero aun así caminó a paso apurado por el camino que conducía hasta la casa como si estuviese en todo su derecho de estar allí. Hasta usó su vieja llave para ingresar. El hall de entrada estaba vacío, pero podía oír las voces en el salón de reuniones. ¿Sería que habían llevado a Theo allí? ¿Acaso estarían obligándolo a decirles dónde encontrar a Meri? Decidido a rescatar a Theo, Kel avanzó hacia el interior.

Hacia su pesadilla.

El lugar estaba lleno de gente. Solo había lugar en la parte trasera de la sala. Los ventanales estaban bañados en vapor. La mayoría de los muebles habían sido movidos de su lugar, excepto por una mesa en el fondo debajo del escenario donde estaban sentados Osun, el padre de Kel, Swanny y Ade. Jenny estaba de pie detrás del primo de Ade, el miembro de la familia real con quien solía trabajar, que había llegado desde Ámsterdam. De hecho, luego de un rápido vistazo, casi todos los miembros de la realeza estaban presentes, algo que muy raramente sucedía si no se trataba de la reunión anual. Sola en el medio de todo esto, se encontraba Meri. Tiber y Lee estaban custodiándola, con sus pistolas taser listas. Sus rostros decían que estaban preparados para usarlas si Meri hacía lo que no debía.

Kel había llegado demasiado tarde. Ya la tenían.

—Hemos oído a los testigos —Osun parecía estar dando por terminado el juicio—. Esta jovencita sí muestra las características de una atlante; y la historia de su familia, según lo que hemos logrado a recolectar, sugiere que es la niña que desapareció el día del ataque en Mount Vernon. Esto ata de cierta forma los cabos sueltos. ¿Estamos de acuerdo? Por favor, levanten sus manos aquellos que crean que es una atlante.

Todos, excepto Kel y Meri, levantaron la mano.

—Entonces procederemos al tema principal de nuestra

agenda y que tiene que ver con esta muchacha. Meredith Marlowe, ¿tienes algo que te gustaría decir llegado este punto?

Meri lo ignoró y lo único que hizo fue mirar por sobre su cabeza a la pantalla en blanco mientras jugaba con el dije que le había regalado Theo. El cristal enviaba decenas de arcoíris por toda la habitación que relucían sobre los rostros de los presentes. Kel sacó la mirada de la pantalla para ver la expresión de Meri y luego vio que, justo detrás de ella, se encontraba R2. Meri se había traído un amigo consigo después de todo.

–Meri, ahora sería un buen momento para dejar de fingir que no nos oyes y hablar en tu propia defensa –dijo Ade.

Meri se cruzó de brazos y comenzó a mecerse en su silla, como si todo esto del juicio la estuviera aburriendo.

–¿Cuál sería el sentido? Mi consejero legal –dijo señalando a R2– hablará por mí. Lo único que quiero saber es qué han hecho con Kel.

–Nada.

–Entonces ¿dónde está?

Kel se abrió paso entre la gente.

–Estoy aquí.

–Kelvin, ¡no te atrevas a acercarte a la prisionera! –le advirtió su padre.

–Intenta detenerme –sacó a Lee de su camino y llegó a Meri. La abrazó con fuerza, decidido a que nadie fuera a separarlos nunca más–. ¿Qué estás haciendo aquí, cielo?

Su actitud despreocupada se esfumó y largó un corto y reprimido sollozo antes de controlarse. Presionó su cara contra el pecho de él.

–Dios mío, no lo sé. Estaba disfrutando de la celebración de Año Nuevo y, dos segundos después, estos lunáticos estaban secuestrándome. Me dijeron que tú me habías entregado.

–¿Y tú les creíste?

–Solo por treinta segundos.

–Kel, ¡aléjate de ella! –gritó su padre.

Kel hizo caso omiso y bloqueó a Lee con su cuerpo cuando intentó separarlo de Meri tomándolo de la parte de atrás de su chaqueta.

–No sabía nada de esto. Lee llegó a Sadie –y le dedicó una mirada amenazadora Tiber, que ya tenía preparada su pistola taser–. Baja eso. No estamos atacando a nadie.

–¿Sadie está bien? –preguntó Meri, fingiendo sentirse ajena a la consternación que los rodeaba.

–Se debe de estar golpeando la cabeza en este momento. No sabía que te estaba traicionando. Fui a buscar a Theo también.

–¿No está en casa? Ah, claro, eso cambia las cosas, ¿no es así? –Meri levantó la mirada y se dirigió a Osun y Ade–. Sí, tengo algo para decir. ¿Qué han hecho con mi tutor y sus amigos?

Ade fue el que se puso de pie y tomó la palabra.

–Los tenemos en un lugar seguro y allí se quedarán hasta que lleguemos a un acuerdo contigo.

–¿Han tomado rehenes? –Kel se veía sinceramente consternado con esa movida–. ¿Quién autorizó esa medida?

–Yo lo hice –dijo su padre–. Yo les di permiso solo para lograr que esta captura se diera de la manera más amena posible. Ninguno de nosotros quiere lastimar a nadie.

–Se me ocurren unas cuantas personas a las que podría lastimar yo mismo en este instante –murmuró Meri.

–Estoy de acuerdo contigo, cielo.

–Aléjate de ella, Kelvin. No estás ayudando –dijo Rill.

Una sensación enfermiza le invadió las entrañas. Una parte era la desilusión hacia su padre, y la otra era furia incontenible.

–No, padre. No me moveré de aquí. Por lo que entiendo, le han negado la posibilidad de tener quien la defienda. Por lo tanto, y si Meri está de acuerdo, yo lo haré –se dirigió a ella–. ¿Te parece bien?

–Sí, claro que sí.

–Muy bien entonces. Terminemos con esto de una vez –Kel se colocó de una manera que ella quedara dándole la espalda, los dos mirando hacia la mesa de los jueces. Su mente trabajaba rápido para encontrar un ángulo que pudiera convencerlos de liberarla. Se le ocurrió un solo argumento en ese momento y estaba seguro de que eso los enojaría en lugar de convencerlos. Aun así...

–La ley de los perilos dice que los atlantes deben ser destruidos porque son peligrosos para nuestra especie. ¿No es así?

–Nadie está diciendo nada sobre destruirla –dijo Osun.

–Algunos de ustedes sí, pero ese no es el punto. Meredith no es peligrosa y yo puedo probarlo –Kel se quitó el sweater y la camiseta; luego, tomó a Meri por los hombros y la hizo girar para que quedaran enfrentados. Le tomó las manos y se las llevó hasta su pecho–. Muy bien, Meri. Haz lo tuyo.

Todos los perilos en la sala quedaron estupefactos apenas

Kel rompió con uno de los tabús más distintivos: contacto piel con piel con un atlante.

—Kel, debo decir que me gustas más sin ropa, eso es verdad; pero este no sería el lugar apropiado —típicamente, Meri intentó protegerlo con una broma que no era broma—. Será mejor que te cubras.

—Kel, ¿te has vuelto loco? —Jenny avanzó varios pasos hacia su hermano, intentando alejar a Meri de él para salvarle la vida.

—Quédate donde estás, Jenny. Si Meredith me lastima, entonces lo mereceré por tonto; pero esperaba que supieras a esta altura que no soy un tonto.

—Esto no va a probar nada —dijo Ade.

—Sí que lo hará —Kel sonrió ante la mirada nerviosa de Meri—. Podrán estar muy molestos conmigo, pero creo que la mayoría de ustedes preferiría no verme morir quemado. Acabo de darle a Meri el equivalente a un arma cargada y lista para disparar. Ella podría usarla para lastimarme y salir de aquí conmigo como su rehén. Me parece justo, ya que ustedes han tomado a tres de los suyos como rehenes también.

—No sabemos si sabe cómo usar su poder para matarte —dijo Rill—. Nos estás engañando.

—No, y sí, sabe. Mejor que eso. Lo tiene bajo control y puede hacer que mis marcas se hagan visibles sin lastimarme. Adelante, cariño, muéstrales. Enciéndeme.

—¿Estás seguro? —Se mordió el labio, nerviosa.

—Quieren un show. Nosotros les daremos un show.

Capítulo 15

Meri no podía creer lo que Kel estaba haciendo. El maravilloso e imprudente muchacho se las había arreglado para hacer quedar en ridículo a los otros y, al mismo tiempo, había generado una invitación más bien íntima. De hecho, Meri sintió que el aire cambió en el instante en que lo había visto, como si su tormenta personal se esfumara de repente, deshaciéndose del calor opresivo que se estaba sintiendo en la sala. Solo podía responder a ese coraje con su propio coraje también.

–Muy bien. Agárrate –presionó ambas manos abiertas contra su pecho. No cerró los ojos esta vez, pero mantuvo la mirada fijada en las marcas más cercanas para poder asegurarse de que todo saldría a la perfección. Como cada vez que lo tocaba, tuvo mucho miedo de lastimarlo, miedo de la pasión que podía vibrar tan libremente entre ambos, inundándolo con demasiado poder. Al menos con un público hostil, se sentía en menos peligro de dejarse llevar. Envió un poco de su poder a Kel, y las líneas donde ella había colocado las manos fueron las primeras en encenderse. Segundos más tarde, se esparcieron por toda su piel.

Varios de los presentes gritaron, y la hermana de Kel desesperó.

—¡Deténganla! ¡Lo está matando!

Kel acarició la espalda de Meri como respuesta.

—No, no está matándome, Jen. Les está mostrando lo hermosos que pueden ser un perilo y un atlante juntos. Así es como se supone que siempre debería haber sido... desde el comienzo.

Uno a uno, los espirales fueron emergiendo cada vez con más brillo, como una cadena de faroles que habían recibido su señal para comenzar a encenderse en orden hasta llegar al último.

—Eso ya sería suficiente —dijo Meri. Había llegado un poco más lejos de lo que lo había hecho en la barcaza. No era sencillo controlar su poder, era como tomar pequeños sorbos de agua de una lata repleta y lista para derramar su contenido a borbotones.

—Está muy bien, cielo. Ahora quédate ahí por un segundo —Kel se quedó allí parado, brillando orgulloso delante de los jueces—. Todos pueden ver que no estoy luchando... y definitivamente tampoco estoy haciendo el amor frente a todos ustedes, pero ella puede hacer que mis marcas cobren vida sin lastimarme. Los atlantes tienen un maravilloso don para darnos. Tal como Meri nos lo está demostrando a todos los aquí presentes, no tiene por qué ser una amenaza.

—¿Y si pierde el control? ¿Si se pone de mal humor de repente? ¿Qué sucedería? —preguntó el padre de Kel.

–Entonces hago esto –Meri retrocedió con las manos en alto. Las marcas de Kel fueron desapareciendo lentamente–. No sé de dónde sacaron la idea de que soy una especie de bruja asesina que piensa freírlos a todos.

–Ah, ese es el punto central de esta audiencia, señorita Marlowe. Esa noción nos la dieron sus propios padres –el padre de Kel se puso de pie–. ¿Me permite, Su Majestad?

Osun dijo que sí con la cabeza.

–Adelante, comandante.

El ánimo cambió. Kel se colocó la camiseta rápidamente.

–No, papá. No.

Meri podía sentir que algo verdaderamente malo estaba a punto de suceder, algo que apagó su luz de esperanza que le decía que el acto que acababa de protagonizar con Kel les había hecho cambiar de parecer.

–¿Qué está haciendo? Kel, ¿qué está pasando?

Kel colocó sus manos a ambos lados de la cara de ella, evitando que desvíe la mirada y obligándola a mirarlo solo a él.

–No mires esto, Meri. No necesitas ver esto.

–¿Ver qué? –dijo. Y, con un movimiento, se liberó de las manos de Kel.

La pantalla mostraba una toma un tanto dañada de un día de sol unos catorce años atrás, según la fecha y la hora que estaban estampadas en la pantalla.

–Yo estaba allí, ¿ven? –explicó Rill–. También la madre de Kel –en la pantalla, se podía ver una batalla llevándose a cabo junto al río. Un hombre y una mujer arrojaron un bulto del tamaño de un niño pequeño al agua y luego se dieron la vuelta para deshacerse de sus atacantes. Cada persona que tocaban colapsaba sumida en una terrible agonía, retorciéndose en el suelo mientras que sus marcas se encendían, los quemaban y terminaban largando humo. Meri pudo sentir a Kel estremecerse justo en el momento en que una mujer cae al suelo en el video. Aunque las imágenes eran de baja calidad, el dolor que sentían aquellas personas era demasiado evidente. Luego, aparecieron dos guardias armados–. Ese soy yo... A la izquierda. Pudimos detener a los atlantes, pero no antes de que mataran a cinco de los nuestros, la madre de Kel incluida –los dos guardias dispararon y las balas alcanzaron a los dos atlantes. El hombre recibió dos impactos. Agitaban los brazos intentando tomarse de las manos. Tropezaron unos cuantos metros hasta llegar al borde del río y luego cayeron al agua. Jamás volvieron a aparecer en la superficie.

Meri sintió ganas de vomitar. Estaba horrorizada. Jamás se había imaginado, jamás se había permitido imaginar cómo habían sido aquellos últimos momentos de sus padres.

–Ustedes mataron a mis padres.

–Sí. En defensa propia.

–No me mientan. No a mí. ¡Los asesinaron! Yo estaba allí. Yo sé lo que sucedió. Estábamos comiendo helado; habíamos salido a pasear. Pero ustedes nos persiguieron... ¡Una mamá y un papá sacando a pasear a su hija de cuatro años! ¡Nos cazaron como exterminadores que van detrás de las ratas! –temblaba tanto que creyó que colapsaría en cualquier momento.

–Meri, por favor –Kel intentó abrazarla, pero el dolor la había paralizado y no iba a haber manera de consolarla–. ¿Por qué tenían que mostrarle esas imágenes? No tenía que verlas.

—Sí, Kelvin. Necesita comprender lo que ella representa para todos nosotros —el padre de Kel se veía muy firme, tal como lo había sido aquel día.

Meri se echó a reír.

—¿Por qué estoy yo aquí? ¿Qué podría decirles a ustedes? ¿Creen que me importa ahora lo que los asesinos de mis padres puedan llegar a pensar? ¿Me trajeron aquí solo para que yo pudiera coincidir con ustedes en que merezco ser ejecutada, así todos pueden sentirse exonerados?

—No sería una ejecución —la corrigió Rill—. Una especie de arresto domiciliario era lo que teníamos en mente.

Meri lo ignoró. No quería saber ni oír nada de parte del asesino de sus padres.

—Kel, ¿tú sabías que tu padre había estado allí ese día y que fue él quien le disparó a mis padres? —le preguntó—. ¿Sabías tú que mi madre había matado a la tuya?

—Sí, lo sabía.

Sintió que estaba a punto de perder el equilibrio justo sobre el borde de algún precipicio.

—¿Y por qué no me lo dijiste?

Kel se veía desesperado. Sus ojos soportaban grandes océanos de dolor, igual que los de ella.

—No lo sé. Supongo que tenía miedo de lo que pudieras llegar a pensar de mí.

—Deberías habérmelo dicho.

—Lo siento mucho.

—¿Estás de acuerdo con tu padre? ¿Crees que debería aceptar ese arresto domiciliario?

Por favor, di que no. Por favor.

–Claro que no.

–Está bien. Está bien –teniendo el apoyo de Kel, Meri sintió que podía volver a respirar–. Entonces queda al menos un perilo decente. Comandante Douglas, no me quedaré en su prisión. No he hecho nada para merecer eso. Mientras que usted... No puedo creer que esté diciendo esto... Pero usted mató a toda mi familia. Si es que realmente hay justicia aquí, y si hay alguien que debe ser encerrado, ese sería usted.

–¿Dices que no aceptarás el arresto domiciliario entonces? –preguntó Rill.

–No.

Detrás de ella, Kel contuvo el aliento.

–Por ende, estás obligándonos a tomar medidas más extremas. ¿Entiendes eso? –Rill miró a su Rey Osun, que estaba sentado a su lado, con cara seria.

–No los estoy obligando a nada. Ustedes están eligiendo su propio camino. Yo, yo quiero salirme. No he violado ninguna ley en esta tierra y no reconozco su corte. Lo que ustedes hagan para detenerme estará en su conciencia.

Osun se aclaró la garganta antes de hablar.

–¿Y qué hay de tu guardián? ¿No te importa lo que les pueda suceder a él y a sus amigos?

–No se atrevan –la voz de Meri se quebró un poco–. No se atrevan a actuar como si todo esto fuera culpa mía. Claro que me importa, pero no puedo detenerlos. Confío en que su odio solo lo llevarán contra una atlante, y no contra tres personas inocentes y comunes que ni siquiera saben de qué se trata todo esto.

–Si cooperas, entonces no tendrás nada que temer.

–Si coopero, podría terminar muerta de todas formas y ninguno de ellos me perdonaría por ello tampoco.

Ade se rascó la frente, ya habiendo perdido la paciencia.

–Meri...

–Es Meredith –no iba a permitirle a Ade usar su sobrenombre. Ya no tenía derecho a hacerlo. Ade le sonrió sin gracia.

–Señorita Marlowe entonces, si es que quieres que esto sea así de formal. Por favor, debes pensar en Kel. En esta posición, lo estás obligando a elegir entre su familia y tú.

–No es así, Meri. No se trata de mí –dijo Kel.

–Si llegas a un acuerdo con nosotros, podrás verlo a él... Prometo que llegaremos a un arreglo al respecto.

Eso había sido muy cruel: usar la carta de lo único que podría tentarla a ceder. Meri miró a todos en la sala. No había ningún rostro amigable a la vista.

–Necesito pensarlo. ¿Pueden darnos un momento? Necesitaría hablar con Kel –esperó a que Lee y Tiber se alejaran un poco para asegurarse de que la oreja de Kel quedara a la altura de su boca–. ¿Cómo saldremos de esto?

–Es un alivio que no me insultes considerando sacrificar tu propia vida por mí –Kel le acarició la mejilla y sacudió la cabeza, ofreciéndoles a quienes los observaban la impresión de que estaban discutiendo qué hacer–. Puntos débiles en la sala: las ventanas y la puerta en el fondo. Todas dan al jardín trasero. Recuerda, las personas de pie detrás de los miembros de la familia de Ade son guardaespaldas; han recibido el entrenamiento que yo mismo recibí, así que deberemos esquivarlos. Y tenemos que asegurarnos de que Tiber y Lee no nos den con sus pistolas taser.

–Entendido –se refugió en su pecho por un segundo–. Creo que aquella ventana está mucho más cerca. Arroja mi silla para romper el cristal, y saltaremos.

–Luego, corre sin parar hasta el final. Hazlo por el lado izquierdo, pasando por la cancha de tenis. Allí hay un viejo cobertizo. Te ayudaré a trepar hasta el techo y luego saltaremos el muro.

–¿Y luego?

–Corre como el viento.

Levantó la cabeza para mirarlo fijo a los ojos.

–¿Cuántas son las probabilidades de lograrlo?

–Acotadas.

–Eso suena desastroso.

–Y cínico.

–Esa soy yo, sí –sonriendo muy a pesar de la situación, Meri podía sentir que su vieja personalidad recobraba presencia luego del impacto que le había producido ver las imágenes de la ejecución de sus padres.

–Es un plan –Kel frunció el ceño, forzando la vista para encontrar algo de inspiración en la sala–. Pero primero necesitaremos algo de distracción.

–Eso lo tengo cubierto –con disimulo, tomó el control remoto que manejaba a R2 de su bolsillo–. Tuve bastante tiempo en mis manos, así que leí el manual e hice ciertos ajustes. Yo, el botón rojo. Tú, la silla. ¿Está claro?

La besó.

–Oh, sí, bebé.

Se separaron, sonriendo como dos tontos insensatos. No podía creer cuánto lo amaba.

—Entonces… ¿Han llegado a un acuerdo? –preguntó Ade–. ¿Te quedarás en el arresto domiciliario para salvar a Kel?

—Kel y yo siempre hemos estado de acuerdo en que los dos queremos lo que es mejor para el otro –Meri se acercó a R2 y Kel se ubicó detrás de la silla–. Luego de mucha consideración, esta es nuestra decisión. Vamos a… ¡Estilo libre! –presionó el botón y se inclinó hacia adelante. R2 comenzó a girar con los brazos abiertos, cada vez más rápido, moviéndose cual trompo por toda la sala en círculos impredecibles.

—¿Qué demonios…? –exclamó Ade mientras la gente comenzaba a quitarse del camino para no resultar herida por el robot.

Kel arrojó la silla por la ventana y saltó detrás. Meri fue tras él una fracción de segundo después. Kel parecía un corredor de vallas, mientras que Meri se tropezó y cayó sobre sus manos, cortándose la piel con el vidrio estrellado. Aun así, supo levantarse enseguida y siguió corriendo antes de siquiera registrar el dolor. Cuando llegó a los arbustos en la parte trasera del jardín, encontró a Kel arrodillado y listo para ayudarla a elevarse y saltar el muro. Usando su mano como estribo, Kel la propulsó hacia el techo del cobertizo. El techo de alquitrán le hizo recordar los cortes en las palmas de las manos, pero Meri hizo todo para ignorar el dolor y estiró la mano para ayudar a Kel. No hizo falta; se las había arreglado para saltar y sostenerse del borde del techo, trepando solo con la fuerza de sus músculos.

—¡Ve! –gritó casi sin aliento.

Meri se deslizó hacia el otro lado del techo y avanzó sobre el muro cubierto de hiedra. Habían salido a un callejón que tenía acceso a las partes traseras de las mansiones para las personas que trabajaban en los jardines y los recolectores de basura.

–Por aquí –Kel la tomó de la muñeca, con cuidado de no presionar el vidrio que seguía incrustado en sus manos–. El parque.

Esa era una buena idea: un lugar demasiado amplio con demasiados puntos de escape. Incluso si todos los perilos en aquel salón los estaban buscando, todavía tenían una oportunidad de escapar. Corrieron callejón abajo, acortaron camino con la siguiente calle y tomaron el primer pasaje que conducía al parque.

Kel se arrojó de pronto, arrastrándola con él, usando como protección un arbusto de acebo. Dos coches pasaron a toda velocidad.

–¡Arriba! –Kel la ayudó a levantarse y los dos corrieron, atravesando el suelo congelado. Gracias a la popularidad de esta área entre los corredores y los caminadores de perros, sus marcas se perdieron entre tantas otras, sin dejar un rastro fácil en la nieve revuelta. Esta vez no se detuvieron hasta que se acercaron a un área arbolada.

–Okey. Descanso –dijo Kel.

Meri apoyó las manos en las rodillas y se inclinó hacia adelante, jadeando.

–No debería haber abandonado las clases de Educación Física durante tantos años.

–¿Manos? –Kel revisó los cortes en las manos de Meri–. Necesitamos llegar a una farmacia y ver qué podemos conseguirte allí para estos cortes.

–Primero, asegurémonos de escapar. ¿Tienes un plan?

–Supongo que lo voy ideando a medida que vamos avanzando, pero creo que deberíamos quedarnos en algún lugar al aire libre. Si nos dirigimos al noroeste, podemos atravesar Richmond Park hasta el Támesis. No creo que nadie piense que vayamos a tomar esa dirección. Podemos llegar al río y tomar el autobús fluvial en dirección al sur. Esa será la parte más difícil, ya que seguramente vayan a estar vigilando el transporte público.

–¿Tu teléfono está encendido?

–Maldición –buscó en su bolsillo y estaba a punto de apagar el artefacto cuando Meri lo detuvo.

–Demasiado tarde. Déjalo encendido y espera un momento –Meri pensó en posibilidades. Descartó a la madre que paseaba a su bebé en un cochecito. No sería justo. Al mirar en la otra dirección, vio que estaban junto a una cancha de golf, una franja amplia sin nieve permitía a los asiduos jugadores de golf seguir practicando. Un hombre estaba teniendo problemas para encontrar su pelota, su bolsa de palos de golf estaba un poco más alejada. Meri tomó el teléfono de Kel, dio un salto veloz y colocó el teléfono dentro de la bolsa.

–¡Aléjense de mi bolso! –gritó el hombre, apurándose para salvar su preciado tesoro.

Meri levantó las manos.

–Tranquilo. Solo estaba mirando.

–No pueden mirar. Largo de aquí. Esta cancha no está abierta al público.

–Mis disculpas por respirar –con un contorneo, Meri le dio la espalda al hombre y caminó en dirección a los árboles. El golfista caminó en la dirección contraria, arrastrando el carrito detrás de él como si fuese un perro sin ganas con una correa corta.

—Bien pensado —dijo Kel—, excepto que ninguno de nosotros tiene un teléfono ahora.

Meri se imaginó qué pasaría cuando los perilos llegaran hasta el hombre una vez que este saliera a la calle o cuando regresara al club de golf. Con un carácter como ese, el golfista probablemente fuera a llamar a la policía y a sus abogados si alguien se atrevía a vaciarle el bolso. Solo deseó que eso fuera a retener a Ade y a los otros por unos largos minutos.

—Llevar un teléfono sería demasiado arriesgado. En el momento en que lo prendes, alguien podría rastrearte. Salgamos de aquí antes de que descubran lo que hemos hecho.

Kel la ayudó a pasar del otro lado de la cerca que rodeaba la cancha de golf.

—Es como muy de los años 80 no tener teléfono celular —Kel se quitó la chaqueta y la colocó sobre los hombros de Meri.

Ella se acurrucó, agradecida por el calor extra. Había escapado con la ropa que le habían prestado, unos pantalones de correr y una sudadera con capucha, y eso no era suficiente para aquel helado enero.

—Bienvenida a la era de nuestros abuelos.

—Es raro —bailó en el lugar para mantener el calor en el cuerpo—. ¿Cómo sabremos en qué dirección ir sin un mapa online?

—Supongo que deberemos ser radicales y prestar atención a las señales de tránsito —intentó devolverle la chaqueta, pero él se rehusó.

—Me la quedaré un poco hasta que tú empieces a tener frío —le dijo.

—Eso no pasará. Tengo demasiada adrenalina corriendo por las venas —respondió Kel.

Caminando a paso apurado más que corriendo, siguieron avanzando hacia el noroeste dentro del parque gigante. Cruzaron con mucho cuidado una calle principal en un sendero colgante, e ingresaron a Richmond Park a través de uno de los portones negros con la corona real. Lo primero que Meri notó dentro del parque fue la *miniciudad* de carpas de personas indigentes que se extendía por una vieja avenida de robles. Las personas se daban calor junto a braseros y cocinaban sobre fuegos abiertos. Una camioneta del Ejército de Salvación estaba repartiendo mantas.

—¿Por qué no vas y consigues una de esas? —sugirió Meri.

Kel se sumó a la fila de gente que aguardaba recibir una manta y llegó a tomar una alfombra a cuadros color café que, con un veloz corte de una navaja que le prestó uno de los indigentes en las carpas, convirtió en poncho.

—No quisiera adelantarme a los hechos, pero no veo que alguien nos esté siguiendo —dijo Meri—. ¿Crees que no habrá problemas si me detengo por un momento para lavarme las manos?

—Creo que podemos correr ese riesgo —Kel le subió la capucha de la sudadera que llevaba puesta—. Pero necesitas comprender que los perilos tienen conexiones en los cuerpos de seguridad. Pronto estarán recibiendo la transmisión de cámaras de seguridad y coberturas a través de drones, así que aún debemos movernos lo más rápido que podamos.

–Comprendido. No tardaré.

Meri se sintió mucho mejor luego de haberse quitado la mugre de esos cortes. Ya habían dejado de sangrar, por lo que no debían de ser cortes muy profundos. Le dolían más los tobillos luego del salto. Si iba a convertirse en un hábito, iba a tener que trabajar muy duro en sus técnicas de escape.

Cuando regresó, Kel tenía una taza de sopa esperándole, también gracias al Ejército de Salvación. Para él, se había conseguido un gorro de lana, que se había dejado puesto para darle calor a sus orejas. Se veía adorable, pero probablemente no fuera el momento para mencionarlo.

–Cuando llegue a algún lugar seguro, tendré que enviar algún tipo de donación al Ejército de Salvación –dijo Meri y tomó un sorbo del caldo de vegetales–. Muy bien, As, ¿y ahora qué?

–¿Por qué me llamaste As? –preguntó, y tomó de su taza descartable él también.

–Bueno, sentí que te quedaba bien ya que tú eras el as bajo la manga en la casa de Ade. No creo que hubiera podido salir sola de ese lugar sin tu ayuda.

–¿Incluso con la ayuda de R2?

–Lo habría intentado, pero creo que no habría llegado tan lejos.

Kel sonrió.

–¿Ni siquiera con el estilo libre?

–Eso estuvo muy bien, ¿no crees? Deberías leer ese manual, Kel.

–Lo prometo. La próxima vez, prometo que lo haré.

Comenzaron a adentrarse aún más en el parque, aunque

ya no se sentían tan desesperados como para salir corriendo a esconderse. Cuanto más casuales se vieran, menos atención iban a atraer.

Luego de la adrenalina, Meri tuvo tiempo para dejar que el confuso remolino de impresiones del juicio aterrizara como una bandada de estorninos queriendo reposar durante la noche.

—Lamento mucho lo de tu familia. No quería que tuvieras que elegir.

—Tenías razón, Meri. No es que tú me estés obligando a hacerlo; son ellos y su visión retrógrada y tenaz que tienen del mundo.

—Quizás algún día lo entiendan.

—Tal vez. Tal vez no. El balón está en su campo de juego ahora, ¿no es así? Yo lamento... Bueno, tú ya sabes... Lamento lo que mi padre hizo.

Meri arrojó su tazón vacío al cesto de basura.

—No estoy segura de qué es lo que pienso sobre eso, pero sé que no fue tu culpa.

—Aun así, es una conexión horrible: tu padre, mi padre, y tu madre, mi madre.

—¿Por qué no lo archivamos por un momento e intentamos ver cómo salir de Londres con vida?

Colocó un brazo sobre sus hombros.

—Sadie ya le tendría que haber enviado un mensaje a Big Ben. Le pedí que lo hiciera porque estaba pensando que la gente de las barcazas era tu mejor apuesta para salir de Londres.

—Y la tuya. Tú no puedes quedarte aquí tampoco.

—La gente de Perilántida no parecía muy contenta de

tener que ayudarme. Si es un factor no negociable, tendrás que ir sola.

—Claro que no. Es juntos o nada.

Kel evitaba mirarla a los ojos.

—Veremos. Primero, asegurémonos de llegar hasta allí. ¿Tienes algo de dinero?

—No, nada. Se llevaron todas mis cosas cuando me atraparon, incluso mi identificación nueva. Emma Boot ya no existe.

—Entonces saben quién fingías ser y podrían rastrearte en el servicio ecológico. Eso significa que el hostal ya no es un lugar seguro.

Meri suspiró.

—Sí, supongo que tienes razón. Había hecho algunos buenos amigos allí.

—Lo siento.

Ella le pasó el brazo por la cintura.

—No necesitas seguir disculpándote. Sé que lo sientes. Pero yo estoy más enfadada que arrepentida.

—Yo también, ahora que lo mencionas.

—No van a lastimar a Theo, ¿o sí?

—¿Sin ti en la escena? Yo diría que no. Lo tomaron a él solo como ventaja. Si ya no estás aquí, entonces les resultará innecesario y lo liberarán. Le he ordenado al tipo que vive en la planta baja que llame a la policía si no regresa mañana.

—¿El señor Kingsley? Qué dulce de su parte.

—Hará como le pedí, estoy seguro.

—No puedo imaginarme a Theo y sus amigos siendo rehenes dispuestos a cooperar —Meri intentó convencerse de que estarían bien—. Saldrán de allí de una manera u otra.

Estaba comenzando a sentirse cansada. La adrenalina por el escape ya había pasado y su cuerpo estaba comenzando a colapsar.

–Lamento estar tan floja, pero ¿podríamos tomar otro descanso? Una vez que abandonemos el parque, podría ser más sencillo viajar por la ciudad cuando esté oscuro.

–No eres débil. Es una buena idea. Oscurecerá en un par de horas. Busquemos un lugar donde podamos estar al resguardo del frío y ver si alguien se aproxima –giró ciento ochenta grados–. ¿Qué dices de ese grupo de árboles de allí?

–¿Cerca de los ciervos? Está bien.

–Hay espacio para echarse en el suelo. Cuando los ciervos se acostumbren a nuestra presencia luego de un rato, reaccionarán ante cualquiera que intente acercarse y eso nos dará una señal de advertencia. Si los perilos traen perros, los confundirá el aroma.

–¿Perros? Maldición. No había pensado en eso.

–Sí, bueno, tal vez porque jamás fuiste la presa en una cacería, ¿no crees?

–De hecho, esa es la historia de mi vida, Kel. Es solo que jamás había tenido un capítulo donde hubiera perros sabuesos.

Cruzaron el espacio abierto entre ellos y los árboles. Los ciervos levantaron las cabezas y se corrieron apenas unos metros, pero no se esforzaron demasiado. Una vez que Kel y Meri se ubicaron junto al pie de un árbol caído, la manada regresó, con sus cabezas gachas, preocupados solo por husmear el césped que había quedado enterrado debajo de la nieve.

–Me gusta aquí –dijo Meri, sentándose con su espalda apoyada en el pecho de Kel. Estaban compartiendo el calor del poncho y el abrigo–. Uno podría imaginarse a Enrique VIII y sus cortesanas subiendo a caballo la colina para ir a cazar ciervos, plumas en los sombreros y capas de terciopelo ondeando al viento.

–Solo si puedes ignorar los rastros de vapor de los aviones que se dirigen a Heathrow y el ruido del tránsito.

Ella le apretó la rodilla con una mano.

–Imaginación, Kel. Esos detalles desaparecerían de escena.

–Creo que los ciervos prefieren las cosas como son ahora. Protegidos, no cazados hasta su muerte.

–Entiendo cómo se sienten.

Él le besó la parte superior de la oreja, y luego se quedó helado.

–Cielo, quédate quieta.

Haciendo caso, Meri se congeló. Un punto negro había aparecido sobre sus cabezas. No era un pájaro buscando presas, sino un dron de vigilancia de la policía que estaba rastreando el parque.

–Qué suerte que el poncho es color café.

–No creo que pueda ubicarnos a menos que sea infrarrojo. Incluso así, los ciervos son nuestros amigos, por lo que podrían creer que somos parte del rebaño que se ha acomodado aquí dentro.

El artefacto hizo un ruido dos veces antes de partir en dirección al oeste.

–¿Deberíamos movernos?

–Creo que tu idea de seguir adelante luego de que se haya hecho de noche es la más acertada.

–¿Y si el dron nos ha encontrado?

–No creo que lo haya hecho, pero estaré atento. Tendremos suficiente advertencia en caso de que alguien se aproxime. Tú descansa un poco. Intenta dormir.

Y, por más sorprendente que pareciera, así lo hizo. Se refugió en los brazos de Kel, y allí se sintió lo suficientemente segura como para relajarse y dormir más profundamente de lo que se las había arreglado para dormir mientras había estado en el sótano en casa de Ade. Pareció que solo habían pasado cinco minutos cuando Kel la sacudió tiernamente para despertarla.

–Lo siento, cielo, pero será mejor que comencemos a movernos ahora si no queremos trepar esos portones. Cierran al atardecer.

Meri se estiró y bostezó.

–¿Alguna señal del dron? –los ciervos se movían como fantasmas de ellos mismos por el campo.

–No, ha estado muy tranquilo todo. Excepto por tus ronquidos, claro.

–Yo no ronco… ¿O sí?

–Es como si silbaras y murmuraras.

–Qué bien…

–Es tierno.

–Me alegra que lo veas así –se levantó y ayudó a Kel a ponerse de pie también.

–Creo que mis piernas murieron. No me atrevía a moverme y despertar a la Bella Durmiente –sacudió las piernas vigorosamente para reactivarlas.

–Gracias por haberme dejado descansar un poco. No había dormido bien desde que me capturaron. Tenían una cámara apuntándome las veinticuatro horas.

Comenzaron a moverse más rápido. Llegaron hasta los portones justo cuando la guarda estaba cerrándolos.

–Llegaron justo a tiempo –dijo la mujer, asegurando el candado de la salida.

–¿Somos los últimos? –preguntó Kel.

–Esperaría que sí. Acaban de irse algunas personas que estaban buscando un perro extraviado. Insistieron en que debían ingresar. Les dije que iban a tener que regresar mañana. Las reglas son reglas.

Eso no sonaba bien.

–Ah, ¿y vio en qué dirección se fueron?

–¿Han visto un perro allí dentro?

–Tal vez sí. Supongo que se habrá acercado al límite por aquel lado –Kel señaló hacia el este.

–Eso es lo que suele suceder. Los perros tienen más sentido de la ubicación que sus dueños. Aun así, si no les importa ayudarme, estas personas se dirigían al centro de Richmond. Si se apuran, tal vez puedan alcanzarlos. Había una mujer y dos muchachos, todos aproximadamente de la edad de ustedes dos. Ella llevaba puesto un abrigo rojo, pero no recuerdo cómo estaban vestidos los otros dos.

–Gracias. Iremos a buscarlos.

Una vez que ella ya no pudo escucharlos, Kel se dirigió a Meri, preocupado.

–Mi hermana tiene un abrigo rojo.

–Sí, lo recuerdo. Lo llevaba puesto la noche de Año Nuevo.

—Podría no ser ella.

—O podría serlo.

—Van a tener que dividirse para registrar todas las áreas que pudiéramos haber alcanzado a visitar hasta ahora. Y el que nos hayamos detenido para descansar probablemente haya afectado sus cálculos.

—¿Estás diciendo que tal vez crean que estamos más lejos que de donde en verdad estamos?

—Así es.

—¿Y qué se supone que hagamos?

—Jenny sabe que suelo tomar el metro. Creo que irán allí primero. Deberíamos intentar con el autobús fluvial.

—Sí. ¿Y dónde podemos tomarlo?

—Junto al puente.

Avanzaron por las calles suburbanas en vez de tomar el camino más directo por las calles principales, y llegaron al puente de Richmond sin ningún tipo de incidente. Las casas a lo lejos lucían oscuras, abandonadas a las frecuentes inundaciones de este lado de la orilla norte. Un asentamiento improvisado de casas bote se había extendido en lo que solían ser los jardines traseros de las calles adosadas. En la orilla sur, la parada del autobús fluvial estaba repleta de gente. A esta hora del día, solía transportar a los niños que volvían de la escuela y a los trabajadores que regresaban a sus hogares.

Kel se rascó la nuca, inquieto.

—No sé qué los puede estar disparando, pero mis instintos están volviéndose locos. Creo que deberíamos quedarnos aquí y observar por un rato, ver si hay alguien que parezca estar buscándonos.

–¿Qué te parece la caseta del autobús?

Se refugiaron en la marquesina del autobús común, balanceándose en los asientos giratorios que habían reemplazado los bancos fijos para evitar que los indigentes se armaran allí sus hogares. Ahora ella tampoco tenía un hogar. Eso fue un golpe de crueldad innecesario. ¿Qué daño podría hacerles si pudieran darle una cama a alguien para que pasara la noche? Ella y Kel podrían necesitar una más tarde.

La fila de niños en uniforme comenzó a moverse como un hilo color bermellón embarcándose en el bote que iría río arriba. El bote tocó el claxon para anunciar su partida y aceleró los motores. Una vez que todo estuvo más o menos acomodado, tuvieron una mejor vista del muelle. Algunas personas ya estaban esperando en fila el bote que los llevaría al centro de la ciudad, el servicio que Kel y Meri también tomarían si consideraban que el área estaba a salvo.

–Se ve bien. No hay nadie que reconozca –dijo Kel.

–No sé si tus nervios me están afectando o qué, pero ahora yo tampoco estoy segura –admitió Meri–. ¿Crees que podremos acercarnos un poco más?

–Iremos de a uno. Primero, yo; después, tú. Si alguien está observando, estarán buscando parejas –sacó dinero de su bolsillo–. Aquí tienes algo de dinero para tu boleto.

–Gracias. Ten cuidado.

Kel caminó hasta la ventanilla de venta. La persona que debía venderle el boleto, una mujer sonriente de cabellos grises, estaba afuera charlando con ciertas personas que parecían ser pasajeros frecuentes. Con los dedos helados, Kel manejó torpemente las monedas y algunas cayeron al suelo.

Él y la mujer sonriente se agacharon al mismo tiempo para recogerlas. Fue en ese instante que Meri vio el brazo de la mujer por encima de la muñeca.

No entres en pánico. Actúa normal, se repitió a sí misma.

Trotó hasta donde estaba Kel, le tocó el hombro para llamar su atención y también para que la señora de la sonrisa no llegase a mirarlo a los ojos.

–Bernard, olvidaste tu turno con el dentista, tontuelo.

–¿Qué? Ah, tienes razón.

–Mamá me envió a buscarte. Tendrás que tomar el siguiente.

–Sí, claro. Nos vemos luego –Kel se guardó el boleto en el bolsillo y siguió a Meri fuera de los tablones de madera del muelle y hasta el pavimento.

–¿Qué fue eso?

–Esa mujer era una de los tuyos –Meri siguió caminando, con la capucha hacia adelante, lo más adelante que pudo para esconderse–. No estoy segura de qué exactamente, tal vez el patrón de hojas, pero estoy segura de haber visto sus marcas en su antebrazo.

Kel maldijo por lo bajo.

–¿Crees que podría estar buscándonos?

–No lo sé. No pareció reconocerte. Sus marcas no estaban destellando. Tú sabrías reconocerlo mejor que yo.

–Hay un proceso de alerta que se emite por mensaje, pero es probable que ella todavía no lo haya visto si es que estuvo trabajando toda la tarde. Aun así, alguien podría pedir hablar con ella y preguntarle si nos ha visto.

–No podemos regresar allí.

–No. Demasiado riesgoso.

Al menos, estaban de acuerdo, así que siguieron avanzando por el puente. El autobús fluvial que habían pensado en tomar se detuvo junto al muelle y luego partió río abajo. No valía la pena arrepentirse de no haber ido por el lado fácil, pensó Meri. Nada de escapar de los perilos estaba destinado a ser sencillo.

Al llegar a la orilla norte, Meri clavó la mirada en el campamento de botes casa.

–Me pregunto…

–¿Qué te preguntas?

–Francis Frobisher dijo que la gente del río solía también pertenecer a Perilántida. Busquemos alguna señal de peril.

Kel sonrió.

–Eso puedes hacerlo tú, Meri. Yo no. Yo iré tras de ti para asegurarme de que nada te suceda.

Se salieron de la calle principal y se metieron en una especie de puerto improvisado. Donde la calle se metía justo debajo del nivel del río, unos tablones de madera habían sido dispuestos para simular un sendero serpenteante y angosto, en ciertos lugares hasta resbaloso a causa de los sedimentos del río. Unos carteles hechos a mano anunciaban que estaban ingresando en la Comunidad de Barcazas de Cambridge Gardens. *Adéntrese bajo su responsabilidad.* El cartel terminaba con el dibujo de un hombre palito que caía al agua.

–No puedo decir que invite a entrar, ¿no crees? –murmuró Meri. Pasaron por al lado de un gran bote de hierro oxidado, lo que parecía ser una antigua barcaza transportadora de carbón. Allí Meri encontró lo que había estado buscando: una embarcación de esas que se usaban para transportar turistas por el Támesis convertida en hogar, con ventanas de vidrio teñidas de peril. Si hubiera habido más luz, supuso que el cordón de banderines que se extendía de proa a popa habría brillado con el mismo color. Sin embargo y por ahora, solo flameaban en un gris aburrido en medio de tanta oscuridad–. Creo que este es el lugar, el cuartel central de Perilántida en esta comunidad.

Kel no perdió el tiempo preguntándole si estaba segura.

–Será mejor que tú vayas primero. La experiencia sugiere que no les agradará verme a mí.

Meri se aproximó a la plancha.

–¿Hola? ¿Hay alguien en casa?

Una radio estaba encendida. Repasaba noticias locales sobre un altercado en el club de golf de Wimbledon Common. El locutor estaba bromeando sobre un hombre que había sido arrestado por haber golpeado con un palo número 9 a un extranjero en un confuso episodio sobre un set de palos de golf.

–Intenta otra vez –la alentó Kel.

Meri se acercó un poco más, esta vez trepándose a la plancha y llamando a las puertas plegables que conducían al interior de la cabina principal del bote. La radio se apagó de golpe. Luego de una pausa, una anciana apareció en la puerta. Llevaba puesto un mameluco floreado y pantuflas de gamuza; el cabello parecía un escasa ración de algodón de azúcar blanco.

–No, gracias –se apresuró a decir, y volvió a cerrar la puerta.

Meri llamó a la puerta otra vez, decidida a no ser rechazada sin antes haber tenido una conversación.

–Por favor, no estamos vendiendo nada. Perilántida. ¿Esa palabra significa algo para usted?

La mujer abrió la puerta y espió desde el interior.

–¿Quiénes son? ¿Qué quieren?

–Necesitamos ayuda. Puedo ver el peril en los vidrios de su ventana.

–Muéstrame tu brazo.

Meri obedeció.

–¿Podemos pasar? Los perilos están detrás de nosotros y necesitamos llegar a los Frobisher, que viven en el muelle de St Katharine. Ellos darán fe de lo que decimos.

De mala gana, la mujer dio un paso hacia atrás y abrió la puerta en su totalidad.

–Entren. ¿Quién es el otro?

–Mi novio. Por favor, permítame que le explique nuestra situación.

Meri sintió un enorme alivio una vez que estuvo entre cuatro paredes otra vez. Kel la siguió, pero se quedó de pie junto a la salida, no muy convencido de ser bienvenido. Meri odiaba que él jamás se sintiera cómodo cuando alguien de su raza estaba presente, pero había asuntos mucho más urgentes que resolver ahora.

El bote tenía muchas ventanas, lo que daba a entender que había sido un restaurante flotante en sus orígenes, de esos que paseaban a los turistas y que iban de Richmond a Windsor. Las mesas y las sillas habían desaparecido, y la cabina se había convertido en una sala de estar más que confortable, decorada en blanco y azul. Una gaviota pintada en un tablón decolorado colgaba justo encima de la puerta de entrada, dándole así el nombre al navío: *Nido de gaviota*.

–¿Cuál es tu nombre, pequeña? ¿Y qué tienes tú que ver con Perilántida? –preguntó la anciana. Señaló un asiento junto a la ventana e invitó a Meri a sentarse–. No te reconozco de nuestras reuniones.

–Yo soy Meredith Marlowe. Y él es Kel Douglas. ¿Sabe cómo contactar a los Frobisher? Sería más fácil preguntarles a ellos o a Big Ben. Solo dígales que tiene a Meri y a Kel en su casa y que necesitamos ayuda.

–No me manejo con teléfonos –la mujer corrió algunas cortinas amarillas del lado del muelle–. Son casi una agencia del Estado; nos abrochan como escarabajos a tarjetas de especímenes para clasificarnos. Francis me escribe cada vez que necesita mi opinión sobre algo.

–¿Es usted la capitana de este asentamiento entonces? –preguntó Kel.

–Sabes de eso, muchacho, ¿no es cierto? Sí, lo soy. Soy Mary Magellan, aunque todo el mundo aquí me dice Ma.

–¿Francis le ha escrito en este último tiempo? –preguntó Meri.

La mujer se acercó a una pila de cartas sin abrir que tenía sobre un anaquel en su pequeña kitchenette.

–Estuve visitando a mi hija por unos días. No he revisado estas aún –revisó las cartas por encima–. Ah, tienes razón. Sí me ha escrito –con una ceremonia casi dolorosa por lo lenta, abrió el sobre con un cuchillo, se colocó los lentes y leyó el contenido de la carta–. ¡Dios mío! ¡Tiene la marca de "urgente"! –su mirada fue primero a Meri y luego, con un poco más de dudas, a Kel–. ¿Esto es sobre ti? ¿La última atlante y su inadecuado amigo?

–Yo no lo llamaría inadecuado, pero… ¿cree que puede ayudarnos?

Mary asintió con la cabeza y se metió la carta en el bolsillo de su mameluco.

–Por supuesto. Es lo que todos juramos cuando nos unimos al movimiento –avanzó hacia Meri y le tocó el cabello con reverencia, como si jamás hubiera visto a alguien tan hermoso en toda su vida–. Me enamoré de un pura sangre una vez cuando tenía tu edad. Jamás lo olvidé. Era un jovencito encantador. Me tenía loca, debo admitir. Me hubiera casado con él sin dudarlo si me lo hubiera pedido, pero él quería una muchacha más atlante que yo. Y yo tengo solo una octava parte de esa sangre.

–Diría que fue un tonto por haberla dejado ir –dijo Kel con gallardía.

Mary le sonrió ampliamente.

–Ya puedo ver por qué caíste con este, Meredith Marlowe… incluso cuando sabemos que es uno de ellos. Entonces, ¿por qué están siendo perseguidos?

Meri puso al corriente a Mary y le contó todo lo que había sucedido en los últimos días, comenzando con su captura en la noche de Año Nuevo.

–¿Tienen gente controlando todas las conexiones de transporte? –preguntó Mary.

–Por ahora, sí –dijo Kel–. No saben a dónde estamos yendo, pero hay un alto riesgo de que pronto averigüen que no hemos abandonado la zona. La mujer en el autobús fluvial podría recordarnos si llegan a ella y le preguntan.

–Entonces necesitan irse de aquí de la manera más silenciosa posible. Denme un momento. Le pediré a uno de los jóvenes que me prepare un bote. Necesitarán su propio bote y uno de mis nietos trabaja como taxista fluvial en sus tiempos libres… No le digan al recaudador de impuestos.

–Su secreto está a salvo con nosotros –le prometió Meri.

–Y le pediré a mi yerno que llame a Big Ben. Ellos se conocieron luego de una pequeña operación de contrabando.

Meri le sonrió a Kel.

–Hemos caído en un grupo de piratas.

–Librecambistas –la corrigió Mary–. Eso lo llevamos en mi familia incluso mucho antes de la herencia atlante. Espérenme aquí unos segundos. Y tú, jovencito, por el amor de Dios, toma asiento. No voy a lastimarte –se quitó las pantuflas y las cambió por unas botas al tobillo y salió.

Obedeciendo las órdenes de la capitana, Kel tomó asiento junto a Meri.

–Me preocupaba más que ella pensara que *yo* podría lastimarla *a ella*.

–No te preocupes por eso. Me atrevo a decir que Ma Magellan es prácticamente indestructible. ¿Cuántos años crees que tiene?

–Noventa como mínimo. Su nieto podría ser un pirata jubilado y todo.

–Espero que sea más como un Jack Sparrow o algo así.

–¿Pero el barco de Jack no se hunde en todas las películas?

Meri frunció el ceño.

–No en la número dieciséis, si recuerdo bien. Theo amaba esas películas –con solo pensarlo, Meri no pudo evitar que la preocupación le golpeara el pecho.

Kel la abrazó.

–No te preocupes. Theo va a estar bien.

–Eso espero. Estoy confiando en que a tu gente le quede algo de decencia en el fondo.

Para ser una persona que aparentaba haber superado los cien años, Ma Magellan demostró que sabía moverse rápido una vez que se había decidido. Volvió al bote con su yerno y su nieto, los dos habían sido criados como hombres de río y acostumbrados al trabajo duro. Y tenían sus cuerpos musculosos para probarlo. El mayor de los dos ya estaba al teléfono.

–Aquí están –dijo Ma Magellan sin preámbulo, señalando a Meri y Kel.

–Gracias, Ma –el hombre le pasó el teléfono a Meri y ella lo tomó–. Big Ben quiere hablar contigo.

–¿Pequeñina?

–Sí. ¿Big Ben?

–Tu muchacho nos dijo que estaban en problemas, así que hemos tenido tiempo para organizar una evacuación. Tú asegúrate de llegar al muelle en la punta norte del Tower Bridge, y nosotros estaremos esperándote allí. Tenemos la forma de sacarte de Inglaterra.

–¿El Tower Bridge? –Meri dirigió la pregunta al nieto de Ma, que levantó ambos pulgares en señal de aprobación–. Sí, podemos hacer eso.

–Una sola cosa. Es para una sola persona, pequeñina. Sin el perilo.

—Entonces no hay trato.

—Francis dijo que dirías eso, pero tienes que comprender que Kel no estará a salvo en el lugar al que irás.

—No está a salvo aquí tampoco, ya que ha decidido quedarse a mi lado. Somos un combo. Y creo haber sido clara al respecto desde el comienzo.

—No es nuestra intención complicar las cosas. Es solo que hay algunas personas que creen que tenerlo cerca no es bueno.

—¿Ben? Combo. Trato.

Big Ben dio un suspiro.

—Muy bien, pequeñina. Tenía que intentarlo. Te veré en el puente.

Meri le pasó el teléfono al yerno de Mary otra vez.

—¿Está todo bien? —preguntó Kel.

—Nada que no podamos resolver juntos —dijo ella, firme.

—Pero él dijo que…

Meri selló los labios de Kel con un gesto de su dedo índice.

—No importa eso. Tienes que confiar en mí. Yo te mantendré a salvo de mi gente tal como tú me has protegido de los tuyos.

Capítulo 16

Kel no confiaba demasiado en el bote que Ma Magellan llamaba taxi fluvial. El motor eléctrico no hacía ningún ruido; la cabina tenía poca luz. Era un navío de contrabando, si es que alguna vez había existido algo llamado así. Aun así, si la capitana era feliz llamándolo así, entonces, ¿para qué discutírselo? Las características que lo hacían una buena opción para operaciones ilegales también decían que era perfecto como vehículo de escape.

Sonny Magellan, un hombre de cabello oscuro y enrulado y de pocas palabras, estaba frente al volante, con sus ojos fijados en el río, concentrado en sortear los obstáculos que estaban justo debajo de la superficie.

–La marea está cambiando –dijo.

Mery miró por encima de su hombro.

–¿Eso es bueno o malo?

–Depende de si los cazadores están delante o detrás.

Comenzaron a asomarse los puntos de referencia más famosos de Westminster y llegaron al corazón de la ciudad.

El Támesis estaba repleto de patrullas policiales, autobuses fluviales y naves privadas. Kel se mantuvo escondido, usando un par de binoculares para escanear la orilla.

–Ah –Sonny redujo la velocidad uno o dos nudos.

–¿Qué?

–Parece que la policía está en medio de una búsqueda debajo del London Bridge.

Kel miró hacia el frente con los binoculares. Los reflectores apuntaban al arco central del puente y todos los botes estaban siendo obligados a pasar por el puesto de control policial.

–A veces buscan autobuses y taxis sin licencia –explicó Sonny.

–Como el nuestro.

–Sí. Como el nuestro. Tengo un amigo en la fuerza que en general me envía algún tipo de advertencia. Él me dice cuándo debería mantenerme alejado del río.

Kel puso toda su atención en el bote policial más cercano.

–Creo que llego a ver a Swanny a bordo. Esto no es una coincidencia. Parece que él tiene amigos en la fuerza también.

–¿Swanny? ¿Uno de los tuyos?

–Sí. Pero, créeme, él hará todo lo que tenga que hacer para detenernos.

Sonny asintió con firmeza.

–Muy bien entonces. Nos llevaré hasta la orilla sur. Un bote preparado para navegar aguas poco profundas como el mío puede pasar por entre medio de algunos de aquellos edificios y hasta el viejo Southwark. Podría dejarlos allí, y luego ustedes deberían caminar hasta el Tower Bridge –Sonny señaló el siguiente puente justo detrás del que había sido acaparado por la policía. Las dos torres estaban iluminadas como si fueran una catedral elevándose sobre las aguas: una hermosa vista de la última puerta antes de abandonar la ciudad.

–Pareciera ser nuestra mejor opción. ¿Meri? –preguntó Kel.

–No es que tengamos muchas opciones más... Lo intentaremos.

Meri se agachó para no ser vista y se sujetó al borde del bote mientras que este daba el giro. Sonny tomó uno de los brazos que se abría por entre los edificios altos e impulsó el bote hasta el laberinto de calles inundadas.

–Es bueno que la marea esté alta. No habría sido posible de ninguna otra manera –dijo Kel, escondiéndose junto a Meri, y le pasó los binoculares en caso de que ella también quisiera espiar.

–Old Stoney Street –dijo Sonny–. Hay una salida trasera por aquí que usan los contrabandistas para llegar a lo que solía ser el Borough Market.

–Qué conveniente.

–Sí. Podría acortar camino y pasar por donde solía estar la estación de London Bridge y dejarlos en el pontón que lleva al Tower Bridge. Tendrán que buscar la manera de llegar hasta allí, porque yo no podré pasar por debajo.

A la derecha, el edificio Shard sobresalía en la noche, ahora oscuro, ya que los habitantes en esta parte del sur inundado de Londres se habían hundido cuando las aguas se elevaron. Nadie se había preocupado en lavar las ventanas, por lo que ahora parecía una especie de diente podrido. Cuando levantaron las miradas, un helicóptero militar apareció por la derecha y se dirigía hacia ellos. Las luces de búsqueda bailaban debajo, iluminando por partes toda la superficie.

–Creo que están sobre nosotros –Meri se estremeció–. Alguien nos debe de haber visto cuando nos salimos del río.

Kel se tragó su desaliento. Entrar en pánico no les serviría de nada ahora.

–Ya casi llegamos. Debemos llegar del otro lado del puente, y tendremos refuerzos. Meri, confía en mí. Podemos hacerlo. ¿Sonny?

–Sí, sí. Lo veo. Esperen. Voy a tener que probar algo primero –Sonny apretó el acelerador y recobró velocidad. Avanzó por las calles casi cubiertas de agua. Postes de luz y carteles de publicidad ya pasados de moda. Unos cien metros detrás de ellos, dos lanchas avanzaban furiosas en la laguna poco profunda que habían sido las vías del tren–. Maldición, ya vienen. ¡Prepárense para desembarcar!

Kel tomó a Meri de la mano, guiándola para llegar a uno de los costados del bote, y se colocó entre ella y sus perseguidores. Se escuchó un fuerte ruido por detrás, y el vidrio de la lancha motora se rompió en pedazos.

–¡Están armados! –gritó Meri. Hasta ese instante, no había entendido que iban muy en serio cuando juraron matarla si no podían capturarla.

–¿Hablas en serio? Jamás lo habría adivinado –dijo Sonny, sarcástico–. Malditos perilos. Llegamos en cinco... cuatro... tres... dos... uno... ¡Ahora!

Kel saltó hacia el muelle y se dio vuelta para tomar a Meri de la mano y ayudarla a subir a tierra firme.

–¡Gracias, Sonny!

–¡Cuídense entre los dos! –con una sonrisa salvaje, Sonny dio un giro de ciento ochenta grados con el bote, encendió algunas luces y condujo directamente hacia los perseguidores, encandilando con las luces a los pilotos de las lanchas. Una de ellas viró y se estrelló contra uno de los carteles publicitarios y terminó por dar un vuelco de película. Definitivamente un pirata de temer, pensó Kel, esperando que Sonny no fuera a pagar un alto precio por haberlos ayudado. Kel no tenía tiempo para quedarse a ver si había habido sobrevivientes porque la otra lancha ya estaba llegando al muelle. Muchos perilos ya estaban preparándose para saltar. Corrió detrás de Meri, quien no se había detenido a mirar atrás. La alcanzó y juntos corrieron hacia las torres del puente. Las sirenas sonaban tras ellos. Los patrulleros avanzaban a toda velocidad por el muelle en dirección al sur.

–¿Más amigos… de Swanny? –dijo ella casi sin aliento.

–No nos detendremos para preguntar.

La pendiente aumentó cuando alcanzaron la superficie de la vieja calle.

–Me duele un costado –Meri se llevó la mano a las costillas, pero no desaceleró.

Ahora había más luces, luces que apuntaban a ellos mientras que corrían hacia la orilla norte. Kel notó que la calle estaba más en subida que antes.

–Meri, ¡alguien está levantando el puente! –eso era algo que nadie había hecho en muchos años. El mecanismo victoriano había sido considerado demasiado delicado como para exponerlo ahora a la tensión de levantarse como se había hecho en una época para permitir que los barcos más grandes pasaran por debajo.

Meri corrió todavía más rápido. Kel estaba orgulloso de ella. Sí que estaba yendo por todo.

—¿Quién será? ¿Un amigo o un enemigo? —dijo Meri.

—No tengo idea. Pero, si no cruzamos ahora, quedaremos atrapados.

Del otro lado del puente, llegaron a ver un grupo de personas que se les acercaban. Un hombre grandote lideraba la marcha.

—¡Es Ben! —dijo Meri.

—Pequeñina, tienes que correr lo más rápido que puedas —le dijo Ben—. ¡Nosotros los detendremos!

Entonces, quien estaba levantando el puente era la gente del río. Era una buena estrategia, pero solo siempre y cuando el tiempo les diera para poder llegar al otro lado. La apertura entre ambos lados del puente ya alcanzaba medio metro. Ya casi llegaban.

Se oyeron disparos detrás de ellos. Meri se tropezó y cayó al suelo.

—¿Te dieron? —Kel la ayudó a levantarse. Pudo ver que su pantorrilla izquierda sangraba.

—Demonios, eso sí que duele. Pero creo que solo llegó a rozarme.

—¿Puedes caminar?

—¿Acaso tengo opción?

—Sigue, vamos. Yo los distraeré —la empujó para que llegara al menos con más envión hasta Ben, y luego se dio media vuelta para enfrentar a los perilos. Confiaba en el hecho de que no era a él a quien querían matar. Al menos, tenía esa esperanza. Siempre y cuando pudiera evitar que dispararan otra vez, Meri debería poder llegar a Big Ben sin problemas.

—Recuerda —dijo Meri, cojeando—. No me iré sin ti.

Iba a hacer lo que debía hacer y Big Ben iba a asegurarse de ello, pensó Kel.

—¡Vengan a buscarme, malditos cobardes!

El coche desde donde habían salido los disparos frenó de golpe, bloqueando la entrada al puente. Las puertas de atrás se abrieron y su padre, Jenny y Ade descendieron del vehículo. Claro que iban a estar allí, pensó Kel tristemente. Su padre levantó el arma y apuntó justo por encima de la cabeza de su hijo.

—Kel, ¡córrete ahora mismo!

Kel abrió los brazos tanto como pudo, convirtiéndose así en un objetivo en sí mismo.

—Si quieres dispararle a una muchacha desarmada, entonces tendrás que hacerlo por encima de mí, padre.

Sin esperar a que su hermano se moviera, Jenny se colocó en posición, apuntó y disparó dos veces. Ade, que estaba a su lado, disparó una sola vez. Ninguno de los disparos era dirigido a él. El horror paralizó a Kel, que pensaba que tal vez su esfuerzo podría no haber sido suficiente. Pero luego miró por encima de su hombro y vio que los dos habían fallado. Meri había saltado al otro lado y se había perdido entre el resto de la gente, escudada por Ben y sus amigos y dejando apenas un rastro de sangre de su herida previa.

—¿Van a dispararle a un grupo de personas inocentes? —preguntó Kel, desafiante.

–¿Quiénes son esos hombres? –preguntó Rill, y bajó el arma.

–Amigos.

–¿Tuyos?

–¿Qué importa?

El puente seguía elevándose y eso hacía que fuera difícil para Kel mantenerse en pie.

–¡Kel! –gritó Meri–. ¡Vamos! ¡Tienes que hacerlo ahora!

Rill enfundó su pistola. Ni siquiera él estaba preparado para disparar en medio de una multitud con tan pocas probabilidades de darle a su objetivo. Los perilos podrían desobedecer la ley, pero no violarla por completo.

–La atlante tiene razón. Tienes que elegir ahora antes de que sea demasiado tarde. Nosotros o las personas que asesinaron a tu madre.

Kel miró hacia atrás. Apenas podía ver a Meri, pero sabía que ella lo estaba observando. Ella iba a estar bien, sin importar lo que sucediera a continuación. Sus nuevos amigos iban a asegurarse de que eso fuera así.

–No vayas, Kel. Quédate con nosotros –le rogó Jenny–. Somos tu familia.

–Kel, podemos resolver esto –dijo Ade–. Lo que sea que hayas hecho ya no importa. Sigues siendo uno de nosotros.

Al ver a su padre a los ojos, Kel quiso gritar, golpear algo, hacer cualquier cosa que lo ayudara a aliviar el dolor desgarrador que sentía. Esta era su última oportunidad de ir a casa con ellos.

Pero su elección era clara.

–No soy uno de ustedes. Ya no –se dio la vuelta y echó a

correr cuesta arriba. De repente, pensó en lo patético que sería si su intento de escapar fracasara, si al llegar a la punta descubriera que la brecha era demasiado grande para saltarla. Saltaría de todos modos. Eso ya lo había decidido.

La apertura había alcanzado los tres metros, no hubiera sido tanto si no tuviera que batallar contra una pendiente.

Tomó impulso y saltó, arqueando la espalda para propulsarse hacia adelante. Big Ben lo esperaba del otro lado con los brazos extendidos, listo para atraparlo.

–¡Kel! –No supo si era Jenny o Meri la que gritaba. Sus dedos no alcanzaron la mano de Ben por un milímetro, pero sí pudo tomarse del borde del puente. Habría chocado contra la parte inferior del puente y caído al vacío de no ser por Ben, que se estiró y lo tomó de las muñecas. Usando su fuerza considerable, Ben jaló de los brazos de Kel hasta colocarlo en tierra firme. Quedó tendido boca arriba, con el corazón galopándole.

Se dio vuelta para ver cómo su padre, Ade y Jenny lo observaban todo; su hermana estaba pálida del susto de ver que su hermano casi perdía la vida. Ahora que estaba a salvo, se dieron la vuelta y se marcharon. *Sin resentimientos,* se prometió Kel a sí mismo.

–Tienes que moverte, amigo, si piensas venir con nosotros. No les llevará mucho tiempo llegar hasta el otro lado si están decididos a seguir adelante con esta cacería –Ben lo ayudó a ponerse de pie y a llegar hasta Meri.

–Podría matarte por dejar ese salto hasta último momento –Meri se liberó de los hombres que la rodeaban para protegerla y se arrojó a los brazos de Kel, mientras lo abrazaba y le golpeaba el pecho con ambos puños al mismo tiempo.

–Eso no tendría sentido. ¿Para qué hubiera valido la pena sobrevivir? –la abrazó, con cuidado de no tocar su herida. Alguien ya la había vendado y eso iba a tener que bastar por el momento.

–No hay tiempo para eso –Ben los separó e interrumpió el gran beso antes de que comenzara–. Por aquí –cargó a Meri en sus brazos y todos corrieron hacia la punta norte del puente, y luego descendieron unos cuantos escalones hasta una lancha a motor.

–Todos a bordo.

–¿Cómo harás para detenerlos en el río? –preguntó Kel.

–Mira allí –Ben señaló las hileras de barcazas que habían emergido de su punto de amarre en el muelle de St Katharine y ahora bloqueaban el lado este del Tower Bridge. Un cartel entre mástiles declaraba que se acababa de inaugurar una feria de invierno. Los londinenses comenzaron a agolparse e invadieron las barcazas, disfrutando de música en vivo, comida y bebidas a bajo costo–. No me los imagino atacándonos frente a los ojos de todo el mundo.

Meri se pegó más a Kel.

–¿Y a dónde vamos a ir nosotros?

–La capitana hizo traer el yate de Gravesend. Nos embarcaremos en un viaje marítimo –Ben colocó su mano sobre el hombro de Meri–. Mabel era doctora antes de casarse con Francis y unirse a la gente de Perilántida. Ella tratará tu herida.

Mientras navegaban río abajo, un yate gigante de color blanco apareció en la siguiente curva, el tipo de yate que los multimillonarios usaban para tener sus fiestas privadas en Monte Carlo a principios de siglo. Tenía paneles solares y turbinas de viento en los pisos más altos que, además, impedían que el agua que venía hacia ellos les diera de lleno.

—¡Guau! ¿De quién es eso? —preguntó Meri. Entrelazó sus dedos con los de Kel.

Big Ben se echó a reír antes de responder.

—Es tuyo.

—¿Qué?

—Si eres la última atlante de pura sangre, esto es parte de tu herencia.

—¿Estás bromeando? ¡No me lo creo! No tengo idea de cómo hacer andar uno de estos. ¿Viene con tripulación incluida?

—Voluntarios —Ben señaló a los hombres que habían ido con él hasta el puente y ahora estaban rodeándolos, alertas en caso de que llegaran los persecutores—. Ellos son tu tripulación.

Se veían muy bien entrenados, pero a Kel no le agradaba la idea de que Meri saliera a navegar a lo desconocido con nadie.

—¿Y a dónde es que vamos exactamente?

Big Ben sonrió.

—Supongo que lo terminarán sabiendo eventualmente. El rumbo ya está programado. Esta embarcación se dirige a la Atlántida.

—Ahora sí que tienes que estar bromeando —Meri se echó hacia atrás, buscando apoyarse en Kel—. La Atlántida fue destruida.

—¿Quién lo dijo?

–Bueno, la leyenda, para empezar.

Ben sonrió, su diente de oro brilló por las luces del yate que los esperaba.

–Entonces estate lista para ser sorprendida, pequeñina. Una atlante de pura sangre y un perilo; a los isleños les va a encantar. No puedo esperar a ver sus reacciones.

Las implicaciones de llevar a Kel a aquel lugar fueron un golpe duro para Meri. Se dio vuelta para hablar con él.

–No es demasiado tarde. Podemos volver a la orilla. Podemos buscar otra manera.

Kel tomó el rostro de Meri con ambas manos.

–Es tu herencia… tu futuro. Deberías ir a reclamarlo.

–Nuestro futuro, Kel. Iremos juntos.

–Si estás decidida, entonces puedes llevarme al campo de batalla, siempre y cuando tenga mi gladiadora atlante para leer los manuales conmigo.

–Siempre.

La lancha motora se alineó con el yate. Con mucho cuidado de no tocar la herida en su pierna, Ben cargó a Meri sobre su espalda y juntos treparon la escalera hecha de cuerdas que conducía al deck del yate. Kel fue detrás. La nave tenía cuatro pisos, así que tuvieron que escalar otras tres escaleras para llegar a la sala de controles. Como algo salido de la mismísima NASA, había un impactante panel con pantallas y botones. Francis Frobisher estaba esperándolos frente a lo que Kel supuso que era el timón. Su esposa estaba a su lado, con los brazos cruzados. Su expresión de pocos amigos no había cambiado.

–¿Todo listo? –preguntó el capitán a Big Ben.

–Nos salvamos por un pelillo, pero sí.

–Bien. Qué bueno es tenerlos a ambos a bordo. ¿Ben les ha contado cuál es el plan?

Meri asintió.

–Sí, pero no nos ha dicho dónde está la Atlántida exactamente.

–Entiendes que será peligroso para ambos, ¿verdad? Podría llevarlos a algún otro lado. Francia, tal vez... Y los dos podrían perderse allí.

–¿Y hacer qué? ¿Vivir cómo? ¿Siempre con miedo, siempre escapando? –Meri sacudió la cabeza–. No quiero que mi vida siga siendo así. Y sé que Kel coincide conmigo.

Francis le sonrió a su esposa, como si la respuesta de Meri le hubiera complacido. La señora Frobisher revoleó los ojos.

–¿A dónde quieres ir entonces, Meri? ¿Será Francia? ¿O el lugar al que llamamos nuestro hogar ancestral, la Atlántida?

Meri miró a Kel, y él asintió.

–Llévanos a la Atlántida.

–Esperaba que dijeras eso –con un gesto triunfal, Francis arrancó los motores–. Siempre había querido tener una excusa para ir.

–¿Estás diciendo que nunca has estado allí? –preguntó Kel.

Francis dijo que no con la cabeza.

–No, demasiado peligroso –colocó las manos sobre la consola–. Espero que te guste tu yate. Los líderes de la isla lo enviaron a recogerte apenas se enteraron de tu existencia. Supuse que iba a sernos de utilidad cuando recibí tu mensaje.

–Es realmente impresionante –y luego le habló a Kel en un tono más bajo–. Pero no se parece en nada a mí.

Kel ayudó a Meri a subirse a un banco alto mientras que la señora Frobisher iba en busca de un kit de primeros auxilios. Miraron por la ventana de la sala de control, manteniéndose así fuera del camino de la tripulación que se preparaba para navegar bajo el cielo estrellado. Londres desapareció detrás de ellos, dejando solo una luz en el horizonte.

–Espero que estés listo para una aventura –sugirió Meri.

–La aventura comenzó el día en que te conocí –Kel pasó sus manos por sus hombros, alentándola a que se relajara. Estaban a salvo. Bueno, casi. Todavía quedaba mucho por hacer: había que salvar a Theo, poner a salvo a Meri, asentar su futuro; pero, al menos por el momento, habían llegado a un lugar donde los perilos no iban a poder alcanzarla y ahora podía relajarse, aunque fuera solo por un tiempo.

Meri giró la cabeza para mirarlo a los ojos.

–Ha sido una montaña rusa, pero me alegra mucho tenerte aquí conmigo ahora. Todo estará bien.

No se lo podía prometer, y tampoco sería su culpa si las cosas no salían como esperaban.

–No me bajaría de la montaña rusa aunque pudiera. Sugiero que nos sentemos en la proa y disfrutemos del momento.

Ella sonrió.

–¿Como si nos sentáramos en la fila delantera del autobús escolar?

–Exactamente así –se inclinó hacia adelante y le corrió

los cabellos que le tapaban los ojos–. Somos una pareja pe-
rilo-atlante… La primera de la historia.

Meri le tocó el rostro.

–Ya era hora de que este mundo avanzara. Será un enorme desafío, pero creo que estaremos a la altura.

Sobre la autora

Joss Stirling es la autora de la serie Fiding Love, convertida en best-seller. Recibió el premio a la Novela romántica del año en 2015 por *Struck*, el primer libro para jóvenes adultos en ganar tan prestigioso reconocimiento.

Antiguamente diplomática británica y consejera de políticas de Osfam, ahora vive en Oxford.

Para más información, visita www.jossstirling.co.uk

¿Qué locuras harías
para conquistar al chico
que te gusta?

CREO EN UNA COSA LLAMADA
AMOR - *Maurene Goo*

¿Y si el villano se
enamora de su presa...?

FIRELIGHT - *Sophie Jordan*

Personajes con
poderes especiales

SKY - *Joss Stirling*

Dos jóvenes que
desafían las reglas...

NIGHT OWLS - *Jenn Bennett*

NCE

Un amor que nace del milagro de la Navidad

NOCHE DE LUZ -
Jay Asher

Un romance invernal para derretirte el corazón.

EL AMOR Y OTROS CHOQUES
DE TREN - *Leah Konen*

De la amistad al amor hay solo un paso.

BAJO LAS ESTRELLAS -
Jenn Bennet

SERÁS -
Anna K. Franco

JUNTOS A MEDIANOCHE -
Jennifer Castle

¡QUEREMOS SABER QUÉ TE PARECIÓ LA NOVELA!

Nos puedes escribir a vrya@vreditoras.com
con el título de este libro en el asunto.

Encuéntranos en

 facebook.com/VRYA México

 twitter.com/vreditorasya

instagram.com/vreditorasya

COMPARTE
tu experiencia con
este libro con el hashtag
#peril